VOM SCHEICH GEWECKT

WÜSTENKÖNIGE
BUCH VIER

DIANA FRASER

AF492232

Vom Scheich geweckt

von Diana Fraser

Klein gewachsen, aber mit einer verführerischen Stimme gesegnet –
Übersetzerin Cara sucht einen Neuanfang fern von ihrem betrügerischen Ex.
König Tariq will nach dem Tod seiner untreuen Frau nur eines: Junggeselle
bleiben. Doch als er Caras Stimme hört, beginnt sein Schutzwall zu bröckeln...

-Wüstenkönige-
Gesucht: Eine Ehefrau für den Scheich
Die Schnäppchenbraut des Scheichs
Des Scheichs Verlorene Geliebte
Vom Scheich geweckt
Beansprucht vom Scheich
Gesucht: Ein Baby vom Scheich

© 2024 Diana Fraser
https://dianafraser.com

Dies ist ein Werk der Fiktion. Namen, Charaktere, Orte und Ereignisse sind das Produkt der Fantasie des Autors und werden fiktiv verwendet. Jede Ähnlichkeit mit tatsächlichen Ereignissen, Orten oder Personen, ob lebend oder tot, ist zufällig.

Alle Rechte vorbehalten. Kein Teil dieser Veröffentlichung darf ohne vorherige Genehmigung des Autors in irgendeiner Form oder mit irgendwelchen Mitteln vervielfältigt, verbreitet oder übertragen oder in einer Datenbank oder einem Datenabrufsystem gespeichert werden.

PROLOG

„Sahmir, enttäusche mich nicht. Da Daidan in Finnland ist, ist es *deine* Aufgabe, dafür zu sorgen, dass das französische Konsortium das Geschäft abschließt. König Tariq ibn Saleh al-Fulan unterzeichnete die letzten Dokumente und winkte seinen Assistenten zum Gehen. Er blickte zu seinem Bruder auf, der von einer Fernsehwerbung gefesselt schien. „Sahmir! Hast du mir überhaupt zugehört?"

Die einzige Antwort war eine erhobene Hand, während Sahmir immer noch von dem, was er sah, gefesselt war.

Tariq seufzte. Er musste verrückt gewesen sein, seinem leichtlebigen Bruder eine so heikle Mission anzuvertrauen. Aber was blieb ihm anderes übrig? Sein anderer Bruder arbeitete in der Diamantenindustrie in Finnland, es gab sonst niemanden, dem er vertrauen konnte, und er wurde hier gebraucht.

Er stand auf, die Hände in die Hüften geschoben, und blickte auf die Türme seiner Stadt, die in der Abendsonne blutrot leuchteten. Er konnte das vertraute bittere Brennen auf seiner Zunge nicht unterdrücken. Wie bei den meisten Dingen täuschte der Schein. Wenn er auf seine scheinbar blühende Stadt blickte, sah er nur die Schulden, die die Gier seines Vaters seinem Land aufgebürdet hatte. Er wandte dem Anblick den Rücken zu. „Sahmir!"

Sahmir blickte geistesabwesend zu ihm auf. „Was? Ach, keine Sorge, ich habe alles im Griff." Er grinste mit der lässigen Selbstsicherheit eines verwöhnten Kleinkindes. Tariq schüttelte den Kopf. Sein Bruder konnte Frauen ihren Männern ausspannen, dem gewieftesten Investor das Geld aus der Tasche ziehen, sogar Wüstenblumen zum Blühen bringen, wenn er wollte, und seine Familie hatte er schon immer um den kleinen Finger gewickelt.

„Ich hoffe es - die Zukunft unseres Landes hängt davon ab."

„Ich besorge das Geld, und du kümmerst dich um den Vorstand von Aurus."

„Ich wünschte, es wäre nur eine Frage der Verhandlung – *damit* kann ich umgehen – aber wir sind darüber hinaus. Sie wollen den Vertrag für weitere dreißig Jahre verlängert haben, oder das Geld. Und ich muss sie einfach hinhalten, bis du die Mittel sichergestellt hast."

„Komm schon, Tariq. Du schaffst das schon. Du kriegst doch immer deinen Willen. Deswegen nennen dich die Leute auch *wahs* – einen Grobian!"

„Solange ich die Finanzen unseres Landes wieder unter Kontrolle habe, können sie mich nennen, wie sie wollen."

Sahmir stand auf und streckte sich. „Keine Sorge, ich werde den Rest des Geldes auftreiben - ich spiele meinen

Part, du spielst deinen. Meine Konzentration ist perfekt, lieber Bruder." Sein Blick wanderte zurück zum Bildschirm, auf dem ein Schokoladenstrom zu sehen war, der sich in eine riesige Packung mit einem bekannten Markennamen ergoss. „Fast perfekt. Man müsste schon ein Heiliger sein, um sich davon nicht ablenken zu lassen." Er deutete auf den Fernseher. „Hör dir die Werbung an."

Tariq warf einen Blick darauf. „Das ist Werbung. Wenn sie nicht dafür wirbt, wie man die Finanzen eines Landes wieder in den Griff bekommt, interessiert mich das nicht wirklich."

„Das, mein lieber Bruder, ist nicht irgendeine Werbung. Hör zu." Er drehte die Lautstärke auf, und eine Frauenstimme - sexy, samtig und verführerisch - schnurrte aus den Lautsprechern. Tariq blieb wie angewurzelt stehen. Die Stimme beschwor intime Momente herauf, geflüsterte Geheimnisse, die Hitze eng aneinander gepresster Körper... Die Stimme verstummte, die Werbung wechselte. Sahmir schaltete den Fernseher aus. „Schöne Stimme, nicht wahr?"

Tariq musste zustimmen. Er drehte sich wieder zu seinem Bruder um. „Wer ist sie?"

Sahmir bedeutete einer Bediensteten, seine Kaffeetasse zu füllen. „Ich weiß es nicht. Und leider schickt mich mein Bruder und König auf absehbare Zeit nach Paris, so dass ich es nicht herausfinden kann. Aber ich kann nicht widerstehen, sie zu hören. Warum? Interessiert sie dich?"

Tariq schnaubte verächtlich und wandte sich wieder seinen Papieren zu. „Mach dich nicht lächerlich."

„Ich meine es ernst. Du solltest dir eine wie sie suchen, eine, die sexy und hübsch ist."

„Das Letzte, was meine Kinder brauchen, ist, dass ich

ihnen verschiedene Frauen vorstelle. Sie brauchen einen stabilisierenden Einfluss, seit Laiha gestorben ist."

„Und *du* brauchst *Spaß*. Wenn du keine Frau vor deinen Kindern haben willst, warum nimmst du nicht eine mit zu dem Treffen in Qusayr Zarqa? Nutze unser Wüstenschloss, um nicht nur die Aurus-Gruppe zu beeindrucken, sondern auch eine schöne junge Frau."

Tariq seufzte erneut. „Ich werde *arbeiten*, Sahmir. *Arbeit*, erinnerst du dich? Das ist, wenn man keinen Spaß hat, sondern Geschäfte mit Leuten bespricht. Es ist ernst. So wie *du* es sein solltest bei dem, was du in den nächsten Tagen in Paris erreichen musst. Ich kann nichts mit dem Aurus-Vorstand machen, bis du die schriftliche Zusage des französischen Konsortiums und das zusätzliche Geld hast. Wenn wir beide zusammenarbeiten, können wir das schaffen. Du solltest das viel ernster nehmen."

„Ich nehme alles ernst, auch die Frauen." Sahmir lachte und stellte seine Kaffeetasse ab. „Komm schon, Tariq, entspann dich. Der Deal ist so gut wie in trockenen Tüchern. Die Franzosen können es kaum erwarten, Minderheitsaktionär bei jedem Goldminenprojekt zu werden, das wir uns aussuchen. Du musst nur die Aurus-Gruppe bei Laune halten, bis ich den Deal unterschrieben und besiegelt habe. Danach kannst du ein paar Tage in der Wüste mit der geheimnisvollen Frau mit der schönen Stimme genießen."

Tariq starrte hinaus auf die Stadt aus Spiegeln und Türmen, aus der die Sonnenstrahlen verschwunden waren, ersetzt durch das grelle künstliche Licht der Elektrizität, für die sein Land so hart gekämpft hatte. Sie flimmerte vor ihm wie die Fata Morgana von Sicherheit und Wohlstand, die sie war. „Ich kann nicht ruhen, bis der

Vertrag unterzeichnet ist." Er wandte sich an Sahmir. „Auf jeden Fall solltest du jetzt gehen."

„Natürlich." Sahmir sah ihn mit einem seltsamen Ausdruck selbstgefälliger Zufriedenheit an, als hätte er eine gute Idee. Er zog sein Handy heraus, tippte ein paar Zahlen ein und hielt es sich ans Ohr.

Tariq verengte die Augen. „Und komm bloß nicht auf die Idee, hier in Ma'in das Thema Glücksspiel anzusprechen. Das werde ich nicht zulassen."

„Würde ich so etwas tun?"

„*Ja*, das würdest du."

Sahmir nickte nachdenklich. „Ja, vermutlich würde ich das. Aber in *diesem* Punkt kannst du mir vertrauen."

Jahre des Zusammenlebens mit seinem charmanten, aber verantwortungslosen jüngeren Bruder hatten Tariq gelehrt, misstrauisch zu sein. „Heißt das, es gibt einen Punkt, bei dem ich dir *nicht* vertrauen kann?"

Sahmir grinste. „Geh nur. Der halbe Palast wartet auf dich."

Tariq nickte, daran gewöhnt, die Last der Zukunft eines Landes auf seinen Schultern zu tragen. „Die Aurer werden in einer Woche eintreffen. Sag mir Bescheid, sobald der Vertrag mit Paris unterzeichnet ist."

Das Letzte, was Tariq sah, als er sein Büro verließ, war Sahmir am Telefon, das Lächeln immer noch in den Mundwinkeln. Tariq hatte keine Zeit, sich mit Sahmir zu streiten. Was auch immer er vorhatte, Tariq würde es früher oder später herausfinden. Solange es den Ausgang der nächsten Wochen nicht beeinflusste, war es egal. Was zählte, war die Zukunft seines Landes.

KAPITEL 1

Eine Woche später

„Jch habe es Ihnen bereits gesagt, ich bin hier, um den König zu sehen."

Cara Devlin war verärgert, als der Palastwächter ein kurzes, ungläubiges Lachen ausstieß, und sie wandte sich an den anderen um Unterstützung, aber alles, was sie sah, war ein weiteres Paar brauner Augen, amüsiert zusammengekniffen. Er räusperte sich, als er versuchte, sein Lachen zu kontrollieren.

„Natürlich, Fräulein. Und Sie können uns keinerlei schriftliche Belege dafür vorzeigen. Alles, was Sie hatten, war ein Telefonat... wie Sie *behaupten*."

Wieder dieser wissende Blickwechsel. Dachten sie, sie wäre irgendein Palast-Groupie? „Genau. Ich sollte mich um 16 Uhr im Palast melden. Und hier bin ich."

„Und hier sind Sie", wiederholte einer der Wächter, sein langsamer Tonfall zeigte deutlicher als alle Worte, wie wenig beeindruckt er von ihrer Anwesenheit war.

„Und hier werden Sie *bleiben*. Wir haben heute Abend eine wichtige Veranstaltung, also wenn Sie dort drüben in der Lobby warten würden, bin ich *sicher*, der König wird sich Zeit für Sie nehmen, sobald er kann."

Cara umklammerte ihren Laptop und Koffer fester und stellte sich so groß auf, wie es ihre 1,57 Meter erlaubten. „Ich habe es Ihnen bereits gesagt. Dies war eine kurzfristige Vereinbarung zwischen Prinz Sahmir und meiner Agentur für meine Dienste als Übersetzerin für eine Reihe von Meetings über eine Woche. Ich habe keine Unterlagen darüber hinaus. Warum prüfen Sie das nicht beim Büro des Königs?"

Einer von ihnen musterte sie erneut. Er schien nicht beeindruckter als beim ersten Mal. „Klar, wenn wir Zeit haben. Jetzt gehen Sie bitte weiter."

Das war lächerlich. Sie würde gehen. Sie drehte sich um und ging an der Gruppe ausländischer Geschäftsleute vorbei, mit denen sie eigentlich arbeiten sollte, die ohne jegliche Fragen in den Palast geführt wurden. Sie würdigten sie keines zweiten Blickes. Sie war wie immer unsichtbar, völlig ohne den Glamour von Reichtum, Macht und gutem Aussehen, den diese Menschen ausstrahlten.

Auf gutes Aussehen und Macht konnte sie verzichten. Aber Geld brauchte sie.

Sie stieß einen frustrierten Seufzer aus. Sie hatte keine Wahl, sie konnte nicht einfach gehen. Mit den Schulden aus der Zeit, als ihr Vater krank war, und einem Ehemann, der ihr die wenigen Vermögenswerte genommen hatte, die sie besaß, brauchte sie mehr Geld, als Übersetzungen und Synchronarbeiten einbringen konnten, um neu anzufangen – ein neues Leben in einem neuen Land.

Sie biss die Zähne zusammen. Nur eine Woche Arbeit und dann konnte sie dieses Land der gescheiterten Träume für immer verlassen. Plötzlich fiel ihr etwas ein, das die Agentur erwähnt hatte. Sie drehte sich um und ging den von hohen Palmen gesäumten Weg zurück, in Richtung der Säulenvorhalle des Palastes.

„Ich habe Ihnen gesagt, Sie sollen warten, Fräulein."

„Und *ich* habe Ihnen gesagt, dass ich hierher bestellt wurde. Wenn Sie mir nicht glauben, dann sagen Sie dem König, ich bin die Stimme aus der Schokoladenwerbung." Ihre Augen verengten sich aufmerksam. „Haselnusscreme, um genau zu sein." Sie räusperte sich. „Das sinnliche Gleiten der Creme auf der Zunge und die Kehle hinab, das Versprechen von –'„ Sie hörte auf, ihre Zeilen aufzusagen, sobald die Wächter registrierten, wer sie war. Ihre Einstellung änderte sich sofort. Der ältere Wächter schnippte mit den Fingern und der andere Wächter verschwand im Palast. Es dauerte nur einen Moment, bis ein gehetzt aussehender Palastbeamter kam, um sie hineinzuführen.

Sie folgte dem Mann in den Palast. Ihre Schritte hallten auf dem Marmorboden wider, als sie einen großen Empfangsbereich betraten, ganz in cremefarbener und goldener Opulenz. Die Wände ragten zwei Stockwerke hoch auf, wobei jedes Stockwerk von einer Reihe goldverzierter Balkone eingerahmt wurde. Der Bereich war frei von Sitzgelegenheiten und Tischen, gestaltet um mit seiner strengen Pracht zu beeindrucken. Sie hatte von den Reichtümern im Palast gehört, war aber noch nie drin gewesen. Die Hauptstadt Ma'in war auf dem Reichtum des vor fast dreißig Jahren entdeckten Goldes erbaut worden, und alle ihre Gebäude waren neu und beeindruckend. Aber nicht in diesem Ausmaß. Trotzdem fühlte sich Cara enttäuscht. Der Palast hätte in jeder beliebigen Stadt der Welt stehen können. Ma'in war durchdrungen von einer reichen Geschichte, die ihr Vater sein Leben lang studiert hatte. Aber hier gab es keine Spur davon.

Der Beamte öffnete einen Empfangsraum und führte Cara hinein, aber als sie sich umdrehte, um mit ihm zu sprechen, war er verschwunden. Sie fühlte sich unsicher, als sie die Männer vorne im Raum hinter den hochpolierten Mahagonitischen reden sah. Ein Bediensteter kam auf sie zu und bot ihr einen Kaffee an. Begierig ließ sie ihren Laptop und Koffer fallen und nahm ihn an. Sie nippte anerkennend an dem starken Kaffee, während sie sich umsah. Normalerweise war sie in einer Übersetzerkabine in einem Konferenzzentrum versteckt, nicht bei den anderen Konferenzteilnehmern sitzend. Aber hier saß sie bei ihnen. Obwohl sie sich keine Illusionen machte, dass sie dadurch sichtbarer werden würde.

Sie blickte sich nach den drei Männern um - zwei Japaner und einer, der dem Klang nach aus Portugal oder Brasilien kam, aber niemand aus Ma'in. In diesem Moment öffneten sich langsam die großen Eingangstüren und ma'inische Beamte in traditionellen Gewändern kamen herein, um die anderen zu begrüßen. Während die Männer formelle Höflichkeiten austauschten, alle blind für ihre Anwesenheit, musterte sie ihre Gesichter und versuchte herauszufinden, welcher von ihnen der König war. Aber es gab keine Spur von ihm. Sie ging zum Fenster, von dem aus sie auf einen üppigen Innenhof blicken konnte, der bis auf den letzten Zentimeter gestutzt und beschnitten war, aber nach dieser hellen, prunkvollen Strenge erfrischend wirkte. Dann sah sie ihn.

Er stand am Fenster eines Raums auf der anderen Seite des Innenhofs, tat dasselbe wie sie, blickte auf das Grün, während er telefonierte. Er war groß und breitschultrig, gehüllt in weiße Gewänder, die hell in der Sonne leuchteten, die durch die vom Boden bis zur Decke reichenden Fenster strömte. Er drehte sich plötzlich um und sie sah sein Gesicht und spürte einen Moment der Wiedererkennung. Sie kannte seine Züge von zahllosen Medienauftritten, hatte ihn aber nie persönlich gesehen. Er war immer in Begriffen von Ehrfurcht und Majestät beschrieben worden – weniger von Attraktivität und mehr von Rücksichtslosigkeit, dem kompromisslosen Scheich. Sie konnte sehen, wie er diese Beinamen erworben hatte, aber die Beschreibungen hatten seinen Magnetismus völlig außer Acht gelassen.

Er telefonierte mit ernstem Gesicht, seine Augen dunkel und intensiv, die Stirn in Falten gelegt. Sie nahm noch einen Schluck Kaffee, als er plötzlich aufblickte und ihren Blick traf. Eine Welle heißen Adrenalins durchfuhr sie. Sie fühlte sich, als wäre sie ertappt worden – nicht nur bemerkt, sondern richtig *gesehen*. Seine Augen wichen nicht von ihren und obwohl ihr Verstand ihr erfolglos befahl, sich zu bewegen, irgendetwas zu tun, blieb sie wie angewurzelt stehen, während das Adrenalin eine Hitze hervorrief, die erbarmungslos durch ihren Körper wirbelte, wie ein Wüstenwind, der längst ruhenden Sand aufwirbelt.

Dann wandte sich dieser stürmische Blick ab und zitternd nahm sie einen Schluck von ihrem Kaffee. Kaum hatte sie die heiße Flüssigkeit im Mund, wurde ihr ihr

Fehler bewusst. Als sie sich verschluckte, hustete sie, und als sie aufblickte, sah sie, dass sein Blick wieder auf ihr ruhte. Verlegen versuchte sie, wieder zu Atem zu kommen.

Nachdem sie sich erholt hatte, sah sie in seine Richtung, aber er war verschwunden. Wenn sie sich vorher unwohl gefühlt hatte, war es jetzt noch schlimmer. Nicht weil sie sich zum Gespött gemacht hatte, sondern weil der König nicht nur so wild und unnahbar war wie sein öffentliches Image, sondern auch eine Intensität ausstrahlte, die völlig körperlich und sexuell war. Es mochte nur eine Woche sein, aber es sah nicht danach aus, als würde es eine einfache werden.

„Ist sie schon da?"

Tariq verengte bei Sahmirs Stimme die Augen und sah sich um. „Wer? Und warum rufst du an? Du solltest jetzt in einer Besprechung sein."

„Ich bin gleich dabei. Bevor ich ging, habe ich eine kleine Überraschung für dich arrangiert. Ich wollte nur wissen, ob sie schon da ist."

„Sie? Sahmir, was hast du getan?" Tariq blickte durch das Fenster über den Innenhof zum angrenzenden Konferenzraum und musterte den Raum. Die Gruppe von drei Geschäftsleuten mit ihrem verschiedenen Gefolge stand zusammen, unterhielt sich selbstbewusst, ihre Mienen selbstgefällig. Sie glaubten, die Verhandlungen bereits gewonnen zu haben. Sollten sie nur, Überheblichkeit war eine Schwäche, die er ausnutzen konnte. Er suchte den Raum weiter ab. Niemand Außergewöhnliches. Dann fiel sein Blick auf eine Frau, deren einziges auffallendes Merkmal ihre Fähigkeit war, sich so erfolgreich ihrer Umgebung anzupassen. Nein, völlig gewöhnlich, außer...

außer ihren Augen, die auf ihn gerichtet waren. In ihrem Ausdruck lag etwas, das seine Aufmerksamkeit fesselte, warum wusste er nicht. Und er musste es auch nicht *wissen*. Irgendeine Sekretärin zweifellos. Er setzte seine Musterung des Raums fort, bevor er wieder zu der unscheinbaren Assistentin zurückkehrte, die nun prustete und hustete und Kaffee auf den dicken Teppichboden verschüttete. Er schüttelte den Kopf und wandte seine Aufmerksamkeit wieder seinem nervigen Bruder zu. „Sahmir, ich weiß nicht, wovon du redest. Hier ist niemand."

„Diese sexy Stimme? Erinnerst du dich? Aus dem Fernsehen? Sie ist deine Übersetzerin."

„Aber ich brauche keine-" Tariq stöhnte, als die Leitung tot war. Sein Bruder hatte tatsächlich aufgelegt. Er warf das Telefon beiseite und ging aus dem Raum zum Konferenzraum. Er hielt einen Moment am Eingang inne und sah sich noch einmal um, wider Willen interessiert, und sein Blick verweilte wieder auf der unscheinbaren Frau. Ihr Teint und ihre Haare waren hell, und ihr Kostüm beige, dieselbe Farbe wie der Stein des Palastes. Sie war wie ein Chamäleon, getarnt durch ihre Umgebung. Merkwürdig. Unerklärlich verweilten seine Augen auf ihr, während sie ungeschickt mit ihrem Laptop hantierte. Wenn sie eine Sekretärin war, war sie eine unfähige, nach der aufgeregten Art zu urteilen, wie sie ihren Computer bediente.

Er suchte den Raum weiter ab, konnte aber die Frau nicht finden, die sein Bruder ihm aufzwingen wollte. Zum ersten Mal schienen Sahmirs Pläne nicht aufgegangen zu sein.

Er nickte seinen Assistenten zu, die die Tür weiter

öffneten. Er schritt in den Sitzungssaal und bemerkte sofort die Veränderung in der Atmosphäre. Er hatte sich über die Jahre daran gewöhnt – diese Kälte, die die Menschen überkam, sobald sie ihn sahen. Es zeigte sich in ihren Augen. Eine Vorsicht trat in sie ein, als ob sie ihn nicht verstünden, als ob sie Angst vor ihm hätten. Es war schon immer so gewesen. Als Jugendlicher hatte es ihn verwirrt, er verstand nicht, warum die Menschen nicht mit ihm warm wurden, nur weil er groß, breit und *nicht* gutaussehend war. Aber er hatte gelernt, die Wirkung zu schätzen, besonders seit er König geworden war. Furcht war ein nützlicheres Werkzeug als Zuneigung.

Er ging zum Delegationsleiter hinüber und begrüßte ihn, wobei er die schwindende Arroganz bemerkte, als auch dieser auf seine Präsenz reagierte. Er wusste, dass auf seltsame Weise sein Mangel an Schönheit zu den Reaktionen der Menschen beitrug. Seine Größe, markanten Züge und sein unerschütterliches Selbstbewusstsein und Zielstrebigkeit vermittelten ein Gefühl von Macht, das er äußerst nützlich fand. Es bedeutete, dass er bekam, was er wollte, in der Hälfte der Zeit, die sein Bruder gebraucht hätte. Er musste nicht charmant sein, nicht überreden, er musste nur Anweisungen geben. Es mochte ihm keine Freunde einbringen, aber er brauchte keine Freunde. Er hatte ein Land zu regieren.

Er begrüßte den Delegationsleiter auf Arabisch, der Landessprache Ma'ins, und streckte seine Hand aus. In den Augen des Mannes lag Verwirrung über die Worte, die er offensichtlich nicht verstand, aber Tariq hatte nicht vor, sie zu übersetzen. Wenn der Mann die Arroganz besaß, ein erfolgreiches Geschäftstreffen zu erwarten, ohne auch nur ein paar grundlegende arabische Wörter zu lernen, dann war das sein Problem. Tariq ergriff die zögernde Hand des Mannes. Sie war feucht und schlaff und Tariq ließ sie verächtlich los. Tariq blickte zu seinem Assistenten.

„Seine Königliche Hoheit, König Tariq ibn Saleh al-Fulan, heißt Sie willkommen und lädt Sie ein, für das vorbereitende Treffen Platz zu nehmen, bevor wir uns heute Abend zu seinem Wüstenschloss - Qusayr Zarqa - zum Dinner begeben, gefolgt von einer Reihe von Besprechungen, die am Ende der Woche abgeschlossen sein werden."

Erst nachdem sich das Meer von Köpfen gesetzt hatte, bemerkte er die junge Frau wieder, die unsicher am Ende des Raums stand, als wüsste sie nicht, wo sie sich hinsetzen sollte. Er runzelte die Stirn. Warum hatte ihr niemand aus ihrer Gruppe einen Platz zugewiesen? Er fing den Blick seines Assistenten auf und deutete auf die Frau. Er war zu weit entfernt, um zu hören, was sie zueinander sagten. Aber er konnte die Verwirrung seines Assistenten sehen. Trotzdem wurde der Frau zu seiner Überraschung ein Platz zu seiner Linken zugewiesen. Ihre Blicke trafen sich kurz, bevor sie sich abwandte, eine reizende Röte überzog ihre helle Haut. Tariq wandte sich seinem Assistenten zu, der zu ihm kam und diskret in sein Ohr flüsterte.

„Ihre Übersetzerin, Eure Majestät."

Tariq verengte die Augen. „Haben Sie andere Pläne, Aarif?", fragte er trocken auf Arabisch. „Sie haben beschlossen, sich die Woche freizunehmen?"

Der Assistent lächelte nicht, sondern hantierte nervös mit seinen Papieren. „Nein, Eure Majestät. Es scheint etwas zu sein, das Ihr Bruder, Prinz Sahmir, arrangiert hat."

Seine Augen schossen zurück zu der Frau, die an ihrem Laptop herumfingerte. Diese junge Frau war die Frau mit der sexy Stimme aus der Werbung? Er konnte die beiden kaum miteinander in Verbindung bringen. Er lächelte in sich hinein. Sahmir hatte sich diesmal wirklich geirrt. Tariq sog kurz verärgert die Luft ein, war aber darauf bedacht, es sich nicht anmerken zu lassen, als er sich der versammelten Gesellschaft zuwandte und die Sitzung auf Arabisch eröffnete. Er hatte vorgehabt, Englisch zu sprechen, aber er würde sie zuerst testen, sehen wie gut sie war. Zweifellos hatte Sahmir viel zu viel für die Zeit dieser Frau bezahlt. Sie konnte sie sich genauso gut verdienen.

Nachdem er fertig gesprochen hatte, neigte er den Kopf und deutete ihr an, dass sie übersetzen sollte. Ihre Röte stieg über ihre helle Haut, als sie zum Mittelpunkt der Aufmerksamkeit wurde. Sie war es offensichtlich nicht gewohnt. Und dann sprach sie.

Er blickte schnell auf seine Unterlagen, als die Wirkung ihrer Stimme ihn traf. Es *war* tatsächlich die Stimme aus dem Fernsehen. Also hatte Sahmir sein Wort gehalten. Trotz seiner Verärgerung über die Spielereien seines Bruders war er wie gebannt. Ihre Stimme strich über seine Haut wie Fingerspitzen, die seinen Arm, seine Brust und seinen Hals entlangfuhren... und andere Stellen. Fast erwartete er, dass sie sich zu ihm beugen und ihre Lippen auf seine legen würde. Er leckte sich vorbereitend über die Lippen, bewegte sich aber nicht und behielt seinen ansonsten ausdruckslosen Gesichtsausdruck bei. Doch er konnte seine Reaktionen nicht kontrollieren. Er spürte tatsächlich, wie seine Haut unter dem Ansturm der vollen, honiggleichen Töne prickelte, wie die beruhigende und zugleich stimulierende Berührung von Samt auf der Haut.

Sie hatte eine tiefe, klare Stimme für eine so kleine Frau, texturiert ohne heiser zu sein, warm und sinnlich ohne schwerfällig zu wirken. Er hätte sie weiter beschreiben, zergliedern können, aber das eine Wort, das sie am besten zusammenfasste, war sexy - sie besaß die verführerischste Stimme, die er je gehört hatte. Ihre Stimme ließ an jemanden Größeren denken, Vollbusigeren, mit funkelnden Augen, die von Sex sprachen.

Was war die echte sie, fragte er sich? War es ihre Stimme, die täuschte, oder ihr Aussehen? Er spürte immer noch die Wirkung ihrer Worte auf seinen Körper, als ihm plötzlich auffiel, dass sie aufgehört hatte zu sprechen.

„Wir freuen uns auf die enge Zusammenarbeit mit Ihrem Unternehmen zum beiderseitigen Nutzen. Ich schlage vor, wir beenden Ihre Einführung in Kürze, und mein Assistent wird Ihnen den Zeitplan für die nächsten Tage erläutern."

Er lehnte sich zurück und gab sich dem Vergnügen hin, der Stimme der Übersetzerin zu lauschen. Er spürte, wie das Blut dorthin floss, wo es nicht sollte. Er drehte sich um und beobachtete jeden Mann im Raum. Sie waren alle demselben Zauber verfallen - er konnte es in ihren Augen sehen, in ihren leicht geöffneten Mündern. Erbärmlich, dass Männer sich so von weiblicher List beeinflussen ließen, dass sie vergaßen, was sie taten! Davon hatte er bei seiner Frau genug gesehen.

Er hatte oft gehört, wie seine Mutter ihre Freundinnen ermahnte, nicht schlecht über die Toten zu sprechen, direkt bevor das Gespräch in eine regelrechte Charakterhinrichtung seines Vaters und die vollständige Erhebung seiner Mutter zur Heiligen ausartete. Er hatte dem seit seiner Kindheit zu ihren Füßen zugehört. Es hatte gewirkt. Er sprach nicht schlecht über seine tote Frau, aber das bedeutete nicht, dass er nicht wusste, dass sie eine geldgierige, ehebrecherische Lügnerin gewesen war. Allah sei Dank hatte sie ihm Kinder geschenkt, bevor sie abgeirrt war. Zumindest hatte sie dort ihre Pflicht erfüllt. Er brauchte nicht mehr an betrügerische Ehefrauen zu denken. Keine Ablenkungen mehr. Besonders jetzt nicht.

Die Frau begann wieder zu sprechen und übersetzte eine der schmeichelnden Antworten des Ausländers, die er auch ohne Übersetzer perfekt verstanden hatte, nicht dass er das preisgeben wollte. Als sie sich Tariq zuwandte, hatte sie ihren Stuhl näher gezogen, und er konnte sie riechen. Kein schweres französisches Parfüm, sondern der frische Duft ihres Haares, als es ihr ins Gesicht fiel, während sie sich zu ihm neigte. Er setzte sich aufrecht hin und unterbrach sie. „Genug!" Seine Stimme donnerte grob über ihre honiggleichen Töne hinweg. Er erhob sich. „Meine Herren," - er blickte zur Übersetzerin und dann zurück zu den Männern - „wir treffen uns in einer Stunde in Qusayr Zarqa. Das wird Ihnen die Gelegenheit geben, die Wüste aus erster Hand zu erleben, sowie ein dreizehn Jahrhunderte altes Schloss, das die seltensten Antiquitäten Ma'ins beherbergt." Er verließ den Raum ohne einen Blick zurück und bedeutete seinem Assistenten, ihm zu folgen. Sobald die Türen geschlossen waren, sprach er.

„Die Übersetzerin."

„Eure Hoheit. Es tut mir leid. Wir wussten nicht, dass

sie kommt, bis sie da war. Ich werde sie auszahlen, wenn
es Euch recht ist. Wie Ihr sagt, es besteht keine Notwen-
digkeit-"

Tariq hob seine Hand und der Assistent verstummte
abrupt. „Mein Bruder kann vorschnell sein. Aber..." Er
hielt inne und erinnerte sich an die Wirkung ihrer
Stimme auf ihn, ein Gefühl, das er sicher nicht so schnell
vergessen würde. Er sollte sie wegschicken. Er *sollte*. Aber
dieser kurze Vorgeschmack ihrer Stimme war wie eine
Droge. Er wollte sie wieder hören, ihre Wirkung auf
seinen Körper noch einmal erleben. Er zuckte mit den
Schultern. „Es ist geschehen. Wir werden damit leben."

„Aber Eure Hoheit, wir hatten keine Zeit für die
übliche Sicherheitsüberprüfung, die polizeilichen
Kontrollen, alles, was für jemanden notwendig ist, der im
Palast arbeitet."

Tariq zögerte, aber nur für einen Moment. Er war
Mann genug, um etwas aus der Ferne zu genießen, stark
genug, um nicht von etwas zu kosten, das er sich selbst
verboten hatte. Er konnte den Honig im Nektar riechen,
konnte ihn sich vorstellen, aber das würde alles sein.
Nichts würde von nun an sein Leben beflecken, nichts
würde ihn von dem ablenken, was er brauchte - die
vergangenen Unrechte wiedergutzumachen, die diese
Menschen seinem Land zugefügt hatten - indem sie es
und seine Familie ihres Reichtums beraubt hatten.

Sein Vater war schwach gewesen, hatte Teil der
modernen Welt sein wollen. Aber er war *nicht* sein Vater.
Mit Sahmir in Paris und ihm hier konnten sie gemeinsam
den Ressourcenabfluss aus seinem Land beenden. Sein
Land mochte wohlhabend erscheinen, aber der Glanz und
Glitter basierte auf den Finanzen anderer Länder. Sie

waren zu bloßen Marionetten ausländischen Kapitals geworden. Ihrer Gnade ausgeliefert. Aber nicht mehr lange.

Der Ausgang des Treffens war unvermeidlich, also warum sollte er sich nicht einmal etwas gönnen? Sich das Vergnügen erlauben, für ein paar kurze Tage der schönen Stimme dieser unscheinbaren Frau zu lauschen. Natürlich nicht länger. In seinem Leben war kein Platz für etwas Langfristiges. Aber diese Stimme - faszinierend, fast hypnotisch. Sie würde den nächsten Tagen eine gewisse Würze verleihen. Und was konnte es schaden? Er hätte fast gelacht bei dem Gedanken, als er ihre schmächtige Gestalt, das glatte Haar, die unsicheren, niedergeschlagenen Augen betrachtete. Was könnte *sie* schon anrichten?

Sie stand da, hielt ihre Laptop-Tasche unsicher fest und schob ihre Handtasche weiter auf ihre Schulter, während sie sich umsah und beobachtete, wie alle anderen seinem Assistenten zu den wartenden Fahrzeugkolonnen folgten.

Er winkte seinem Assistenten zu. „Sagen Sie Miss…" - er wedelte mit der Hand in ihre Richtung - „dass sie mit mir fahren wird." Er würde den Klang ihrer Stimme während der Fahrt nach Qusayr Zarqa genießen. Warum nicht?

„Gewiss, Eure Hoheit."

Er beobachtete, wie sie zusammenzuckte, als sein Assistent höflich neben ihr hustete. Er lächelte in sich hinein. Was konnte es schon schaden?

KAPITEL 2

Die Limousine löste sich sanft vom Bordstein und fuhr die blassrosa Straße entlang, die von verspiegelten Gebäuden und Dattelpalmen gesäumt war. Die Menschen – einige in westlicher Kleidung, andere in den traditionellen weißen Gewändern Ma'ins – drehten sich um und starrten, als die Limousine vorbeifuhr. Manche verbeugten sich, da sie das Auto des Königs erkannten, auch wenn sie ihn durch die schwarz getönten Scheiben nicht sehen konnten. Der König schien dies nicht zu bemerken, saß einfach zurückgelehnt da und telefonierte, wie er es tat, seit sie neben ihm auf dem Rücksitz Platz genommen hatte.

Cara hatte sich noch nie so unwohl gefühlt. Warum um alles in der Welt hatte er ihre Anwesenheit gewünscht? Er hatte kein einziges Wort mit ihr gewechselt, seit sie in die Limousine gestiegen war, und dennoch hatte er ausdrücklich darum gebeten, dass sie ihn begleitet. Hatte er sich einen falschen Eindruck von ihr gemacht? Sie blickte auf ihren konservativen beigefarbenen Anzug hinab und strich eine Falte glatt, bevor sie ihren Blick wieder nach draußen richtete. Wie könnte er einen falschen Eindruck bekommen? Wenn dem so wäre, wäre er der Erste.

Und dann war da noch die Limousine. Das allein wäre schon Grund genug gewesen, sich unwohl zu fühlen. Sie war riesig. Zwischen ihr und dem König war genug Platz für zwei weitere Personen. Gott sei Dank! So anders als der Mini, den sie in England fuhr, wenn sie bei ihrer Großmutter war. Allein der Gedanke an den kleinen gelben Mini ihrer Großmutter, der durch die schmalen Gassen Norfolks flitzte, machte sie sentimental.

Sie seufzte und konzentrierte sich auf die vorbeiziehende Landschaft. Sie musste es nur überstehen, dann würde sie genug haben, um ihre Schulden zu bezahlen und neu anzufangen. Trotz ihrer Gefühle für England würde sie dort nicht mehr leben - zu viele traurige Erinnerungen hingen daran. Nein, sie würde in Italien neu anfangen. Aber sie würde dieses kleine, exotische Land vermissen, mit seiner modernen Stadt an der geschwungenen Bucht der Golfküste und den Wüstenebenen, wo die alte ma'inesische Kultur noch zu finden war. Sie würde es vermissen, aber sie hatte keine andere Wahl, als zu gehen.

Ja, sie hatte genug Gründe, sich unwohl zu fühlen, aber der größte saß neben ihr. Sie warf einen schnellen Blick aus dem Augenwinkel auf den König. Ihr erster Eindruck von Stärke und Arroganz hatte sich nicht geändert. Aus der Nähe war er noch eindrucksvoller. Sie konnte nur sein Profil sehen - so stark und kompromisslos wie alles andere an ihm –, während er auf den Computerbildschirm schaute. Seine weißen Gewänder fielen in Falten von breiten Schultern über lange Beine, die er vor sich ausgestreckt hatte. Er hatte eine beunruhigende Ruhe in seinen Bewegungen. Keine Veränderung im Gesichtsausdruck, kein Trommeln mit den Fingern, kein Zögern, wenn er sprach. Seine Worte waren kurz, präzise, und seine Bewegungen sparsam, als wäre Unsicherheit ein ihm unbekanntes Wort. Und warum sollte er nicht selbstbewusst sein? Er war der oberste Herrscher in dieser privilegierten und wohlhabenden Welt.

Sie verschränkte ihre Arme anders und wandte ihren Blick wieder dieser wohlhabenden Welt zu. Sie hatte keine Slums gesehen, keine Armut in Ma'in. Reich wie Krösus, und der Reichste von allen saß hier neben ihr. Er und sein Land waren Welten von ihr entfernt, und so sollte es auch bleiben. Sie brauchte nur ihren eigenen Sack Gold, dann würde sie weiterziehen. Sie seufzte. Gott, wie lange noch bis Qusayr Zarqa?

Plötzlich wich das helle Sonnenlicht den weißen Lichtern eines Tunnels. Ein Licht wurde in der Limousine eingeschaltet, und sie sah ihr eigenes Gesicht im Spiegelbild, blass und ängstlich. Sie blickte abrupt nach unten – sie brauchte keine Erinnerung daran, dass sie nicht in diese glamouröse Welt passte –, ihre Finger wanderten sofort zu der Stelle, an der ihr Ehering früher saß, tasteten danach, als wäre er noch da, suchten den Trost, den er ihr immer gegeben hatte. Aber er war nicht mehr da. Sie holte tief Luft und schaute wieder in das Fenster, das das Innere der Limousine spiegelte, direkt in den Blick des Königs. Sie wandte sich ab, aber es war zu spät. Sie hatte ihn an ihre Anwesenheit erinnert. Er legte das Telefon mit einer knappen Antwort beiseite und wandte sich ihr zu. Sie fühlte sich körperlich gezwungen, diesem intensiven Blick zu begegnen.

„Also, Fräulein..." Er verengte seine Augen. „Ich glaube, wir wurden nicht formell vorgestellt. Ich entschuldige mich für dieses Versäumnis."

Cara war von seiner Höflichkeit überrascht, die so gar nicht zu seinem ehrfurchtgebietenden Eindruck passte. Sie war auch von seinem perfekten Englisch beeindruckt. Das war definitiv niemand, der einen Übersetzer brauchte. Zumindest nicht für Englisch. „Oh", sagte sie verwirrt. „Carin-" sie stoppte sich gerade noch rechtzeitig. Ihren vollen Geburtsnamen zu nennen, wäre keine kluge Idee gewesen. „Cara Devlin."

Er neigte majestätisch den Kopf und streckte ihr seine Hand entgegen. „Es freut mich, Sie kennenzulernen, Fräulein Devlin." Sie reichte ihm ihre Hand, und er umschloss sie mit einem warmen Griff. Sie hatte etwas Zermalmendes erwartet, wie seine Persönlichkeit, aber dem war nicht so. Er war fest, warm, umhüllend, aber irgendwie wusste sie, dass er seine Kraft in diesem Griff zurückhielt, sich ihrer viel zierlicheren Hand in seiner bewusst. Sie schaute auf und konnte nicht anders, als über diese unerwartete Sensibilität zu lächeln. Aber es kam kein Lächeln zurück. Er mochte höflich sein, aber Lächeln gehörte offensichtlich nicht dazu. Sie spürte, wie ihr eigenes Lächeln schwächer wurde. Ihr Mann hatte immer gesagt, sie sei ein offenes Buch, dass alles, was sie dachte oder fühlte, sofort in ihrem Gesicht zu lesen war.

Seine Augen streiften in einem langen, verweilenden Blick über sie, bevor sie sich auf ihre Augen fixierten. Er nickte einmal, als hätte er eine Entscheidung getroffen. Er lehnte sich zurück und wandte sich ihr zu. „Erzählen Sie mir etwas."

Sie runzelte verwirrt die Stirn. Von allen Dingen, die sie erwartet hatte, stand eine Einladung, über irgendetwas zu sprechen, ganz unten auf der Liste. Hatte sie etwas verpasst? „Entschuldigung, ähm", sie schüttelte den Kopf, „worüber möchten Sie, dass ich spreche?"

„Irgendetwas. Erzählen Sie mir von sich, wenn Sie möchten."

„Was möchten Sie denn wissen?"

„Alles, was Sie mir mitteilen möchten. Mein Bruder hat Sie eingestellt, ich weiß wenig über Sie, und Sie scheinen unsere Sicherheitsüberprüfungen erfolgreich umgangen zu haben."

Cara wurde blass. Das war auch gut so, sonst hätte sie den Job vielleicht nicht bekommen. „Nun, natürlich kann ich die Unterlagen ausfüllen, wenn Sie das benötigen." Sie hielt ihre gekreuzten Finger außer Sichtweite. Er würde sie nicht wollen, wenn er wüsste, mit wem sie verheiratet war.

Er wischte ihren Vorschlag mit einer nachlässigen Handbewegung beiseite. „Ich denke nicht, dass das nötig ist. Ich bezweifle, dass Sie eine Gefahr für die nationale Sicherheit darstellen."

Manchmal, dachte Cara, war es nützlich, unbedeutend zu erscheinen.

„Sie arbeiten als Dolmetscherin, wie ich verstehe?", fuhr er fort.

„Ja. Dolmetscherin, Übersetzerin." Wusste er wirklich nicht, warum Prinz Sahmir sie eingestellt hatte? „Und... ich mache auch Sprachaufnahmen für eine Werbeagentur."

„Ah ja. Schokolade, nicht wahr?"

Sie biss sich auf die Lippe, verlegen bei der Erinnerung an ihre suggestiven Zeilen. „Und Autos", fügte sie hastig hinzu, „und eine Hotelkette."

„Alles, was eine verführerische Stimme erfordert." Seine Augen verengten sich, aber aus welcher Emotion heraus, konnte sie nicht sagen. Sein Gesicht war ansonsten so undurchschaubar wie immer. „Eine *überzeugende* Stimme."

„Nun, ähm, ich denke schon."

„Und Ihre Sprachkenntnisse. Erzählen Sie mir davon. Man sagt mir, Sie sprechen fließend Portugiesisch und Japanisch und verstehen meine Sprache gut."

„Ja."

Plötzlich änderte sich der Luftdruck im Auto und sie kamen aus dem Tunnel heraus. Cara drehte sich um und blinzelte in den hellen Sonnenschein, bevor sie sich wieder ihm zuwandte. Er hatte sich in seinem Sitz zurückgelehnt und beobachtete sie, als sähe er sie zum ersten Mal, während er nachdenklich mit dem Finger über seine Lippen fuhr.

„Ungewöhnlich", murmelte er.

Sie runzelte die Stirn. „Meine Sprachen?"

Er blinzelte, als versuchte er, einen Gedanken wiederzufinden. „Natürlich. Für eine Engländerin sind solche Sprachkenntnisse nicht üblich."

„Vielleicht. Aber meine Mutter kam aus Brasilien und ich habe Japanisch als Hauptfach studiert." Sie zuckte mit den Schultern. „Das Arabische habe ich einfach so aufgeschnappt."

„Sie sind klug. Das ist gut. Es könnte nützlich sein,

wenn Sie allem zuhören, was gesagt wird, sowohl in als auch außerhalb der Meetings, und mir Bericht erstatten."

Sie runzelte die Stirn. „Sie meinen, Ihre Gäste ausspionieren?"

Er hob fragend eine Augenbraue. „Gäste? Ja, ich nehme an, das sind sie. Aber nicht zum Vergnügen. Nur für geschäftliche Zwecke. Und was das Spionieren angeht. Habe ich dieses Wort benutzt?"

„Nun, nein, aber-"

„Dann bezweifle ich, dass ich das gemeint habe. Sie stehen in meinen Diensten und ich wünsche, dass Sie interpretieren, was Sie hören, und es mir mitteilen. Ich hoffe, Sie sind damit einverstanden?" Sein Ton war eiskalt. Ein Schauer lief ihr über den Rücken. Er war der König und er erinnerte sie daran, das nicht zu vergessen.

„Ja, natürlich, Eure Königliche Hoheit."

Er nickte und schwieg einen Moment, seine Augen noch immer auf sie gerichtet, sie einschätzend. „Und hat mein Assistent Sie über das Thema des Meetings informiert?"

Sie schüttelte den Kopf. „Nein."

„Dann werde ich das tun. Sie müssen den Kontext kennen, um effektiv sein zu können. Vor dreißig Jahren, Frau Devlin, lud mein Vater Investoren in unser Land ein. Sie kamen und sahen ein Land, das ihnen leer erschien." Er wandte sich um und blickte aus dem Fenster auf die leere Wüste, die sich nun zu beiden Seiten erstreckte. „Und tatsächlich erschien es auch meinem Vater leer, dessen Vision erfüllt war von den Städten, die er während seines Studiums in Amerika und Europa gesehen hatte. Er wollte König eines Landes sein, das erfüllt war von den

Herrlichkeiten der Zivilisation, nach der er sich so sehnte."

Er verstummte und Cara folgte seinem Blick hinaus in die scheinbare Monotonie der Wüste. „Kein Land der Wüste."

Er wandte sich ihr zu und forschte einige Momente in ihren Augen. „Nein, kein Land der Wüste. Eine Stadt. Eine Stadt der Türme, des Reichtums, der Automobile, der Maschinen, der Finanzen. Eine Fata Morgana aus Licht und Magie. Und er hatte Erfolg. Diese Besucher gaben meinem Vater alles, was er sich wünschen konnte."

Er verstummte wieder und Cara spürte, dass irgendein Kommentar erforderlich war. „Nun, das war dann ja ein gutes Ergebnis."

„Nein, Frau Devlin, das war es nicht. Allerdings ist dieser Dreißig-Jahres-Vertrag nun abgelaufen und wir sind hier, um die Bedingungen zu erneuern."

Cara blinzelte nervös. Sie hatte nicht gewusst, dass das Meeting so wichtig war.

„Und deshalb, Frau Devlin, wäre ich Ihnen für Ihre Kooperation in dieser Angelegenheit dankbar. Ich möchte, dass Sie überall dort sind, wo diese Männer sind. Ich möchte, dass Sie zuhören, was sie zu sagen haben, und ich möchte, dass Sie mir alles berichten, was Sie hören."

Sie nickte, runzelte aber die Stirn. „Und Sie vertrauen mir dabei? Ich meine, ich *bin* vertrauenswürdig, aber das wissen Sie nicht. Wie Sie sagen, ich wurde nicht überprüft."

„Ich vertraue niemandem. Nicht Ihnen, nicht den Menschen, mit denen ich Geschäfte mache, nicht meinen Mitarbeitern. Niemandem. Aber ich vertraue meinem Instinkt und ich kann eine Lüge von der Wahrheit unterscheiden. Sagen Sie mir die Wahrheit und wir werden gut miteinander auskommen." Er lehnte sich in seinem Sitz zurück und musterte sie eindringlich. Er nickte kurz. „Sie erröten schnell, Frau Devlin." Sie errötete sofort. Er lächelte. „Ich bezweifle irgendwie, dass Sie ein Sicherheitsrisiko darstellen. Ich bezweifle sehr, dass Sie jemals mit einer Lüge durchkämen. Nun, wir haben noch etwas Zeit, bevor wir ankommen, sprechen Sie mit mir."

Wieder diese Aufforderung. Worüber zum Teufel sollte sie reden? Er musste ihre Verwirrung bemerkt haben.

„Irgendetwas", fuhr er fort. „Erzählen Sie mir, wie lange Sie schon in meinem Land sind."

Cara schluckte. Sie hatte kein Verhör erwartet. Sie zuckte mit den Schultern und hoffte, lässig zu wirken. „Ein paar Jahre."

„Und warum sind Sie hergekommen?"

Sie zögerte nur einen Moment, als das Bild ihres Ehemanns Piers durch ihren Kopf huschte, der sie drängte, ihren Konzern-Job in London zu verlassen und mit ihm nach Ma'in zu reisen, wo seine Kontakte ihm sagten, sein Import-Export-Geschäft würde florieren. Es war keine große Entscheidung gewesen. Schließlich war sie schon einmal hier gewesen, mit ihrem Vater.

Sie schaute auf, begegnete König Tariqs Blick und zeigte ein schnelles Lächeln, in der Hoffnung, die verhasste Erinnerung würde sich auflösen. „Ich kam mit einem Freund her und bin einfach geblieben." Lügen, das wusste sie, würden nicht unentdeckt bleiben, aber mit der sparsamen Wahrheit könnte sie durchkommen.

„Und Sie mögen mein Land?"

Sie lächelte. „Es ist fabelhaft."

Er runzelte die Stirn. „Sie meinen die Stadt?"

Sie zuckte mit den Schultern. „Nun ja, aber ich bin auch in der Wüste gewesen und habe die Alten Städte besucht. Sie sind unglaublich."

„Sie schätzen also die Vergangenheit meines Landes." Er nickte anerkennend. „Dann wird Sie unser Ziel interessieren. Es war das Zuhause meiner Vorfahren. Ursprünglich war es eine der Wüstenburgen entlang der Gewürzroute vom Osten zum Mittelmeer. Während unsere Wurzeln bei den Beduinen liegen, bedeutet unsere Position hier an einem strategischen Punkt der Meere, dass unsere Geschichte stark von Persien beeinflusst wurde. Daher die Vermischung der Kulturen, ein reiches kulturelles Erbe, dessen Überreste überall zu sehen sind." Er folgte ihrem Blick. „Wenn man weiß, wo man suchen muss." Er presste die Lippen zusammen. „Leider zu verlockend für manche, um der Versuchung zu widerstehen." Er wandte sich ihr wieder zu, als erinnere er sich an ihre Anwesenheit. „Also, haben Sie vor, in Ma'in zu bleiben?"

Sie schüttelte den Kopf und biss sich auf die Lippe, da sie die Verneinung sofort bereute.

König Tariq hob fragend eine Augenbraue. „Warum nicht, wenn es Ihnen hier so gut gefällt? Meine Vision von Ma'in mag nicht mit der meines Vaters übereinstimmen, aber ich heiße Menschen willkommen, die zur Wirtschaft meines Landes beitragen können."

Sie blickte auf ihre gefalteten Hände und überlegte, wie sie diesem Verhör entkommen könnte und warum um alles in der Welt ein König ihr solche Fragen stellte. „Ich möchte in Italien ein neues Leben beginnen."

„Ist Italien Ihre Heimat?"

Eine sehr gute Frage. Sie zuckte mit den Schultern.

„Nein. Ich habe eigentlich keine. Das Nächste, was ich als Heimat bezeichnen könnte, ist England – ein kleines Dorf in Norfolk. Der Ort, an dem ich meine Großmutter zu besuchen pflegte. Aber ich werde nicht dorthin zurückkehren. Dort gibt es nichts für mich, nichts außer Regen und Wolken." Sie konnte ein Schaudern nicht unterdrücken.

„Erzählen Sie mir davon."

Sie runzelte die Stirn. Wann würde dieses Verhör enden? Er konnte sich doch unmöglich wirklich für sie interessieren? „Es ist hübsch, ein sehr altes Dorf. Im Sommer hat es viele Besucher, die den Weg mittelalterlicher Pilger nachverfolgen." Sie hielt inne und schaute zu ihm auf, hoffend, dass er gelangweilt wäre. Aber sein Gesichtsausdruck blieb undurchschaubar, unverändert.

„Fahren Sie fort", sagte er.

„Meine Großmutter starb letztes Jahr. Ihr Haus wurde verkauft, aber sie hinterließ mir einen Laden im Zentrum des alten Dorfes, über dem sich eine kleine Wohnung befindet. Sie blickt auf den mittelalterlichen Brunnen am Marktplatz. Dahinter sind die Tore zur Abtei." Sie holte tief Luft. „Es ist umgeben von Weizenfeldern, dem leuchtenden Gelb der Rapsfelder, uralten mittelalterlichen Kirchen. Es ist sehr schön, ruhig. Aber ich war dort nur zu Besuch." Sie blickte auf ihre ängstlich im Schoß gefalteten Hände, ihre Finger suchten die leere Stelle an ihrem Ringfinger. Sie riss ihre Hände auseinander und schaute hinaus auf die karge Landschaft, durch die sie nun fuhren.

Sie hatte zu viel gesagt. Sie war es nicht gewohnt, dass sich jemand für sie interessierte. Sie war immer die Zuhörerin, nicht die Erzählerin. Aber als sie begann, den einzigen Ort zu beschreiben, der sich je wie ein Zuhause angefühlt hatte, sprudelten die Worte einfach heraus.

„Sicherlich würden sich Ihre Familie und Freunde freuen, wenn Sie nach Norfolk zurückkehren würden?"

Er lächelte nicht, aber seine Augen waren wärmer geworden, als wäre er interessiert. Da schmolz etwas in ihr. *Er war wirklich interessiert.* Es war ein seltsames Gefühl. Sie lächelte. „Ich habe keine Familie mehr. Ich bin ein Einzelkind, meine Eltern sind beide tot. Und ich kenne dort auch nicht viele Leute. Nein, ich habe nicht vor, für immer nach England zurückzukehren. Ich kann überall zu Hause sein."

Sie wartete. Kein mitfühlendes Gemurmel, keine verlegenen Blicke. Nur nüchterne Akzeptanz ihrer Worte.

„Also ist Ihr Zuhause nur ein Ort... interessant. Ich finde viele Orte auf der Welt schön, aber dies" – er deutete vor ihnen auf ein Gebäude, das langsam aus dem felsigen Gelände auftauchte – „ist mein Zuhause."

Sie folgte seinem Blick zu dem weitläufigen, alten Lehmgebäude, das sie zunächst für einen Teil der Hügel gehalten hatte, die die steinige Ebene säumten. Aber als sie näher kamen, enthüllte sich seine quadratische, kompromisslose Fassade. An jeder Ecke ragten runde Türme hervor. Der Haupteingang war von einem drei Stockwerke hohen Bogen umrahmt, und entlang der Oberseite war die Fassade von quadratischen Fenstern durchbrochen. „Zuhause? Es sieht... nun, es sieht sehr anders aus als Ihr Stadtpalast."

Zum ersten Mal sah sie einen Hauch eines Lächelns. „Das stimmt." Er neigte sich ein wenig zu ihr und sie roch sein Aftershave, das genauso männlich war wie er selbst, und spürte seinen warmen Atem an ihrer Wange. „Und *deshalb*, Frau Devlin, nenne ich es mein Zuhause."

Sie schaute zu ihm auf, überrascht von diesem Vertrauen. Er war nah, so nah, dass sie die feinen Farbnuancen in seinen Augen sehen konnte, die aus der Ferne schwarz aussahen, aber aus der Nähe Schattierungen von Kastanienbraun und dunklem Gold enthielten. Es muss nur ein Moment gewesen sein, den er so nah bei ihr verweilte, ohne sie zu berühren, ohne respektlos zu sein, aber es reichte aus, um eine Hitzewelle durch ihren Körper zu schicken. Sie konnte spüren, wie ihr Gesicht aufleuchtete, aber sie konnte sich nicht wegbewegen. Sie war gefesselt von diesen Augen, die auf ihre fixiert blieben. Sie schluckte. „Es passt zu Ihnen." Erst als sie sah, wie ihre Worte sich in seinem Gesicht widerspiegelten und das erste Lächeln kurz auf seinen Lippen verweilte, wurde ihr klar, wie persönlich ihr Kommentar war. Sie lehnte sich hastig zurück. „Es tut mir leid, ich meine nur..." Sie verstummte, verwirrt.

Aber er bewegte sich nicht, ließ seinen Blick nur kurz über ihr Gesicht schweifen. „Ich weiß, was Sie meinen, und Sie haben völlig Recht. Der Stadtpalast war ein Produkt der Bestrebungen meines Vaters. Der Wüstenpalast, zu dem wir fahren, war der Ort, an dem ich von meinem Großvater aufgezogen wurde, der Ort, an dem meine Familie viele Generationen lebte, bevor die Stadt überhaupt erdacht wurde. Hier gehöre ich hin." Er neigte den Kopf zur Seite. „Wir müssen alle irgendwo hingehören, nicht wahr, Frau Devlin?"

Sie zuckte mit den Schultern, unfähig zuzustimmen. Außerdem, was brachte es schon, irgendwo hinzugehören, wenn alle Menschen, die man liebte, einen verlassen hatten? Sein Lächeln verschwand, als die Limousine vor dem Eingang hielt, die anderen Autos folgten. Ihre Türen wurden plötzlich geöffnet, aber der König stieg nicht sofort aus.

„Ich hoffe, Sie genießen Ihren Aufenthalt, Frau Devlin." Er hielt inne, während er ihren Blick festhielt.

Sie nickte, sprachlos, während sie sich fragte, wie sie in ein so persönliches, tiefgründiges Gespräch mit Seiner Königlichen Hoheit, Tariq ibn Saleh al-Fulan, König von Ma'in und oberster Scheich seines Volkes, geraten war. Es war, als wolle er wirklich alles über sie wissen, ihr *wahres* Ich. Und wie entwaffnend, wie ungewöhnlich war das? Er schien wirklich hören zu wollen, was sie zu sagen hatte. Sie lächelte. „Ich denke, das werde ich."

Er stieg aus der Limousine und beugte dann den Kopf, um noch einmal mit ihr zu sprechen. „Sie haben eine sehr schöne Stimme. Ich freue mich darauf, mehr davon zu hören."

Brennende Enttäuschung löschte ihr Vergnügen aus, als sie ihn zum Palasteingang gehen sah, während die Menschen hinter ihm in seinen Schritt fielen. Der intime Zauber war durch das Kompliment gebrochen. Es war ihre Stimme. Das war alles. Nur ihre Stimme wollte er hören, nichts von dem, was sie gesagt hatte. Alles, was er gewollt hatte, war sie reden zu hören. Er hatte nicht mehr über sie oder ihre Welt erfahren wollen. Natürlich nicht. Warum hätte er auch sollen? Wieder einmal war sie darauf reingefallen zu glauben, dass sich jemand für sie selbst interessierte. Und wieder einmal hatte sie sich geirrt.

Immerhin verstand sie es jetzt, bevor es zu weit ging. Sie strich sich mit zitternden Händen übers Haar, bevor sie aus dem Auto stieg, das ein Assistent zurückgekehrt war zu öffnen. Eine Hitzewand traf sie nach der Klimaanlage im Auto. Sie drückte gegen ihre Haut, ihre Lungen und versengte ihre Kehle, als sie versuchte zu atmen. Schnell folgte sie den anderen in das festungsartige Gebäude, erfüllt von brennender Enttäuschung ebenso wie von der Hitze der Wüstenluft.

Die Gruppe von Männern aus Aurus ging durch die Empfangshalle und reckte die Hälse, um die alte islamische Architektur und die Wandmalereien zu betrachten, die Jagdszenen, Tiere und Vögel darstellten.

„Unglaublich! Was für ein Prachtbau!"

Tariq tat so, als verstünde er nicht. „Das Schloss wurde um das achte Jahrhundert herum gebaut", sagte er auf Arabisch, „als Festung und Lustschloss für meine Vorfahren. Dieses Wandgemälde" - er zeigte auf ein Bild, das trotz seines Alters noch frisch in Farbe und Detail war - „zeigt den Kalifen, die Gestalt mit Heiligenschein, umgeben von Königen, die er besiegte, einschließlich des byzantinischen Kaisers und des westgotischen Königs von Spanien." Tariq deutete auf die gegenüberliegende Seite der Halle. „Und dort drüben ist das Hammam - der Badekomplex." Er bedeutete ihnen, ihm zu folgen, während Cara übersetzte.

Er trat in die Mitte des Hammams und wartete, bis die bewundernden Rufe verklungen waren, während die Männer ihre Hälse reckten, um das Tierkreisfresko hoch oben an der Kuppeldecke des Caldariums zu betrachten. „Dies ist der heiße Raum, und wie Sie sehen können, schätzte mein Volk die schöne Kunst."

„Das ist nicht alles", rief einer aus der Gruppe lachend nach Caras Übersetzung. „Sieht so aus, als hätten sie auch gewusst, wie man das Leben genießt, wenn man nach diesen Bildern geht."

Tariq ignorierte ihre Kommentare - sie waren geschmacklos und zu erwarten. Es ärgerte ihn, ihre Anwesenheit in seinem Zuhause ertragen zu müssen. Aber welcher Ort wäre passender als dieses Schloss - ein Symbol seines Landes und seiner Kultur -, um sein Erbe zurückzufordern? Er blickte in die erhobenen Gesichter der Geschäftsmänner. „Willkommen in Qusayr Zarqa, meine Herren. Bitte machen Sie es sich bequem. Ich lasse Sie mit Aarif allein und werde in einigen Stunden zum Abendessen wieder zu Ihnen stoßen. Ich wünsche Ihnen einen angenehmen Aufenthalt."

Cara übersetzte pflichtgemäß, während die Männer sie ignorierten und fasziniert die hochragenden Gewölbedecken und Fresken betrachteten. Tariq beobachtete sie dabei und fragte sich. Fragte sich, wie er ihre Augen zuvor nicht bemerkt hatte. Als sie zusammen in der Limousine gesessen hatten, wo ihre Augen nur vom fluoreszierenden Schein der elektrischen Lichter im Tunnel beleuchtet wurden, hatte das Weiße ihrer Augen seinen Blick gefangen, als er sah, wie sie ihn beobachtete. Klar und stetig hatten sie ihn wie ein Rettungsleuchte gerufen. Und er hatte geantwortet, indem er sein Telefonat beendete.

Und dann, als sie wieder ins volle Tageslicht kamen, waren ihre Iris in Farbe entflammt. Grün. Sie hatte grüne Augen. Zunächst hätte er sie haselnussbraun genannt. Nicht dass ihm der Gedanke gekommen wäre, sie überhaupt irgendwie zu nennen. Erst jetzt. Jetzt, da er gesehen hatte, dass sie eine Mischung vieler Farben waren, aber vorwiegend grün, das Grün der süßen Erleichterung. Wie hatte er das übersehen können?

KAPITEL 3

$\mathcal{D}$ie Nacht war durch die offenen Fenster des Speisesaals hereingebrochen und machte sich trotz des strahlenden Lichts der Kronleuchter an der Decke bemerkbar. Die elektrischen Lichter bildeten nur kleine Lichtinseln in dem höhlenartigen Raum, zwischen denen die undurchsichtige Dunkelheit ihr Territorium beanspruchte.

Tariq blickte schweigend und wachsam durch den Raum. Er beobachtete lieber; er hatte gelernt, dass man auf diese Weise viel mehr erfahren konnte. Er hatte auf die harte Tour gelernt, dass das Lächeln der Menschen und ihr oberflächliches Gerede wie der trügerische Schwung des windglatten Sandes waren - gefährlich, wenn man nicht wusste, wohin man seine Füße setzen sollte. Es war für ihn zur zweiten Natur geworden, zu verstehen, was unter der Oberfläche vor sich ging.

Er wusste, was diese Männer dachten, was sie wollten. Das Unternehmen, das sie vertraten, hatte in der vergangenen Generation seinen eigenen Weg gehabt. Dreißig

Jahre lang hatte er ihre aufdringliche Präsenz ertragen. Sie dachten, es würde so weitergehen, aber das würde es nicht. Sie hatten es nur noch nicht begriffen.

Einer der Aurus-Manager, Mahito, wandte sich ihm zu und sprach auf Englisch, seine Faszination für das Schloss schien sein Interesse an Verständigung zu wecken. „Es ist beeindruckend, dieser Ort."

„Danke", erwiderte Tariq zurückhaltend, ebenfalls auf Englisch.

„Aber wissen Sie, eine Woche hier? Wir können diesen Vertrag hier und jetzt heute Abend unterschreiben."

„Das ist nicht die Ma'inesische Art."

„Kommen Sie schon, was ist das Problem? Warum die Verzögerung? Sie haben das vertragliche Recht, uns auszukaufen. Sie haben es nicht getan. Was bringt das Warten? Unterschreiben Sie für weitere dreißig Jahre und wir sind weg."

„Aber wenn wir Sie nicht auskaufen, haben Sie auch das Recht, Ihre Anteile an einen anderen Standort zu übertragen. Sicherlich möchten Sie Ihre Optionen prüfen, bevor Sie unterschreiben?"

Mahito zuckte mit den Schultern. „Für uns ist das alles dasselbe. Ich habe nicht gehört, dass es irgendwo eine bessere Goldader gibt als die, an der wir bereits arbeiten." Dann verengten sich Mahitos Augen plötzlich interessiert. „Gibt es eine?"

Nun war es an Tariq, mit den Schultern zu zucken. Tariq musste Zeit gewinnen. Sahmir hatte die Mittel noch nicht aufgebracht. Nachdem er den Samen des Zweifels gesät hatte, wandte sich Tariq zu Cara um, die zögernd an der Schwelle stand. Mahito folgte Tariqs Blick und wandte sich dann ab, als er von einem anderen aus seiner

Gruppe in ein Gespräch verwickelt wurde. Tariq atmete einen lang angehaltenen Atemzug aus und wurde sich plötzlich bewusst, dass er unterbewusst auf sie gewartet hatte.

Das Summen der Gespräche verstummte, als er seine ganze Aufmerksamkeit auf sie richtete, während sie lautlos über die antiken Teppiche schritt, deren Farben im Licht der Kronleuchter verblassten. Die Schattierungen der dunklen Abaya, die sie trug, wechselten von Mitternachtsblau zu Obsidianschwarz und veränderten sich, als sie an den flackernden Lichtern der übergroßen Kerzen vorbeikam, die Tariq bevorzugte. Es war warm im Speisesaal, aber es war nicht die Hitze der Wüste, die durch die offenen Türen hereinströmte und seine Adern zum Glühen brachte. Er nickte seinem Assistenten Aarif zu, der aufstand, sie begrüßte und sie, wie befohlen, zu Tariq brachte.

Auch Tariq erhob sich und begrüßte sie, als sie neben ihm Platz nahm. Sie setzte sich, und Aarif half ihr, den Stuhl hinter sich zu schieben. Tariq ließ sich in den wunderschön geschnitzten Ormolu-Stuhl sinken, legte seine Finger zu einem Dreieck zusammen und drückte sie einen Moment lang an seine Lippen, während er sie beim Hinsetzen beobachtete. Ihre Bewegungen waren zart, subtil, kaum wahrnehmbar. Es war, als würde sie die ganze Zeit versuchen, *nicht* bemerkt zu werden. Und zweifellos gelang ihr das meistens. Meistens, außer bei ihm. Er hatte jahrelang mit einer sehr auffälligen Frau zusammengelebt. Jetzt reizte ihn das Gegenteil. War seine Frau Laiha wie ein Rubin gewesen, funkelnd und zur Schau gestellt, so war Cara wie eine Perle - versteckt und selten.

„Also, Fräulein Devlin", sagte er auf Arabisch, „was halten Sie von Qusayr Zarqa, nachdem Sie nun Zeit hatten, es zu inspizieren?"

„Es ist... sehr großartig. Sehr... einschüchternd."

„Hmm..." Er hielt inne, während er die Empfindungen genoss, die ihre Stimme in seiner Muttersprache in ihm auslöste. „Ja, manchmal ist es nützlich, einschüchternd zu wirken. Besonders gegenüber den eigenen Feinden."

„Und laden Sie oft Ihre Feinde in Ihr Zuhause ein?"

Er lächelte, während er das Wasserglas an seine Lippen führte. Er trank und stellte den geschliffenen Kristallkelch vorsichtig wieder auf den Tisch. „Manchmal ist es notwendig."

„Und Ihre Freunde?", fragte sie unschuldig. „Wenn Sie Ihre Freunde hierher einladen, sind sie dann nicht eingeschüchtert?"

Er schwieg, und zum ersten Mal, seit sie sich neben ihn gesetzt hatte, spürte er, wie sein Lächeln von seinen Lippen verschwand. Innerhalb von Minuten hatte sie den Kern seines Wesens getroffen. Er hatte Angestellte, er hatte Untertanen, er hatte Familie, aber er hatte wenige echte Freunde. Er hatte sein Leben damit verbracht, Intimität zu vermeiden und sich nur darauf zu konzentrieren, was er tun musste, um die Kontrolle über den Reichtum seines Landes zurückzugewinnen. Er räusperte sich.

„Der Palast ist im Grunde ein Jagdschloss - ein Rückzugsort. Als meine Frau noch lebte, haben wir hier Gäste empfangen, um Besuchern einen kleinen Einblick in unsere Wüstenkultur zu geben."

Sie hob eine Augenbraue, und er folgte ihrem schnellen Blick über die opulente französische Einrichtung.

„Sie fragen sich, welche Verbindung die Dekoration und diese Möbel zu meiner Kultur haben?"

Sie wirkte unbehaglich, aber zu ihrer Ehre hielt sie seinem Blick stand, während sie mit den Schultern zuckte. „Ich möchte Sie nicht beleidigen, Eure Königliche Hoheit. Es ist nur so, dass-"

„Die Beduinen nicht für ihre Louis-XV-Anrichten bekannt sind?" Er lächelte und wurde mit einem verlegenen Lächeln belohnt, als sie nickte. „Fräulein Devlin, der Einkauf französischer Antiquitäten war so etwas wie ein Hobby meiner Frau, und außerdem würden wir jetzt, wenn wir auf traditionelle Weise bewirten würden, auf einer Kamelhaardecke in einem zugigen Zelt sitzen und Kamelmilch trinken. Das ist nicht unbedingt das, was unsere Besucher genießen würden."

Ihr Gesicht strahlte plötzlich von innen heraus, und aus dem Nichts brach ein kurzes, ansteckendes Lachen hervor. Er lehnte sich in seinem Stuhl zurück, als hätte ihn eine starke Hand zurückgestoßen.

„Nein, das kann ich mir vorstellen, und ich bin sicher, dass Ihre Gäste sehr dankbar für Ihre Rücksichtnahme sind." Ihr Lächeln wurde zu einem schiefen Grinsen, während sie sich im Raum umsah. Sie deutete auf Mahito, der sein Champagnerglas gegen das Licht hielt und die Farbe des Weins prüfte. "Ich habe gehört, wie er von einer Safari in Afrika erzählt hat, wo sie unter freiem Himmel gezeltet haben. Es stellte sich heraus, dass das Camp eine Luxuslodge war."

Sie wandte sich ihm zu, und obwohl das Lachen verschwunden war, funkelten ihre grünen Augen mit einem Glanz, den er noch nie zuvor gesehen hatte. Es war so anders, so plötzlich, dass er es schockierend fand... und fesselnd. Er hätte mit seinen anderen Gästen sprechen sollen, aber er tat es nicht. Er wollte mehr über diese Frau erfahren, die sich so gut vor aller Augen verbarg.

„Und Sie, Fräulein Devlin, welche Erfahrungen haben Sie mit dem Camping?"

Das Leuchten in ihren Augen veränderte sich plötzlich, wurde verschleiert und entrückt. Sie nahm einen Schluck Wasser und blickte auf, aber das entspannte Lachen war verschwunden. Sie war jetzt auf der Hut, als würde sie etwas zurückhalten. „Ein zugiges Zelt auf jeden Fall. Aber wir hatten Schlafsäcke. Und Milch von dem Bauernhof, wo wir campten."

„Nicht unähnlich wie hier. Außer dass Sie vermutlich weniger Sand und mehr grüne Felder hatten."

Sie nickte. „So ungefähr. Plus viel mehr Regen." Das Grinsen blitzte wieder auf, bevor sie einen Schluck Wasser nahm. Aber es war nicht dasselbe.

„Und es hat Ihnen gefallen?"

Sie wirkte überrascht von seiner Fragerei. Das war er auch. Aus irgendeinem Grund faszinierte sie ihn. Sie hielt sich zurück, verbarg sich, bewahrte Geheimnisse, Geheimnisse, die er kennenlernen wollte.

„Ja. Sehr sogar. Ich blieb bei meiner Großmutter, während meine Eltern für verschiedene Universitäten durch die Welt reisten, und campte mit der Tochter der Nachbarn auf einem ihrer Felder. Sie war und ist eine gute Freundin."

„Ihre Eltern waren Akademiker?"

„Mein Vater war es."

„Was war sein Fachgebiet?"

Sie presste kurz die Lippen zusammen. „Antiquitäten."

Tariq runzelte die Stirn. „Antiquitäten? Ein Sir

Thomas Devlin besuchte ab und zu unsere Universität in Ma'in."

Sie nickte. „Mein Vater."

Bildete er es sich ein, oder wirkte sie plötzlich unwohl? „Sein Wissen über unsere alten Texte war unübertroffen."

„Ja. Er liebte sein Fachgebiet und besonders Ma'in."

„Und teilen Sie sein Interesse?"

Sie zuckte mit den Schultern und nickte ausweichend.

Tariq zeigte auf einen Text unter einem Fresko. „Können Sie das lesen?"

Sie runzelte ein paar Momente die Stirn über den alten Worten und übersetzte sie dann perfekt.

„Ich bin beeindruckt." Er war mehr als beeindruckt. Ihre Fähigkeit könnte sich als äußerst nützlich erweisen.

„Seien Sie es nicht. Mein Vater kritisierte meine Bemühungen sehr."

„Erzählen Sie mir von ihm."

„Er war ein großer Gelehrter, aber" - sie schenkte ihm ein unbehagliches Lächeln - „er hasste Camping. Und Sie, Eure Majestät. Haben Sie oft unter einer Kamelhaardecke gecampt mit nur Kamelmilch zum Trinken?" Kein sehr subtiler Themenwechsel. Trotzdem schmolz er ein wenig bei dem Lächeln, das mit entwaffnender Keckheit über ihre Lippen huschte.

Er lächelte. „Bitte, nennen Sie mich Tariq. Wenn Sie mir solch freche Fragen stellen, sollten wir beim Vornamen sein."

Sie zögerte kurz, bevor sie nickte. „Und bitte nennen Sie mich Cara."

„Also, Cara, um Ihre Frage zu beantworten, ja, ich verbrachte als kleiner Junge viel Zeit bei meinen Großeltern in der Wüste. Ich war lieber dort als in der Stadt, die eine Baustelle war, als mein Vater die Stadt erschuf, die Sie heute sehen."

„Gab es viel, um einen kleinen Jungen in der Wüste zu unterhalten?"

„Oh ja! Ich verbrachte meine Zeit mit den Tieren, ich ritt und jagte".

„Was haben Sie gejagt?"

„Gazellen, Hasen und Steinböcke. Mit Salukis. Bei den Beduinen ist es Brauch, die Hunde vom Pferd zu lassen, damit sie einen Vorsprung haben..."

„Wow!" Sie blinzelte. „Davon habe ich noch nie gehört. Es klingt... blutrünstig und aufregend zugleich."

„Das war es. Aber nicht mehr als bei den Engländern, die mit Hunden jagen. Bei uns ist das Ende wenigstens schneller. Und wir sehen nicht so lächerlich aus wie ihr Engländer mit euren Uniformen, Traditionen und merk-würdigen Ausdrücken."

Er wurde mit einem weiteren kurzen Lachen belohnt. „Gehen Sie noch jagen?"

„Wenn ich kann. Es gibt mir die Gelegenheit, bei meinem Stamm zu sein, den Menschen meines Großvaters."

„Sie wurden nicht von Ihren Eltern großgezogen?"

„Mein Vater wurde jung König und lebte mit meiner Mutter, Schwester und zwei jüngeren Brüdern in der Stadt. Ich kam mit meinem Vater nicht zurecht. Alles Wertvolle, das ich heute weiß, habe ich von meinem Großvater gelernt." Er hörte auf zu sprechen, ihm wurde bewusst, dass er dieser Fremden Dinge erzählte, die nur seine Familie wusste. Wie so viele sensible, einfühlsame Menschen hatte sie die Fähigkeit, anderen Vertrauenswürdiges zu entlocken. Ihm fiel plötzlich auf, dass sie beide sich in ihren Sitzen so gedreht hatten, dass sie einander zugewandt waren, ihre Köpfe nahe beieinander, als wollten sie den Lärm in der Halle aussperren. Er wandte sich von ihr ab. „Und Sie lebten auch zeitweise von Ihren Eltern getrennt?"

„Nur wenn sie für die Arbeit meines Vaters oder meiner Mutter reisten. Meine Mutter war Musikerin und reiste beruflich viel, bis, nun ja, mein Vater krank wurde und..."

Sie blinzelte und schaute auf ihre Finger hinab, die unruhig in ihrem Schoß zuckten. Ihm wurde plötzlich bewusst, dass er zum ersten Mal seit vielen Jahren völlig von jemand anderem eingenommen war - von ihren Gedanken, ihrer Vergangenheit, ihren Gefühlen, ihrer bloßen Körperlichkeit. Als sie eine Hand an der anderen rieb, hätte er fast schwören können, er könne das feste Reiben ihrer Finger an seiner eigenen Hand spüren. Die Art, wie ihre schmalen Finger in schlichten, unlackierten Nägeln endeten, fesselte ihn, hielt seine volle Aufmerksamkeit, als wäre es die Antwort auf eine Frage, die er gestellt hatte.

„Eure Hoheit." Aarif, sein Assistent, durchbrach den Zauber. „Herr Hironaka-"

„Bitte nennen Sie mich Mahito. Wir sind hier alle Freunde."

Aarif neigte den Kopf und fuhr fort. „Mahito sagte gerade, er habe von der Sammlung unbezahlbarer früher islamischer Kunst gehört, die hier aufbewahrt wird."

Natürlich hatte er das. Tariq hatte dafür gesorgt, dass die Männer davon erfuhren. Tariq nickte Aarif zu. Er konnte sich immer darauf verlassen, dass sein Assistent ihn auf Kurs hielt. Nicht dass er das normalerweise brauchte. Aber das sanfte Rascheln von Caras Abaya, als sie sich in ihrem Sitz bewegte, bedrohte seine übliche Konzentration. „In der Tat. Es wäre mir ein Vergnügen, sie Ihnen nach dem Abendessen heute zu zeigen, wenn Sie möchten."

Zufrieden, dass alles nach Plan lief, wandte Tariq seine Aufmerksamkeit wieder der Frau an seiner Seite zu. Er beugte sich etwas näher zu ihr, um ihren frischen, zarten Duft einzuatmen. Sie roch, als wäre sie an den Orangen- blüten vorbeigegangen, die im Innenhof blühten, und der Duft haftete immer noch an ihr. Irgendwie hatte er das Gefühl, dass der Duft hinter ihrem Ohr noch intensiver wäre, wenn er ihr helles, seidiges Haar anheben würde.

„Das wäre großartig", sagte Mahito, der darauf bestand, Japanisch zu sprechen. Tariq hatte gewusst, dass Mahito die treibende Kraft hinter der Aurus-Delegation war, aber er hatte nicht begriffen, wie mächtig er war, bis er ihre Interaktion gesehen hatte. Der Mann, kaum in den mittleren Jahren, war einmal gutaussehend gewe- sen, aber das bequeme Leben hatte seine Gesichtszüge erschlaffen und seine Augen wässrig werden lassen. Tariq verspürte einen Anflug von Abscheu vor der Kraftlosigkeit des Mannes. Diese Männer hatten von allem zu viel und schätzten nichts. „Auf dem freien Markt ein Vermögen wert, würde ich sagen", fuhr Mahito fort und sprach zu laut, als glaubte er, Tariq sei schwerhörig. „Das interessiert euch Ma'inesen natürlich nicht."

Cara zögerte einen Moment und wirkte verlegen über die Ignoranz des Mannes, aber als sie zu übersetzen begann, vergaß Tariq alles andere. Sie ließ die beleidigenden Nuancen weg und verlieh der Übersetzung eine Eleganz und Ehrerbietung, die im Original völlig fehlten.

Tariq antwortete unverbindlich und beobachtete, wie das Kerzenlicht auf Caras weichen Wangen flackerte. Irgendwie ließ die Blässe, die ihm früher aufgefallen war, sie jetzt nicht unbedeutend erscheinen. Sie wirkte subtil neben den geröteten Wangen des anderen Mannes; sie sah aus, als würde sie sich unter einer Fingerspitze wie Seide anfühlen.

Tariq nickte Aarif zu, der Mahito in ein Gespräch verwickelte. Sobald dieser sich abgewandt hatte, beugte Tariq seinen Kopf nahe zu Cara. „Ihre Übersetzung war ungenau."

Cara sah erschrocken aus. „Es tut mir leid, ich dachte nur-"

„Sie dachten, Sie fügen der Konversation des Mannes etwas Höflichkeit hinzu." Er nickte anerkennend. „Das war sehr rücksichtsvoll von Ihnen."

„Ich wusste nicht, dass Sie Japanisch können", sagte Cara.

„Ich beherrsche viele Sprachen, aber ich finde es... praktischer, wenn das nicht bekannt ist. Es kann sehr aufschlussreich sein." Er lehnte sich langsam zurück.

„Und was genau hoffen Sie, wird enthüllt?"

„Die Wahrheit."

Sie blickte kurz weg, eine leichte Röte lag auf diesen blassen Wangen. „Und die wird so leicht enthüllt, wenn Menschen Ihre Sprachkenntnisse nicht kennen?"

„In der Tat. Es führt zu einer gewissen Arroganz ihrerseits und sie lassen ihre Deckung fallen." Er nutzte die Gelegenheit, seinen Kopf zu ihrem zu neigen, als würde er ihr etwas Vertrauliches mitteilen. „Es ist immer gut, seinen Feind zu kennen, Cara. Und wenn sie einen dabei unterschätzen, sich entspannen und ihre wahren Gedanken offenbaren, umso besser."

Sie sah plötzlich zu ihm auf, diese grünen Augen dunkel wie ein schattiger Teich, und er vergaß alles – nicht nur was er dachte, sondern auch wo er war, sogar *wer* er war.

„Ihr Feind? Ich wusste nicht, dass dies ein Kampf ist, Eure Hoheit."

Er holte langsam tief Luft, als ihm plötzlich bewusst wurde, dass er bei ihr seine eigene Deckung hatte fallen lassen und ihr verraten hatte, wie er diese Geschäftsleute wirklich sah. Sie *waren* seine Feinde. Aber nur er sollte sich dessen bewusst sein.

„Nur insofern, als jede Geschäftsverhandlung ein Kampf ist, Frau Devlin. Haben Sie von *Die Kunst des Krieges* gehört? Dieses Buch wird häufig in der Geschäftspraxis verwendet. Es ist lediglich eine Art, eine Verhandlung zu betrachten."

Aarifs Versuch, Mahito abzulenken, war ins Stocken geraten, und zu Tariqs Ärger wandte sich Mahito wieder ihm zu. „Diese Antiquitäten, die Sie erwähnen. Ich hörte, einige davon wurden letztes Jahr gestohlen."

Tariq bewegte seine Finger, bevor er sie außer Sicht seiner Gäste zu Fäusten ballte. Mahito wandte sich an Cara und wartete darauf, dass sie übersetzte.

Tariq schloss kurz die Augen, als ihre Stimme sich wie Finger um sein Inneres schlang und zog, sein Blut raste zu der Stelle, die sie begehrte. Stille folgte.

„Wir haben das meiste davon zurückbekommen."

„Haben Sie den Dieb gefasst?"

Caras wunderschöne Stimme stockte ein wenig bei der Übersetzung und Tariq sah sie scharf an.

„Nein. Wir hatten keine konkreten Beweise, aber der Hauptverdächtige sitzt in Frankreich wegen eines anderen Verbrechens im Gefängnis."

Er bemerkte, wie Caras helles Haar plötzlich wippte, als sie ihren Stuhl vom Tisch rückte. Tariq drehte sich stirnrunzelnd zu ihr um: „Sie gehen doch nicht schon?" Er bemerkte, dass sein Tonfall den souveränen Unterton einer Feststellung hatte, als sie sich wieder setzte.

„Ich... ich fühle mich etwas müde."

„Sicherlich möchten Sie nicht die Gelegenheit verpassen, die Schätze von Qusayr Zarqa zu sehen? Bei dem Wissen Ihres Vaters darüber dachte ich, Sie wären neugierig."

Sie nickte zögernd. „Ja, natürlich."

„Dann werden wir jetzt gehen." Er erhob sich. „Meine Herren, wenn Sie mir folgen möchten."

Es war nach Mitternacht, als sie den Antiquitätenraum erreichten, hinunter über alte Treppen in einen kühlen, steinverkleideten Keller, weit unter der Erde, beleuchtet von dezenter Beleuchtung. Tariq gab einen Code in das Bedienfeld ein.

„Modernste Sicherheit? Ich hätte gedacht, hier draußen im Nirgendwo wäre es sicher", kommentierte Mahito auf Englisch.

Tariq knirschte mit den Zähnen, während er versuchte, nicht auf die Provokation einzugehen. „Eine Wüste hält keine Diebe ab. Das hätten Sie wissen müssen."

Er konnte an dem Gesichtsausdruck des anderen Mannes erkennen, dass dieser keine Ahnung hatte, dass Tariq sich auf ihn und seine Kollegen bezog.

„Oh ja. Dieser Einbruch, den Sie vorhin erwähnten, war der in diesem Palast?"

„Nein. Es war in der Stadt. Alles wurde seitdem hierher gebracht."

Er wandte sich an Cara, die hinter ihm stand. Er wusste, dass sie da war, er konnte es spüren. „Frau Devlin" - er kehrte zur förmlichen Anrede zurück, er hatte keine Lust, diese Ausländer sie beim Vornamen nennen zu hören - „diese Karten könnten Sie interessieren."

„Warum sollten sie?", fragte einer der Männer.

„Weil Frau Devlins Vater Professor an der Universität Cambridge und ein ausgezeichneter Gelehrter alter arabischer Texte war."

Die Augenbraue des Mannes schoss nach oben. „Sir Thomas Devlin war *Ihr* Vater?"

„Ja."

„Deshalb ist Ihr Arabisch so gut."

„Es mag gut sein", sagte Tariq. „Aber diese Schrift ist archaisch. Ich denke, sie geht sogar über Frau Devlins Fähigkeiten hinaus."

Cara starrte auf die Karte und konzentrierte sich auf den komplizierten Text mit den spinnwebdünnen Schleifen und Wirbeln, die vom Alter halb verdeckt waren. Sie legte den Kopf zur Seite und konzentrierte sich. „Nein." Sie schaute Tariq mit intensivem Interesse an. Er sah, dass sie in ihrem Element war. „Ich kann es gut lesen. Es beschreibt den Ort auf der Karte" - sie blickte auf den beleuchteten Titel - „Jabal al Kanz, als ‚ein Land voller Schätze, verborgen und kostbar, ein Ort, an dem die alten Religionen verehrt wurden, ein Ort, der das Leben bereichert und für immer zu schätzen ist.'"

Tariq sah sich unauffällig um. Wie er erwartet hatte, hingen die Männer gebannt an Caras Worten. Sie waren verzaubert von der archaischen Beschreibung des Wortes ‚Schatz‘, genau wie er es sich vorgestellt hatte. In ihrer Gier hatten die Männer ihre Verachtung für Cara vergessen.

„Schätze? Was für Schätze? Steht das dort?“

Tariq beobachtete Caras Gesicht aufmerksam. Wie viel würde sie wissen? Eine Falte bildete sich zwischen ihren Augenbrauen, als würde sie versuchen, etwas zu enträtseln. „Gold, denke ich. Aber-“

„Gold!“ Jede weitere Erläuterung ging in den aufgeregten Gesprächen unter, die zwischen den Männern ausbrachen. „Gold, Eure Königliche Hoheit? Sie haben nicht erwähnt, dass Sie weitere Goldadern auf Ihrem Land haben. Warum bauen Sie sie nicht ab?“

„Sie haben Fräulein Devlin gehört. Der Ort ist unserem Volk heilig.“

„Wie die erste Goldmine Ihrem Vater heilig war?“

Tariq zuckte innerlich über diese Unhöflichkeit zusammen. „Meine Herren, es ist spät. Ich schlage vor, wir ziehen uns jetzt zurück.“ Er ging zur Tür und wartete, während sein Assistent sie offen hielt.

„Aber... die Karte ist faszinierend. Können wir mehr erfahren?“

„Vielleicht später.“

Die Männer murmelten und verließen widerwillig den Raum, von Aarif angetrieben. Bald war der Letzte gegangen. Tariq schloss leise die Tür. Cara studierte immer noch konzentriert die alte Karte. Er trat hinter sie und gönnte sich den Luxus, sie einfach für einen Moment zu beobachten. Es gab etwas so Reines an ihr. Sie liebte die

Karte für das, was sie war – etwas Seltenes und Schönes – nicht für das, was sie ihr geben könnte.

„Die anderen sind gegangen, Cara."

Sie schaute zerstreut auf. „Oh, ich habe sie gar nicht gehört."

„Nein, du warst zu sehr in die Karte vertieft."

Ihre Finger waren über dem Glaskasten ausgebreitet, als würde sie das zerbrechliche Pergament berühren. „Sie ist wunderschön", hauchte sie.

Er neigte seinen Kopf zu ihrem, als wolle er die Karte untersuchen. In Wirklichkeit wollte er ihr näher sein.

„Schau hier." Sie zeigte auf eine bestimmte Textstelle. „Es verwendet das Wort ‚Schatz' wieder, aber diesmal in einem anderen Kontext – als ‚lebensspendend'."

„Komm." Er griff nach ihrer Hand und zog sie vom Schaukasten weg. Ihre Haltung änderte sich sofort.

„Tariq... Eure Hoheit, meine ich."

„Tariq ist in Ordnung. Du brauchst nicht so misstrauisch zu schauen, es ist einfach Zeit zu gehen. Das ist alles."

Sie nickte zögernd, als würde sie es nicht verstehen. Aber das tat er auch nicht. Er hielt immer noch ihre Hand, und das Gefühl ihrer Haut an seiner vertrieb fast jeden rationalen Gedanken aus seinem Kopf. Fast. Er musste sie von der Karte wegbringen. *Jetzt.* Er wollte nicht, dass sie ihre wahre Bedeutung verstand. *Das* würde die Aurus-Gruppe nicht interessieren; *das* würde sie nicht lange genug ablenken.

Widerwillig ließ er ihre Hand los und trat zurück, deutete ihr an, zur Tür voranzugehen. Mit gesenktem Kopf tat sie es. Er beobachtete sie, ohne sich selbst zu bewegen.

„Du solltest deinen Kopf heben, Cara."

Sie schaute zu ihm auf, und er sah immer noch den Schleier der Verwirrung, den sie zu verbergen versuchte. „Warum?"

„Weil die Menschen dich nicht so sehen, wie du wirklich bist."

„Vielleicht ist das gut so." Ihre Stimme war fast ein Flüstern. Es kostete ihn alle Mühe, sich davon abzuhalten, näher an sie heranzutreten.

„Das ist nie gut. Schau nach oben. Schau so hoch du kannst und nimm den Raum um dich herum ein."

Er trat vor und hob ihr Kinn an, und ihm stockte der Atem. Ein heller Lichtstrahl von einer Vitrine über der Tür traf ihre Kieferlinie und betonte ihre cremefarbene Haut. Er kämpfte gegen den Drang an, die Linie mit seinen Fingern nachzuzeichnen, die noch immer unter ihrem Kinn ruhten, sie zu berühren, diese Weichheit zu spüren, die ihm im harten Tageslicht so schwer greifbar war. Doch dann sah er einen Ausdruck des Erkennens in ihren Augen, gefolgt von Entsetzen und Verwirrung. Er wandte sich stirnrunzelnd ab, unwohl darüber, jemandes Gefühle so direkt und unverhüllt gesehen zu haben, und schaute nach oben, um zu sehen, was eine solche Reaktion ausgelöst hatte. Es war nur eine kleine antike Statue in einer Nische über der Tür. Er sah sie wieder an.

„Es war einmal ein Paar. Die andere ist verschwunden."

„Gestohlen..."

Ihr Gesicht wurde plötzlich noch blasser, falls das überhaupt möglich war. Vielleicht war es das Licht, das direkt von oben auf sie schien? Er runzelte die Stirn und wandte sich wieder der Statue zu. „In der Tat. Letztes Jahr. Der letzte Schatz, der noch fehlt.

„Aber... aber Sie sagten, alles sei wiedergefunden worden. Es stand nicht in den Nachrichten."

„Wir haben alle Artefakte bis auf eines wiedererlangt. Und nein, es wurde nicht publik gemacht. Ich wollte nicht, dass es bekannt wird. Ich möchte nicht, dass die Welt glaubt, man könne mein Land seiner Schätze berauben und damit davonkommen. Außerdem kann das Stück so nicht validiert werden, sodass der Dieb es nicht für seinen wahren Wert verkaufen kann."

„Wie viel ist es wert?" Ihre Stimme war kaum ein Flüstern.

„Angesichts der Tatsache, dass es keine auf dem freien Markt gibt, ist es unbezahlbar. Aber es geht nicht ums Geld. Für mich, für meine Landsleute, ist es unsere Kultur, die geplündert wurde." Er schüttelte verzweifelt den Kopf. „Menschen versuchen, solche Dinge aus unserem Land zu stehlen, aber wir haben Wege, mit ihnen umzugehen. Solche Menschen versuchen, nach dem Herzen eines anderen zu greifen. Das ist das Schlimmste – jemandem seine Identität zu nehmen. In solchen Fällen sind wir nicht nachsichtig."

Plötzlich wurde ihm die völlige Stille bewusst. Das Summen der Klimaanlage war das einzige Geräusch. Kein Laut von außen konnte durch die isolierten Wände dringen. Er wandte sich der Frau neben ihm zu. Sie schaute weg und trat einige Schritte zurück. Sie fuhr sich mit der Hand über die Stirn und strich ihr Haar zurück. Zu seiner Überraschung glänzte dort ein Schweißfilm.

„Fühlst du dich nicht wohl?"

„Mir geht's gut. Aber... ich denke, ich sollte ins Bett gehen."

„Natürlich. Vielleicht hat dich die Klimaanlage nach der Wüstenhitze mitgenommen. Außerdem ist es spät."

Er drehte sich um, gab einen Code in das Tastenfeld ein und öffnete ihr die Tür. Sie hielt wie zuvor den Kopf gesenkt und mied seinen Blick, als sie an ihm vorbeiging. Erst als sie an ihm vorbeischritt, wehte der Luftzug aus dem Korridor ihr Haar beiseite, und er erhaschte erneut einen Blick auf die markante Linie ihres Kiefers, die einen Kontrast zur Weichheit ihrer Wangen und vollen Lippen bildete. Er spürte einen Schauer durch seinen Körper laufen und sich in ihm festsetzen. Er schloss die Tür, aktivierte den Alarm wieder und folgte ihr. Sie stiegen schweigend die Stufen hinauf. In der Halle angekommen, deutete er auf die entfernte Treppe.

„Ihr Zimmer ist da drüben. Gute Nacht." Er ging, bevor sie sich umdrehen konnte, bevor er ihre Augen sehen konnte, bevor sie etwas sagen konnte, das ihn dazu veranlassen würde, ihre Hand zu nehmen und sie in sein Zimmer zu ziehen. Während er durch den hallenden Flur ging, so leer, so schön, fragte er sich, warum er ihre Hand nicht genommen hatte. Er hatte schon früher Frauen hierher geführt. Aber er wusste, warum. Weil dies keine einfache sexuelle Begegnung war. Sie bewegte ihn wie der Shamalwind des Morgensterns, der Barih Thorayya, der den Sand aufwirbelte und in neue, unbekannte Muster legte.

Ihr Klang, ihr Anblick, ihre zufällige Berührung blieben nicht an der Oberfläche, blieben nicht als Reiz in seinem Gehirn, den es zu verstehen galt, sondern drangen tiefer, jenseits des Oberflächlichen, an einen Ort, den er wirklich nicht betreten wollte. Weil er nicht wusste, was dort lag, begraben nach so vielen Jahren der Verbitterung.

Cara ging wie blind den wunderschönen Korridor zu ihrem Zimmer entlang. Das Bild der einsamen Statue hatte sich in ihr Gedächtnis eingebrannt. Sie hatte sie nur kurz gesehen und doch kannte sie jede Kurve, jede Nuance des wunderschönen Objekts. Sie kannte seinen Fluss und seine Form, die Beschaffenheit des Steins, den Ausdruck in den Augen der Frau. Sie kannte sie, weil sie ein Jahr lang mit ihrem Gegenstück gelebt hatte, in völliger Unwissenheit über ihre Herkunft oder ihren Wert.

Bevor er gegangen war, hatte ihr Mann sie geschickt davon überzeugt, es sei eine der Repliken, mit denen er ursprünglich gehandelt hatte. Die Tatsache, dass er sie bei ihr gelassen hatte, hatte das bestätigt. Aber jetzt wurde ihr klar, dass er zurückgekommen wäre, wenn er nicht aus dem Land hätte fliehen müssen. So war er vor einer Anklage geflohen, nur um direkt in eine andere zu laufen, und wurde in Frankreich wegen eines früheren Diebstahls verurteilt. Seine kriminelle Vergangenheit hatte ihn schließlich eingeholt. Sein Import/Export-Geschäft hatte sich als weniger Import und mehr Schmuggel von Schätzen aus dem Land herausgestellt.

Sie hatte der Ma'inesischen Polizei so gut wie möglich geholfen, aber sie wusste wenig und wurde von jeglichem Fehlverhalten freigesprochen. Doch die ganze Zeit hatte die Statue halb versteckt in ihrem Bücherregal gestanden.

Und hier war sie nun, mit dem Mann, dem ihr Mann sie gestohlen hatte. Ihr erster Impuls war gewesen, dem König zu sagen, wo er den Schatz finden könnte. Sie hatte sich gerade noch rechtzeitig zurückgehalten. Ihrer Unschuld würde man vielleicht nicht mehr glauben. Sie könnte ins Gefängnis geworfen werden. Wie der König sagte, und wie sie aus der islamischen Rechtsprechung wusste, würde die Strafe hart sein. Im besten Fall würde ihr Bankkonto eingefroren und sie mittellos und allein abgeschoben werden. Nein, dieses Risiko konnte sie nicht eingehen. Sie würde sicherstellen, dass die Statue zurückgegeben wurde, aber erst, wenn sie das Land verlassen hatte.

In der Zwischenzeit musste sie dem König jeden Tag für die nächste Woche gegenübertreten. Wenn er von ihrer Verbindung wüsste, Gott weiß, was er ihr antun würde. Sie konnte nicht riskieren, ihre Augen zu den seinen zu heben und ihm alles zu erzählen, was in ihrer Seele war. Was auch immer für keimende Gefühle sie in seiner Gegenwart verspürte, sie musste sie ignorieren, musste das verlockende Aufblitzen des Verlangens in seinen Augen ignorieren.

Denn alles andere würde bedeuten, sich Tariqs Gnade auszuliefern. Und Gnade war kein Wort, das sie mit dem König verband - Rache schon, Zorn auch, aber nicht Großzügigkeit gegenüber seinen Feinden.

Als sie die Tür zu ihrem Zimmer öffnete, wanderten ihre Gedanken zurück zu der Statue, die noch immer in ihrem Bücherregal in ihrer Wohnung stand. Sie war am falschen Platz. Genau wie sie.

KAPITEL 4

Cara lief auf dem steinernen Boden ihres Schlafzimmers auf und ab, während sie versuchte herauszufinden, wie sie Tariq unter die Augen treten sollte. Jedes Mal, wenn sie an die Statue dachte, die zwischen zufälligen Büchern in ihrem Bücherregal einge-quetscht war, wurde sie rot vor Schuldgefühlen. Sie war noch nie gut darin gewesen, ihre Gedanken oder Gefühle zu verbergen. Vielleicht war das der Grund, warum Piers, ihr Ehemann, so viel vor ihr verheimlicht hatte.

Sie hörte auf zu laufen und sah aus dem offenen Fenster. Der Duft von Zitronen- und Limettenblüten stieg aus den Oasengärten unter ihr auf, und der Ruf des Muezzins zum Gebet erfüllte die Luft, beruhigend und aufwühlend zugleich, genau wie die Musik ihrer Mutter vor so vielen Jahren. Nein, dachte sie, Piers hatte ihr nie etwas erzählt, weil er wusste, dass sie Reißaus genommen hätte, wenn sie gewusst hätte, was er vorhatte.

Sie fragte sich, ob sie ihn je wirklich geliebt hatte. Anfangs war sie dankbar für seine Aufmerksamkeit und

Freundlichkeit gewesen, definitiv, von seinen Liebkosungen verführt, vielleicht ein bisschen. Aber die ganze Zeit hatte er sie benutzt und das Wissen ihres Vaters über die Ma'inesischen Artefakte ausgenutzt. Und als sie ihre Nützlichkeit verloren hatte, war er gegangen.

Aber der Albtraum war jetzt fast vorbei. Sie musste nur noch diese Woche überstehen, und dann, sobald sie in die Stadt zurückkehrte, würde sie einen Weg finden, die Statue zum König zurückzubringen.

Sie blickte über die Burgmauern hinweg zu den fernen Bergen, die sich dunkel gegen einen orangefarbenen Himmel abhoben. Dann ging die Sonne hinter den Bergen auf und setzte die Welt in Brand. Nach und nach glitt das Licht die Mauern der Burg hinab, erhellte die Welt dort unten, bis die ganze Oase in Leben und Licht ausbrach.

Langsam ließ sie den Atem los, den sie angehalten hatte, stand auf und ging ins gefliese Badezimmer. Sie schaltete die Dusche an. Sie durfte sich von diesem Ort nicht verführen lassen.

Sie streifte ihren Bademantel ab. Als sie unter den warmen Wasserstrahl trat und die Seife über ihren Körper gleiten ließ, wanderten ihre Gedanken wie von selbst zum König zurück. Sie stellte die Dusche auf kalt. Auch durfte sie sich nicht vom König verführen lassen, ermahnte sie sich. Es war zu riskant. Ein falsch eingeschätzter Kommentar, ein schuldiger Blick, und das wäre es gewesen. Sie war nur aus einem Grund hier: um genug Geld zu verdienen, um aus Ma'in herauszukommen.

~

„Also, dieser Jabal al was auch immer, dieser Schatzort. Wann können wir ihn besichtigen?", fragte Mahito. Er schien jetzt kein Problem mehr damit zu haben, Englisch zu sprechen – die Sprache, die alle verstanden.

„Jabal al Kanz. Und Sie können nicht."

„Warum nicht? Wenn Sie den Vertrag für die bestehende Mine nicht verlängern wollen und uns nicht auszahlen, wären wir bereit, unsere Interessen auf einen neuen Standort zu übertragen."

„Nein. Das Land ist unserem Volk heilig."

„Heilig?", schnaubte Mahito. „Jeder und alles hat seinen Preis."

„Wir nicht", erwiderte Tariq und versuchte, seinen Zorn zu kontrollieren, der dumpf in seinen Ohren pochte. „Jabal al Kanz nicht." Er wusste, es war ein Risiko. Aber es war eines, das sich lohnte. Den Köder auswerfen und dann zurückziehen. Das machte die Beute hungrig, machte sie verrückt nach mehr. Wichtiger noch, es verlängerte ihr Interesse und verschaffte ihm Zeit.

Mahito lehnte sich vor und Tariq wünschte, er hätte es nicht getan. Der abgestandene Alkohol in Mahitos Atem drehte ihm den Magen um. „Wenn das Gold dort ist, wie die Karte andeutet, macht es uns beide reich", sagte er leise, sodass nur sie es hören konnten. „Ein Gewinn für uns beide." Er lehnte sich zurück und erhob seine Stimme wieder, um seine Kollegen zufriedenzustellen, die sich vorbeugten und versuchten, seine geflüsterten Bemerkungen aufzuschnappen. „Ihre Optionen sind klar: Zahlen Sie uns aus, verlängern Sie den ursprünglichen Vertrag oder zeigen Sie uns Jabal al Kanz."

Tariq erhob sich langsam und ging zum Bildschirm, der noch immer die Geschäftspräsentation von Aurus zeigte, wobei sein Kopf sich aus solcher Nähe über das breite Bild bewegen musste, um die Details zu erkennen. Dann wandte er sich der Versammlung zu. „Wozu die Eile? Sie haben noch eine Woche meiner Gastfreundschaft vor sich. Am Ende werde ich einen Vertrag unterschreiben, darüber besteht kein Zweifel. Aber bis dahin..." Er zuckte mit den Schultern. „Gibt es keinen Grund zur Hast. Nehmen Sie sich Zeit. Lernen Sie mein Land kennen, die Wüste, in die Sie Ihr Geld erneut investieren wollen."

„Ich denke, wir wissen alles, was wir über Ihr Land wissen müssen. Außer Jabal al Kanz." Mahitos Verärgerung war deutlich in seinem Ton und in den schnellen Blicken, die er mit seinen Kollegen austauschte. Er nahm einen Goldnugget und schwenkte ihn triumphierend vor dem König. „Es hat das hier. Es wird uns alle reich machen; es wird meinen Vorstand glücklich machen." Er sah sich grinsend im Raum um. „Was müssen wir sonst noch über Ma'in wissen?"

„Ein Land ist mehr als die Bodenschätze, die es besitzt." Tariq versuchte gar nicht erst, die Kälte in seiner Stimme zu verbergen. „Aber wir haben den ganzen Tag geredet. Es ist Zeit, unser Treffen zu beenden." Er stand auf und die anderen folgten ihm. „Wir werden heute Abend auswärts essen. Man hat mir gesagt, dass Sie vielleicht Gefallen an den... traditionellen Freuden eines beduinischen Essens finden könnten." Die Männer tauschten verwirrte Blicke aus, und Cara errötete. „Aarif wird Sie in drei Stunden in der Empfangshalle treffen und Ihnen den Weg zeigen."

Cara wartete, bis alle Männer außer Tariq gegangen waren.

„Eure Königliche Hoheit-"

Er sah sie lächelnd an. „Ich dachte, wir wären darüber hinaus. Bitte, nenn mich Tariq."

„*Tariq*, ich hoffe, du arrangierst dieses Dinner nicht wegen etwas, das ich gesagt habe?"

Tariq starrte weiter auf den Bildschirm und seufzte dann leise, bevor er sich Cara zuwandte. „Was? Ach ja, in gewisser Weise. Der Gedanke, dass meine Besucher in der Art meines Volkes speisen, amüsiert mich." Er wandte sich wieder dem Bildschirm zu.

„Na gut, dann ist es ja in Ordnung, denke ich", murmelte Cara vor sich hin, ohne im Geringsten zu verstehen, was Tariq vorhatte. Sie sammelte ihre Sachen zusammen und begann sich leise zu entfernen, um ihn nicht zu stören.

„Und was hältst du hiervon, Cara?"

Sie blieb wie angewurzelt stehen. „Eure Hoheit?"

„Diese Bilder? Dieser... wirtschaftliche Preis, in den sich die Aurus-Gruppe so verliebt hat. Das ist es, worin sie Jabal al Kanz verwandeln möchten."

Sie ging zu ihm. Er drehte sich nicht um. Sie stellte sich neben ihn und schaute auf die Grafiken, die noch auf dem Bildschirm zu sehen waren.

„Ich verstehe nichts von Bilanzen."

„Dies ist *mein* Land, Cara. *Mein* Land. Aber das hier ist *ihre* Bilanz, nichts weiter."

Sie war von der Leidenschaft in seiner Stimme so getroffen, dass sie nicht antworten konnte. Sie spürte seine Emotionen wie eine Vibration, die durch ihren Körper lief und sie genauso verstörte wie ihn.

„Und was hältst du von diesem Bild?", fuhr er fort und schaltete zur nächsten Folie, die die Mine aus einem malerischen Blickwinkel zeigte. „Überleg dir, ob du das in deiner eigenen Heimat haben möchtest, wo auch immer das ist – England, Italien?"

Sie schaute von ihm zurück zum Bildschirm und zuckte mit den Schultern. „Es sieht nicht *so* schlimm aus."

Er neigte den Kopf zur Seite und sah sie an. „Nein, du hast Recht, das tut es nicht." Er griff nach der Fernbedienung. „Wie findest du dieses Bild?"

Sie keuchte auf, als ein neues Bild auf dem Bildschirm erschien.

Er fuhr fort, von einem erschreckenden Bild der Verwüstung zum nächsten zu wechseln. „Das erste war aus ihrer Präsentation, *ihr* Foto – zweifellos digital bearbeitet. Diese" – er ging weiter durch eine Reihe verdammender Fotos – „sind *meine*." Sie standen schweigend da, während er durch eine Abfolge von Bildern klickte, die völlige Verwüstung zeigten.

Die Sonne war zur anderen Seite des Schlosses gewandert, und der Konferenzraum lag im Schatten und war still. Ein unheimliches Bild eines durch Bergbau verwüsteten Landes folgte dem anderen. „Es ist schrecklich", flüsterte sie.

„Es war einmal ein wunderschönes Land. Ich wurde in dem alten Beduinenlager geboren, das jetzt durch den Abbau von Gold Mine I, wie Aurus es nennt, zerstört wurde. Sein wahrer Name ist Jabal al Noor – Berg des Lichts. Es war seit Menschengedenken eines unserer Wanderlager." Er seufzte und ging zu den offenen Türen, um die üppige Blumen rankten. Er neigte seinen Kopf zu einer duftenden Blüte und zog sie herunter, um ihren Duft einzuatmen. „Es kam sogar in unserer Poesie vor. ‚Und schön war das Land von ab Naheed, gesegnet mit

Wasser, mit Feigen und Datteln und Blumen. Wahrlich hatte Mohammed dieses Land gesegnet, das solchen Überfluss in seinen Händen hielt.' Der Dichter konnte sich die Genauigkeit seiner Worte nicht vorstellen. Er wusste nicht, was unter der Oberfläche lag. Er konnte nur die Magie sehen, die die Sonne am Tag und der Mond in der Nacht zeigten. Tausend Jahre Magie, zerstört in einer einzigen Generation." Er wandte sich Cara zu. „Das ist ein tragisches Erbe, das ich meinen Kindern hinterlasse, findest du nicht?" Er drehte sich plötzlich um und zeigte auf einen arabischen Fries in der Steinmauer. „Sieh dort, das sind Naheeds Worte. Es heißt-"

„Ich weiß, was es heißt." Cara konnte nichts anderes tun, um diesen Mann zu trösten, der seiner Länder beraubt worden war, als ihm zu zeigen, dass sie verstand, wenn auch nur seine Sprache. „Es heißt: ‚Diese Länder müssen bis in den Tod verteidigt werden, denn ohne sie gibt es kein Leben.'„

Sie wandte sich triumphierend dem König zu und war von seinem Ausdruck überwältigt. Verschwunden waren die Fassade, die Traurigkeit, die Arroganz. Was ihrem Blick begegnete, waren die Augen eines bewundernden Mannes, eines Ebenbürtigen.

„Ich bin nicht so versiert wie mein Vater, aber ich kann es gut genug, um die grundlegende Bedeutung zu verstehen. Aber wie er immer betonte, fehlte mir der Kontext, um es richtig zu interpretieren."

„Er klingt wie ein strenger Mann."

„Er war streng, aber nicht hart."

Tariq seufzte. „Das ist eine bessere Kombination als bei meinem Vater. Er war ein harter Mann, sogar grausam. Aber er hatte keine Disziplin, keine Moral. Also...

Frau Cara Devlin, Sie mit dem klugen Verstand und der verständnisvollen Natur, was würden Sie an meiner Stelle tun?"

Sie schüttelte den Kopf. „Ich weiß es nicht."

Seine Augen waren traurig, als sie ihr Gesicht musterten. „Was macht man mit einem Problem? Man kann es ignorieren oder man kann es zu seinem Vorteil nutzen." Er pflückte eine Blume und reichte sie ihr. „Welche Option, Cara, glaubst du, habe ich gewählt?" Er blickte auf, bevor sie antworten konnte, und nickte Aarif zu, der lautlos hinter ihr erschienen war. „Geh jetzt. Ich sehe dich später beim Dinner. Sei um sieben in der Halle."

Es war ein Befehl und sie verließ den Raum, während ihr die Luftaufnahmen der Tagebauminen noch im Kopf herumgingen. Offen zur Luft, ein hungriger, gähnender Schlund – eine Narbe in der friedlichen, welligen Wüste.

Dies war sein Land und er war wütend über dessen Nutzung – und hilflos... bis jetzt.

Sie hatte gedacht, dass er nichts davon verstehen würde, wie es ist, benutzt zu werden, so wie sie und ihr Vater von Piers benutzt worden waren. Aber er verstand es. Und zwar in einem Ausmaß, das jenseits ihrer Vorstellungskraft lag. Das war kein Mann, der sie ausnutzen würde, sondern jemand, der selbst schon ausgenutzt worden war.

Es war niemand sonst in der Empfangshalle, als Cara zu der von Tariq genannten Zeit ankam. Sie sah sich in der leeren Halle um und hörte sich nähernde Schritte. Instinktiv wich sie zurück in das Licht der offenen Tür.

Dann kam Tariq in Sicht, seine Gewänder erhellten die Schatten.

„Die anderen scheinen sich zu verspäten", sagte sie.

„Sie werden gleich nachkommen. Aarif wird sie herunterbringen." Er bedeutete ihr, vor ihm nach draußen zu gehen. „Ich wollte dir das Wadi persönlich zeigen, ohne die ständigen Unterbrechungen meiner Gäste, die zweifellos lieber den Wert des Landes pro Quadratmeter kennen würden, als seine Schönheit zu würdigen."

Cara lächelte. Sie konnte sich die Szene, die er vermeiden wollte, gut vorstellen. Sie fühlte sich auch geschmeichelt. „Danke. Ich habe die Bäume von meinem Zimmer aus gesehen. Was sind das für welche?"

„Wilde Pistazienbäume. Sie wachsen so dicht entlang des Wadis, dass man sich in ihnen verirren könnte. Als Kind ist mir das häufig passiert." Er öffnete eine der Türen in den schützenden Mauern der Burg und trat beiseite. „Hier entlang."

Sofort befanden sie sich zwischen den niedrig wachsenden Bäumen, deren Stämme von rissiger Rinde bedeckt waren, dicht belaubt und voller Pistazien. Sie folgten einem gewundenen Pfad hindurch und Cara war sofort von einer eigenartigen Stille beeindruckt. Sie schienen meilenweit von der Burg und dem Geschäftstreffen entfernt zu sein. Die Äste über ihnen fingen die Abendbrise auf und raschelten schwer mit ihren Früchten. Es war das einzige Geräusch. Doch als sie weiter zwischen den Bäumen hinabstiegen, hörte sie ein weiteres Geräusch – das Plätschern von fließendem Wasser.

Sie traten aus den schattigen Bäumen heraus in einen offenen Raum, durch den sich ein silberner Wasserstreifen langsam über die glatten, flachen Steine eines uralten Wasserlaufs bewegte. Zu beiden Seiten, so weit das Auge reichte, erstreckten sich die üppigen Bäume unberührt und schützten das Land.

„Es ist wunderschön. Und unerwartet."

„Das ist Ma'in. Und das ist es, was ich bewahren möchte. Komm, um die nächste Flussbiegung ist das Lager, wo wir zu Abend essen werden."

Cara hörte fasziniert zu, nicht nur Tariqs Beschreibung der Bäume und wie er sie nutzte, um Teilen seines Landes Wohlstand zu bringen. Alles an ihnen schien nützlich zu sein – der Saft für Weihrauch, die ätherischen Öle für Parfüm und ihr Wachstum zur Bekämpfung der Erosion. Aber was sie wirklich faszinierte, war Tariqs Begeisterung. Als sie ihn beobachtete, wie er sich an dem Ort umsah, den er offensichtlich liebte, war sein Gesicht entspannter als sie es je gesehen hatte, und sie sah in ihm den Menschen statt den König.

„Und dann ist da noch die Nuss selbst." Er streckte sich und pflückte eine, knackte die Schale und hielt sie ihr hin.

Sie nahm sie und fragte sich, warum sein Lächeln breiter wurde. Sie biss hinein und verzog angewidert das Gesicht, als sie sie in ihre Hand spuckte. „Das schmeckt ja wie Terpentin!"

„Ja" – er zuckte lachend mit den Schultern – „die Nuss schmeckt nicht besonders gut!"

„Das hättest du mir auch sagen können." Sie ging neben ihm her und versuchte immer noch, den Geschmack loszuwerden.

Er blieb an der Flussbiegung stehen. „Das hätte ich tun können. Aber wo bliebe da der Spaß?"

Sie versuchte streng auszusehen, vermutete aber, dass

es ihr nicht gelang. „Dürfen Könige denn Spaß haben?" Sie hatte nicht beabsichtigt, dass das Lächeln so vollständig aus seinem Gesicht verschwand.

Er antwortete nicht, sondern zeigte stattdessen um die Biegung. Sie drehte sich um und sah ein Zelt, komplett mit traditionellen Beduinenmustern, gestützt von Dattelpalmen wie Säulen, errichtet auf einem Plateau neben dem Fluss. Menschen bewegten sich darum herum und stellten Gerichte aus glänzendem Messing voller bunter Salate, verziert mit leuchtend pinken, roten und orangefarbenen Blumen, auf die langen, niedrigen Tische, um die herum bunte gestreifte Sofas angeordnet waren. Das Zelt war an allen Seiten offen und ließ die magische Atmosphäre der Bäume ins Zelt dringen.

„Wow! Steht das immer hier?"

„Nein. Aber ich dachte, du würdest es zu schätzen wissen."

Sie runzelte die Stirn. „Ich und deine anderen Gäste?"

„Nein. Du."

Sie konnte ihren Blick unmöglich von seinem lösen. Er hielt den ihren nicht durch Befehl, sondern durch ein Interesse, eine Intensität, die völlig überzeugend war.

Das Geräusch sich nähernder Menschen brach den Bann und er sah weg und seufzte, sein Mund verzog sich zu einer grimmigen Linie.

„Tariq!", rief Mahito und schlug einen verirrten Zweig beiseite. Er brach unter seinem Schlag. Cara zuckte zusammen, aber er ging weiter und ließ den gebrochenen Zweig hinter sich schwingen.

Aarif verzog das Gesicht und tauschte einen Blick mit Tariq, dessen Gesicht wieder hart und ausdruckslos war. „Bitte, nehmen Sie Platz", sagte Tariq und deutete auf die

Tische. „Wir werden heute Abend ein traditionelles Zarrb Hafla essen. Das Lamm gart seit zwei Stunden dort drüben im Erdofen."

„Zwei Stunden!", rief Mahito aus. „Das wird ja zäh wie Leder sein."

„Es ist zart, es zergeht auf der Zunge." Tariq winkte dem Koch. „Bitte nehmen Sie Platz."

Eine Stunde später musste Mahito zustimmen. Nach einem Festmahl aus saftigem Lamm, gewürztem arabischen Salat, gewürztem Beduinenreis, dickflüssigem Tahini, scharfer Matbuha und gebratenem Auberginen mit Minze und Kohl mit gemahlenem Pfeffer tranken sie Beduinentee mit Baklava und Obst.

Tariq hatte Cara freundlicherweise zwischen sich und Aarif platziert, wo sie das Festmahl abseits des derben Gelächters und der Witze der anderen genießen konnte.

Als ein Vogel in der Nähe kreischte, entschuldigte sie sich und ging zum Rand des Zeltes. Es war dunkel jenseits der Zeltbeleuchtung, nur der Weg zurück zur Burg war gelegentlich mit Solarlampen beleuchtet. Aber wenn sie ihre Augen anstrengte, konnte sie das weite, langsame Flügelschlagen eines schweren Vogels über ihnen sehen.

„Das ist eine Eule", sagte Tariq leise. Sie hatte nicht bemerkt, dass er ihr gefolgt war. „Sie jagt ihre Beute. Und war erfolgreich, nach ihrem Ruf zu urteilen."

Sie drehte sich zu ihm um. „Du hast dir viel Mühe gegeben, deine Gäste zu unterhalten."

„Das ist die Beduinenart. Gastfreundschaft ist wichtig für mein Volk."

„Ja. Aber es ist mehr als das, oder? Du spielst auf Zeit, nicht wahr?"

Er sah sie scharf an. Dann seufzte er. „Ich habe keine

Wahl. Es tut mir leid, Cara. Du hast noch drei weitere Tage Besprechungen vor dir, drei weitere Tage, in denen du die Gesellschaft dieser Leute" – er ruckte mit dem Kopf hinter sich, wo die Männer irgendwie Whiskey aufgetrieben hatten – „ertragen musst."

„Es ist nicht alles nur Erdulden", sagte sie leise. „Manchmal genieße ich es sogar."

Er lächelte, ein heimliches Lächeln, nur für sie. „Ich auch."

Sie schluckte und trat einen Schritt von ihm zurück. „Ich sollte jetzt gehen. Früh ins Bett. Weitere Besprechungen zu übersetzen, du weißt schon."

Er nickte langsam. „Ich weiß." Er drehte sich um und winkte Aarif zu. „Aarif wird Sie sicher zurückbringen. Bis morgen dann, Cara."

„Bis morgen." Sie lächelte und ging mit Aarif davon, zurück durch die stillen Bäume.

<h1 style="text-align:center">KAPITEL 5</h1>

Drei Tage später

Tariq hatte nicht übertrieben. Die Besprechungen gingen Tag für Tag weiter. Sie waren endlos. Wenn es die Abende nicht gegeben hätte, die Unterhaltung, die Tariq für die Männer organisiert hatte und die Tariq und Cara Zeit zum Reden gab, hätten sich die Tage endlos hingezogen. Cara hatte begonnen, sich auf die Abende zu freuen, an denen Tariq einen Platz neben sich für sie reserviert hatte. Sie sprachen über alles - Politik, Ideen, was sie mochten und was nicht, über alles außer ihr Privatleben - Dinge, die Cara für sich behalten musste. Manche Dinge konnte sie nicht riskieren.

Jetzt war der letzte Tag der Besprechungsreihe zu einem frühen Ende gekommen und Cara stieß einen erleichterten Seufzer aus. Tariq war wegen geschäftlicher Angelegenheiten weggerufen worden, und sie schaffte es, unbemerkt nach draußen zu schlüpfen, da sie frische Luft brauchte, bevor sie in ihr Zimmer zurückkehrte, um sich fürs Abendessen umzuziehen. Zumindest war das der formelle Teil der Woche. Am nächsten Tag würden die Aurus-Manager alleine zu einer Standortbesichtigung aufbrechen. Tariq würde woanders sein und Cara einen Tag Ruhe gönnen, bis sie sich alle am folgenden Tag im Palast treffen würden, um die endgültige Vereinbarung zu unterzeichnen. Angeblich. Obwohl Cara den Verdacht hatte, dass Tariq etwas anderes plante.

Sie lehnte sich gegen die Wand zurück, atmete die duftende Luft ein und schloss die Augen, konzentrierte sich auf das verführerische Plätschern des Wassers aus einem Brunnen. Sie hörte nur mit halbem Ohr zu, wie die Männer im Besprechungsraum plauderten, ohne ihre Anwesenheit im Garten draußen zu bemerken. Sie waren zum Portugiesischen gewechselt, was sie vorher nicht getan hatten. Zufällig beherrschte sie Portugiesisch gut, da es die Muttersprache ihrer Mutter war.

„Und dabei dachten wir, das würde schwierig werden, was?", sagte einer der Männer.

„Kinderleicht!"

„Wir haben diese Ma'inesen in der Hand. Sie haben keine andere Wahl, als einen erneuerten Vertrag zu akzeptieren, und der König weiß das."

„Aber das ist nicht so interessant wie diese Karte, die wir im Antiquitätenraum gesehen haben. Wenn das, was das Mädchen übersetzt hat, stimmt-"

„Das muss stimmen. Sie mag zwar nicht viel hermachen, aber sie versteht ihr Handwerk."

„Wenn die Karte und die vorhandenen Informationen stimmen, wäre das ein viel besseres Geschäft."

„Der König würde das nie zulassen. Du hast gehört, was er gesagt hat... es ist heilig."

„Nein! Er will es für sich selbst. Aber er könnte feststellen, dass er einen Kampf vor sich hat."

„Was hast du vor?"

„Strategie, Atsuto, Strategie. Morgen, der König sagte, er sei nicht verfügbar. Also gehen wir morgen zum - wie hieß es noch? Richtig, Berg des Schatzes - Jabal al Kanz, statt zur Goldmine I."

„Hey, nicht so laut. Jemand könnte uns hören."

„So wie einer dieser idiotischen Ma'inesen. Sie brauchen einen Übersetzer für Japanisch. Wie wahrscheinlich ist es, dass sie Portugiesisch können?"

„Stimmt. Aber die Übersetzerin könnte es."

Cara riss die Augen auf, bewegte sich aber nicht und blieb hinter dem Grün verborgen.

„Dieses kleine Ding soll Portugiesisch können? Wie wahrscheinlich ist das?" Sie lachten. „Nein, diese kleine Maus macht uns keine Sorgen", schnaubte der Mann verächtlich. „Obwohl selbst *sie* für mich hier draußen, mitten im Nirgendwo, allmählich attraktiv aussieht." Sie hörte den Mann zum Fenster gehen und sie zog sich noch weiter zurück. „Gott, schau dir den Ort an, er jagt mir Schauer über den Rücken."

„Wo sind die Frauen?", fuhr Mahito fort. „Der König lebt wie ein Mönch, und das wundert mich nicht, wenn sie ein Beispiel für die Frauen ist, mit denen er sich umgibt."

Cara errötete vor Wut und Scham, während die Männer lachten. Trotz des Impulses zu gehen, blieb Cara wo sie war. Sie wollte nicht, dass sie wussten, dass sie sie belauscht hatte - sie hatte das Gefühl, es würde sie nur amüsieren. Es verletzte sie natürlich. Aber es war nicht das erste Mal, dass sie so etwas gehört hatte. Die Art von Geschäfts- und politischen Treffen, für die sie gearbeitet hatte, hatten mächtige Männer angezogen. Und mächtige Männer zogen schöne Frauen an wie Motten das Licht. Aber sie hatte genug von diesen mächtigen Männern gesehen, um zu wissen, dass Macht für sie *kein* Aphrodisiakum war. Und sie war sicherlich kein Aphrodisiakum für sie. Sie lebte ungesehen, am Rande, allein. Und das war ihr so am liebsten. Besonders jetzt.

Sie schloss die Augen und wartete, bis die spöttischen Stimmen verschwanden. Nachdem sie gehört hatte, wie sich die Türen hinter ihnen schlossen, sprang sie auf und ging im Innenhof auf und ab.

Die Arroganz der Männer ärgerte sie. Nicht nur ihre arroganten Annahmen über sie, sondern auch die Andeutung, dass sie den König austricksten. Ihre Worte gingen ihr durch den Kopf. Sicherlich musste sie etwas missverstanden haben? Sie drehte sich um und ging zurück. Nein. Es gab nichts misszuverstehen. Sie waren hinter dem Land her, das der König ihnen nicht geben wollte, und hatten irgendwie einen Plan ausgeheckt, um ihn zu zwingen, es ihnen zu überlassen.

Der König wurde betrogen und musste informiert werden. Sie ging zurück und schaute hinein. Sie sollte jetzt zu ihm gehen und es ihm sagen. Morgen könnte es zu spät sein.

Aber... sie zögerte. Wie konnte sie zu ihm gehen? Sie hatte immer versucht sicherzustellen, dass sie nie mit ihm allein war. Wenn sie bei ihm war, war sie versucht, alles zu vergessen, und *das* konnte sie nicht riskieren.

Wenn er von ihrer Verbindung zur antiken Statue

wüsste, wenn er von ihrer Rolle bei deren Diebstahl wüsste, wie nebensächlich sie auch gewesen sein mochte, wäre er außer sich vor Wut. Sie hatte gesehen, wie viel ihm sein Land und seine Kultur bedeuteten, und sie konnte sich nur vorstellen, wie er reagieren würde, wenn er wüsste, dass sie in das Verschwinden der Statue verwickelt war. Er würde sie einsperren lassen, sie wegen eines Verbrechens vor Gericht stellen, das sie nicht begangen hatte. Sie zögerte. Aber verdiente er es dann, von dieser Gruppe gieriger Geschäftsmänner übers Ohr gehauen zu werden?

Sie wandte sich halb um. Sie stand in Tariqs Schuld. Sie schuldete es ihm für all die Male, bei denen sie Piers den Vorteil des Zweifels gegeben hatte, für all die Male, bei denen sie ihr besseres Urteilsvermögen unterdrückt hatte, weil sie geliebt werden wollte, für all die Male, bei denen sie sich selbst untreu geworden war. Sie konnte das jetzt ändern. Sie konnte dem Mann, dem sie und ihr Mann Unrecht getan hatten, eine kleine Wiedergutmachung leisten.

Sie holte tief Luft und ging in Richtung des Schlossteils, wo sich Tariqs private Gemächer befanden.

Instinktiv trat sie in die Schatten zurück, als zwei Personen aus einem Raum kamen, aus dem sie seine Stimme hörte. Sie gingen an ihr vorbei, ohne sie zu bemerken. Manchmal, dachte sie ironisch bei sich, zahlte es sich aus, unbemerkt zu bleiben. Sie trat an die Tür heran und erstarrte. Ihr Mut hatte bis zu diesem Moment gehalten. Sie trat zurück, ihre Hand fiel kraftlos herunter. Sie konnte es nicht tun.

Plötzlich öffnete sich die Tür und er stand da. „Frau Devlin... Cara", fügte er sanfter hinzu. „Was machst du hier?" Er runzelte die Stirn. „Wolltest du mich aus irgendeinem Grund sprechen?"

Sie schüttelte den Kopf und verlor plötzlich ihren Mut. „Nein", schluckte sie. „Ich muss mich... verlaufen haben." Sie konnte seinen Blick nicht erwidern. Stattdessen waren ihre Augen auf seine entblößte Brust gerichtet. Sie hatte sie noch nie zuvor gesehen. Sie war immer von einer Robe bedeckt gewesen, aber jetzt trug er Freizeitkleidung - ein offenes Hemd und eine Hose, und es war ein Schock. Er war ihr auf einmal vertrauter geworden und doch fremder, weil die vertraute Kleidung seine Andersartigkeit betonte. Seine Haut hatte einen reichen muskatnussbraunen Ton, der ihre Berührung geradezu einlud. Sie presste ihre Hände fest zusammen, aus Angst, sie könnte nach ihm greifen. Er steckte seine Hände in die Hosentaschen, als würde er ihre Gedanken aufgreifen, und stellte seine Füße fest auseinander, um sich zu zentrieren.

„Dies ist kein Palast, in dem man sich verlaufen kann, Cara." Er öffnete die Tür weit. „Bitte komm herein. Es war ein langer Tag, eine lange Woche sollte ich sagen. Vielleicht möchtest du einen Drink, während du überlegst, ob du mir erzählst, warum du wirklich hier bist?" Er lächelte sie an, ein entwaffnendes Lächeln, das Vertrauen erweckte. Sie entspannte sich, nickte und folgte ihm zu ein paar Sofas, wo er ihr bedeutete, sich zu setzen. „Was möchtest du trinken?"

„Mineralwasser, bitte."

Sie schluckte und konzentrierte sich darauf, wie das Licht der Lampe hinter ihm über seine breiten Schultern strich, und setzte sich.

Er reichte ihr das Glas und stand dann mit den

Händen in den Hüften da und schaute auf sie herab. „Also, warum bist du hier?"

„Ich... ich bin gekommen, um dir etwas zu sagen..."

Er wartete darauf, dass sie fortfuhr, aber je länger die Pause andauerte, desto schwieriger wurde es, sie zu durchbrechen. Seine Haltung war aggressiv und bestimmt, die Stille knisterte förmlich vor Spannung. Es war, als würde ein Magnet ihre Augen zu seinen ziehen. Aber was sie dort sah, war nicht das, was sie erwartet hatte. Humor, Interesse und ein Funke von etwas, das sie nicht sofort identifizieren konnte.

„Ist das so? Du glaubst, du hast Kenntnisse, die ich nicht habe?"

Sie schluckte und nickte.

„Interessant. Bitte trink." Er drehte sich um, ging zum Sideboard, schenkte sich einen Drink ein und setzte sich ihr dann auf einem Ledersofa gegenüber.

„Also... Cara..." Er hielt inne, als würde er den Klang ihres Namens auf seinen Lippen auskosten, und schaute auf sein Glas hinab, während er die Flüssigkeit im schweren Tumbler kreisen ließ. Dann hörte er auf zu schwenken und das Wasser beruhigte sich. Es lag eine schwere Pause in der Luft. Er sah plötzlich zu ihr auf. „Du hast einen sehr schönen Namen, weißt du." Sie hätte schwören können, dass die Luft aus dem Raum gesaugt wurde und ihr den Atem raubte, sie vergessen ließ, wie man atmet. Seine Augen hatten die ihren nicht verlassen und sie konnte spüren, wie sie unter ihrem intensiven, heißen Blick dahinschmolz. Dann brach er den Blickkontakt plötzlich ab, nahm einen Schluck aus seinem Glas und stand auf. Er ging zum Fenster und öffnete es. Eine willkommene warme Brise wehte herein und Cara holte tief Luft. „Erzähl es mir." Er drehte sich nicht wieder um. „Was ist es, das du mir mitteilen musst, das so wichtig ist, dass du deinen Ruf riskierst, indem du mir in meine privaten Gemächer folgst?"

Sie öffnete den Mund, um zu sprechen, als ihr die Bedeutung seiner Worte klar wurde. Sie spürte, wie ihr die Röte ins Gesicht schoss. „Moment mal! Du glaubst mir nicht, oder? Du denkst, ich bin aus einem... einem *anderen* Grund hergekommen."

Er sah sie immer noch nicht an, aber sie bemerkte das leichte Zucken seiner Lippen, als er sich halb zu ihr umdrehte, bevor er sein Glas mit bedächtiger Überlegung abstellte und sich ihr wieder zuwandte, die Arme verschränkt, aber seine Augen noch immer höllisch heiß. Er schnaubte. „Komm schon, Cara. Ich weiß alles, was hier vor sich geht. Was könntest du mir möglicherweise erzählen, das ich nicht schon wüsste?"

Cara schnappte nach Luft angesichts seiner Überheblichkeit. „Du denkst, ich bin so unbedeutend, dass ich kein Leben hatte. Sicher nicht würdig einer standardmäßigen Sicherheitsüberprüfung, bevor du mich eingestellt hast."

„Ah, das war mein Bruder. Er war so begeistert von deiner Stimme, dass er dich impulsiv ohne die üblichen Formalitäten eingestellt hat." Er zuckte mit den Schultern. „Aber in diesem Fall spielt es keine Rolle." Er lächelte. „Ich glaube kaum, dass du etwas verbirgst."

Sie hob eine Augenbraue. „Wirklich?" Sie hoffte, die Kälte in ihrer Stimme würde seine Überheblichkeit durchdringen. Das tat sie nicht. „Du glaubst also, du weißt alles über mich."

Sie beobachtete sprachlos, wie er auf sie zukam und zu nahe stehen blieb. Er nahm ihr das Glas ab, stellte es auf den Tisch und verengte spielerisch die Augen, als suche er nach etwas, das er bereits kannte. „Ja, ich glaube, ich kenne dich. Ein guter Menschenkenner zu sein, ist wichtig für jemanden in meiner Position."

Sie erhob sich und verschränkte abwehrend die Arme. „Okay, dann erzähl mir alles über mich. Ich würde zu gerne hören, was du denkst."

Er zuckte mit den Schultern. „Wo soll ich anfangen? Vielleicht bei deinem Privatleben. Du lebst allein. Es gibt keinen Mann in deinem Leben."

Sie biss sich auf die Innenseite ihrer Lippe. War es so offensichtlich, dass sie eine Niete in Beziehungen war? „Nur weiter. Ich finde das sehr aufschlussreich. Die Tatsache, dass ich mit extrem kurzer Vorankündigung hierher kommen konnte, lässt darauf schließen, dass ich keinen festen Partner habe." Sie versuchte, ihr Gesicht neutral zu halten, aber irgendwie bezweifelte sie, dass es ihr gelungen war, wenn sein selbstgefälliger Gesichtsausdruck ein Hinweis war.

„Und... du bist stark, aber du weißt es nicht, weil du dir nie die Chance gegeben hast, es herauszufinden."

Seine Augen waren jetzt weicher geworden. Das Braun schmolz wie Schokolade an einem heißen Tag. Es erregte ihre Sinne auf die gleiche Weise. Sie wollte ihn schmecken. „Ich..."

„Du... solltest jetzt gehen, bevor ich etwas sage" – er streckte die Hand aus und strich eine verirrte Haarsträhne aus ihrem Gesicht – „oder etwas *tue*, das wir beide bereuen werden."

Sie schluckte und versuchte, die Reaktion ihres Körpers auf seine Berührung zu kontrollieren. Sie schüttelte den Kopf. Oder sie wollte es. Aber er bewegte sich kaum. Stattdessen spürte sie seine Hand über ihre Wange streichen, statt über ihr Haar. Sie blickte in Augen, die, falls überhaupt möglich, noch wärmer geworden waren. Sie öffnete den Mund, um zu sprechen, aber nichts kam heraus.

„Du solltest jetzt gehen", wiederholte er. Aber seine Augen baten sie zu bleiben. Seine Hände hoben sich zu beiden Seiten ihres Gesichts und er neigte seinen Kopf zu ihr. Sie sah, wie sich seine Nasenflügel weiteten, als er tief einatmete, seine Nase nahe an ihrer Wange, sie fast berührend. Dann zog er sich zurück, seine Augen musterten ihr Gesicht. „Du bewegst dich nicht. Merkst du nicht, dass es hier gefährlich für dich ist? Glaubst du nicht, was die Leute über mich sagen? Macht es dir keine Sorgen, dass du den Oger gefunden hast, das *wahs*, als das die Leute mich beschreiben?"

Sie schüttelte den Kopf. Schluckte erneut. „Nein."

„Dann bist du verrückt. Du solltest auf diese Männer hören. Warum glaubst du ihnen nicht?"

„Weil ich meinen eigenen Instinkten mehr vertraue."

„Ist das so? Und was sagen dir deine Instinkte jetzt?"

„Dass du kein Oger bist. Du denkst nur, du wärst einer."

Seine Hand erstarrte auf ihrer Wange und er sah ihr in die Augen. Der Schleier des Königtums fiel und enthüllte den Mann, den sie in der Nacht gesehen hatte, als sie durch die Bäume gewandert waren.

„Du irrst dich. Ich *bin* dieser Oger. Und nur ein Narr würde etwas anderes glauben."

Sie nahm seine Hand und zog sie von ihrem Gesicht weg. „Dann bin ich *dieser* Narr. Sie mögen denken, du seist ein unwissender Monster, aber ich glaube das nicht.

Aus irgendeinem Grund, den ich nicht verstehe, hast du zugelassen, dass diese Männer das glauben. Und du verzögerst die Unterzeichnung des Vertrags. Du unterschreibst nicht, weil du weißt, dass es nicht in deinem Interesse ist. Und..."

„Ja?"

„Die Männer haben nicht vor, morgen die Baustelle zu besichtigen. Stattdessen haben sie arrangiert, nach Jabal al Kanz zu fahren. Anscheinend haben sie ihren Führer großzügig für sein Schweigen bezahlt."

Er nickte nur. Sie konnte sein Gesicht nicht lesen. „Noch etwas?"

„Ja, tatsächlich. Der ‚Schatz', den ich übersetzt habe. Es ließ mir keine Ruhe. Es hat noch eine andere Bedeutung." Sie zögerte, aber er sprach nicht. „Es bedeutet auch ‚Wasser'."

„Du bist klug, Cara, aber leider hat dich dein Wissen bei diesem Punkt im Stich gelassen."

„Aber-"

Er schüttelte den Kopf. „Du widersprichst mir? Dem König dieses Landes? Denkst du, du kennst meine Sprache besser als ich?"

„Nein, natürlich nicht. Es ist nur-"

„Gut. Du verstehst weder mich noch mein Land noch die Probleme, um die es geht. Und ich erwarte das auch nicht von dir. Aber ich danke dir für deinen Mut."

„Mut?"

„Ja. Es brauchte Mut, mich aufzusuchen und mir deine Vermutungen mitzuteilen. Das weiß ich zu schätzen." Er zögerte. „Sehr sogar. Jetzt geh."

Sie nickte, unangemessen enttäuscht. Sie hatte all das getan und dennoch hatte er sie und ihre Vermutungen einfach so abgetan? Sie hatte gedacht, er wäre anders, dass er ihr zuhören würde. Sie wollte gehen – sofort verschwinden – und Tariq, Ma'in und alles andere vergessen.

„Nur noch ein paar Tage. Und dann wird das alles vorbei sein."

Las er ihre Gedanken? „Ein paar Tage noch. Also... wirst du dann den Vertrag unterschreiben?"

„Du stellst mich, den König, in Frage?" Seine Stimme war plötzlich kühl und distanziert.

„Nein, verzeihen Sie, Eure Hoheit."

Es folgte eine lange Pause und als sie aufblickte, sah sie, dass seine Augen wieder warm waren. „Wo ist die Anrede beim Vornamen geblieben? Ah ja, sie verschwand, als ich meinen Rang ausgespielt habe. Aber Cara, es gibt nichts zu verzeihen. Und ja, bis Ende der Woche wird alles vorbei sein."

Sie nickte und trat durch die Tür, die er ihr öffnete. Erst als sie wegging, wurde ihr klar, dass er ihre Frage nach dem Vertrag nicht beantwortet hatte.

Tariq war selten von irgendetwas oder irgendjemandem überrascht. Aber als er sich in seinen Sessel zurücklehnte, die Reihe von Kameras einschaltete und zusah, wie sie den Korridor zu ihrem Zimmer hinunterging, wurde ihm klar, dass Cara genau das geschafft hatte. Sie hatte ihn nicht nur überrascht, sondern ihn noch mehr in ihren Bann gezogen. Es war, als hielte sie einen Strang feiner Seide – stark und unzerbrechlich –, mit dem sie ihn näher zu sich zog.

Er hatte noch nie eine Frau mit solchem Mut und solcher Integrität gesehen. Dass sie aus ihrer professionellen Welt heraustreten und den Mut aufbringen würde, zu ihm zu kommen, erstaunte ihn. Sie hatte kein persönliches Interesse an dem, was sie ihm erzählte. Sie hatte keine Verbindung zu ihm. Aber sie kam trotzdem und riskierte sein Missfallen und die Entdeckung durch die anderen.

Er sah zu, wie sie aus seinem Blickfeld verschwand, und schloss die Augen. Die Stärke war die ganze Zeit da gewesen, in der Haltung ihrer schlanken Schultern, kerzengerade und fest gegen alles, aber er hatte es nicht sofort gesehen. Wie alles andere an ihr schien sie sich nach und nach zu offenbaren. Er fragte sich, was er noch alles entdecken würde, wenn er sich erlauben würde, sie besser kennenzulernen.

Er schloss die Tür, ging zu seinem Schreibtisch und rief Aarif, der sofort erschien.

„Änderung des Plans. Frau Devlin wird unsere Gäste nicht zur Baustelle begleiten." Er hielt inne, als er sich an das leichte Schwingen ihrer Hüften erinnerte, als sie den Korridor hinuntergegangen war, den kurzen, durchdringenden Blick ihrer Augen, und diese Stimme... immer diese Stimme. Er fragte sich, wie er sich so hatte irren können. Und nicht nur er, sondern jeder Mann in diesem Schloss. Sie hatten sie alle nur oberflächlich beurteilt. Keiner von ihnen hatte den stählernen Kern in ihr gesehen. Und ihre Klugheit. Nicht einer von tausend Gelehrten wäre auf die richtige, alternative Übersetzung des Wortes ‚Schatz' gekommen. Und seine Unterschätzung könnte ihn teuer zu stehen kommen. Er hatte immer noch keine Nachricht von Sahmir. Er musste die Aurus-Führungskräfte noch hinhalten, und ihr Interesse an Jabal al Kanz war seine beste Chance. Er konnte nicht riskieren, dass sie den Aurus-Führungskräften ihre Zweifel mitteilte.

„Sir?" drängte Aarif.

Tariq blickte zu seinem Assistenten zurück. „Frau Devlin wird mit mir nach Qawaran und von dort in die Stadt kommen. Nicht morgen, sondern sofort. Sorgen Sie dafür, dass sie in einer Stunde reisefertig ist."

KAPITEL 6

Fünf Minuten waren vergangen und der König hatte kaum ein Wort gesagt. Nicht dass Cara ein Wort wollte, dachte sie wütend. Sie erwartete mehr als das. Sie erwartete eine ordentliche Erklärung dafür, warum er ihre Anwesenheit bei einer offenbar geplanten Reise in ein Nachbarland befohlen hatte - denn es gab kein anderes Wort für seine „Bitte".

Sie starrte weiter konzentriert aus dem Fenster des kleinen zweisitzigen Flugzeugs, während es über Meilen von welligem Wüstenland flog.

Entgegen aller Vernunft hatte sie keine Angst, dass er sie aus finsteren Gründen entführte. Sie war nicht die Art von Frau, die man entführte. Nein, sein Assistent hatte etwas von Qawaran-Übersetzung gemurmelt. Es war einfach ein Auftrag. Aber warum diese Geheimniskrämerei?

Trotz ihres Ärgers hatte Cara noch nie etwas so Schönes in ihrem Leben gesehen. Das Land erstreckte sich scheinbar endlos bis zu einem Horizont aus welligem

Anthrazit, der sich scharf gegen einen gewaltigen Himmel abhob. Sie stiegen im kleinen Flugzeug weiter auf, bis Qusayr Zarqa winzig wurde. Als hätte er auf ein Zeichen gewartet, lenkte Tariq das Flugzeug in eine sanfte Drehung und mit der Sonne im Rücken wendeten sie sich vom Wüstenschloss ab und flogen auf die Berge zu.

Immer noch kochend vor Wut über seinen herrischen Ton bei der Begrüßung, hörte sie ihm beim Funkaustausch mit der Bodenkontrolle zu - wer auch immer sie in diesem leeren Land waren und wo auch immer sie sich befanden. Er betätigte einen Schalter und das Rauschen verstummte.

„Ich entschuldige mich für die plötzliche Einladung, Cara."

Sie drehte sich zu ihm um. „Einladung? Ich wusste nicht, dass ich eine Wahl hatte."

Er zeigte dieses warme Lächeln, das er so oft verbarg. Es erreichte seine Augen in einem Zeichen echter Belustigung.

„Du hast Recht, verärgert zu sein. Obwohl" - er zuckte mit den Schultern, immer noch lächelnd - „ich *bin* der König. Auch wenn Menschen verärgert sind, verstecken sie es normalerweise, aber ich bezweifle, dass du irgendetwas verstecken könntest, oder?"

Sie schloss kurz die Augen, als die Ironie seiner Bemerkung sie traf. Sie verbarg das größte Geheimnis ihres Lebens vor ihm. „Ich habe nicht vergessen, wer du bist, Eure Königliche Hoheit-"

„Cara! Nenn mich Tariq."

„Tariq. Also... darf ich erfahren, warum du mich nachts in die Luft befohlen hast?"

„Es ist noch nicht Nacht - die Sonne steht noch hoch

am Himmel. Du kannst immer noch sehen, was ich möchte, dass du siehst."

Sie runzelte die Stirn. „Du willst, dass *ich* etwas sehe? Warum? Ich bin nur die Übersetzerin."

„Du bist nicht *nur* irgendetwas, Cara. Ich möchte, dass du etwas siehst, damit du verstehst." Er machte eine Pause, schaute aus dem Fenster und umfasste die Steuerung neu. „Ich *will*, dass du verstehst. Dort." Er zeigte nach unten. „Da unten."

Sie schaute hinunter und sah eine dunkle Narbe in der Wüste, die sich unter ihnen wie eine wütende Wunde auf makelloser Haut öffnete. Ihr Zorn verschwand, überwältigt von entsetztem Staunen über die Verwüstung, die sich unter ihnen ausbreitete. Im Zentrum des riesigen Tagebaus fiel das Land in tiefen Spalten zwischen den Gesteinsschichten ab, die unter dem Sand lagen.

„Das ist die Mine, die Aurus kontrolliert hat, oder?"

„Ja. Das Vermächtnis der Aurus-Gruppe an mein Land, das mein Vater genehmigte. Natürlich wusste er nicht, welche Verwüstung es anrichten würde. Aber dann, er hatte wenig Interesse. Er wollte Fortschritt um jeden Preis."

„Es sieht schrecklich aus."

„Und es ist nicht nur oberflächlich. Die Mine hat alte Siedlungen zerstört, Wasserläufe umgeleitet, die einst Felder bewässerten, und die Landschaft verändert."

„Ich hatte keine Ahnung."

„Das haben nur wenige. Die Mine ist jetzt weit weg von allem und hochautomatisiert."

Stille breitete sich zwischen ihnen aus, während sie über das verwüstete Gelände in Richtung der Berge flogen. Erst als sie das Gebiet verlassen hatten und sich das Land von rollenden Sanddünen zu steinigen Hammada-Ebenen verändert hatte, lehnte sich Cara in ihrem Sitz zurück.

„Es tut mir leid."

Er warf ihr einen Blick zu. „Warum sollte es dir leid tun? Es ist ein gut gehütetes Geheimnis, es sei denn, man hat ein besonderes Interesse daran, mein Land seiner Schätze zu berauben." Er lächelte sie an. „Was ich bei dir nicht vermute."

Es war wie ein Messer in einer Wunde, die nun keine Abwehr mehr hatte. Aber sie tat nicht *ihr* weh. Sie tat *ihm* weh.

Sie streckte ihre Hand aus und legte sie über seine, die locker auf den Kontrollen lag. Sie hatte keine Worte für ihn, nur ihre Berührung. Er atmete rau aus und schüttelte den Kopf, was die Verzweiflung offenbarte, von der sie nun einen kleinen Teil verstand.

„Wenigstens dort unten" - sie zeigte auf ein bewaldetes Gebiet - „erholt sich dein Land wieder."

„In der Tat. Nur sind wir nicht mehr in meinem Land."

Sie schaute aus dem Fenster. Nichts hatte sich verändert. „Wo sind wir?"

„In Qawaran. Heute Abend wirst du meine engen Freunde und Nachbarn kennenlernen, die Könige von Qawaran und Sitra und ihre Familien. Als kleine Nachbarländer arbeiten wir eng zusammen. Ich denke, sie werden dir gefallen."

Cara blinzelte verwundert. Sie war sich sicher, dass es nette Menschen waren, wenn Tariq das sagte. Aber dass er sich die Mühe machte, sie - eine einfache Übersetzerin - ihnen vorzustellen, und dass er sich auch dafür interessierte, ob sie sie mögen würde oder nicht, erstaunte sie. Ja, sie war sich sicher, dass ihr ein paar königliche Familien gefallen würden, deren Leben sich so sehr von ihrem eigenen unterschied. Aber was würden sie von ihr halten?

Der Palast ragte aus einer Felswand empor und bildete hohe Mauern, die den Berghang hinunter und in die Wüste hinein kaskadenartig abfielen. Es war wie eine Stadt. Wie Tariqs Wüstenpalast war es zweifellos ursprünglich eine Wüstenfestung - eine Burg zur Abwehr von Eindringlingen. Es war die einzige Behausung weit und breit.

Tariq landete das Flugzeug gekonnt auf einer kleinen Landebahn in der Wüste, und als sie ausstiegen, hatte sich bereits ein Auto vom Palast genähert, eine Staubwolke hinter sich herziehend. Als sie auf das Auto zugingen, stiegen zwei Frauen aus, gefolgt von zwei Männern. Die beiden Frauen waren blond, eine groß und schlank, die andere kleiner und trug ein breites Lächeln.

„Tariq!", rief die große Frau. „Was für eine unerwartete Freude!"

Die beiden Männer kamen an und begrüßten Tariq.

„Zum Glück sind wir noch alle hier", rief die kleinere Frau, ging auf Tariq zu und umarmte ihn ohne Umschweife, „wir brechen morgen früh auf." Zu Caras Überraschung stieß Tariq sie nicht weg. Er schien sich zu freuen, sie zu sehen.

„Tatsächlich ein Glück, dass du noch hier bist, Lucy, sonst würdest du mir das nie verzeihen."

„Ja, genau. Wir gehen morgen zu einer Hochzeit, brechen vor Sonnenaufgang auf. Du hättest doch kommen können, Tariq!"

Tariq wandte sich der größeren Frau zu. „Anna! Schön, dich wiederzusehen. Tut mir leid für die kurzfristige Ankündigung." Er umarmte sie und drehte sich dann zu Cara um, während die beiden Könige vor ihr standen, groß und majestätisch.

Als sie den imposanten Mann vor sich sah, wusste sie nicht, ob sie einen Knicks machen, ihm die Hand schütteln oder weglaufen sollte. Zum Glück wusste er, was zu tun war. „Willkommen in Qawaran. Es ist eine große Freude, eine Freundin von Tariq zu empfangen. Dazu haben wir selten die Gelegenheit."

„Allerdings", sagte die große Blonde, die neben ihm ging. Er legte seinen Arm um die Frau, die sich an seine Seite schmiegte. „Und falls mein Mann sich nicht vorgestellt hat, er ist Zahir, Sheikh dieses Ortes, und ich bin Anna. Und das sind Lucy und Razeen. Es ist wirklich eine Freude, dich kennenzulernen."

Cara war verwirrt. Sie kniff die Augen zusammen gegen die Helligkeit des Lichts und dieser wunderschönen Blonden. „Ich bin die Übersetzerin. Tariq hat mich für sein Geschäftstreffen engagiert."

Falls Cara gehofft hatte, dass diese Erklärung die Sache klären würde, wurde sie enttäuscht. Denn es folgte ein Chor von wissenden „Ahs" und einige Grinsen, während sie Blicke austauschten und Tariq seine Arbeit am Flugzeug beendete und zu ihnen stieß.

„Das ist Frau Devlin. Cara Devlin. Sie ist meine Dolmetscherin."

Zu Caras Überraschung boxte Lucy Tariq spielerisch in die Brust. „Und du brauchst eine Dolmetscherin, warum genau?"

König Zahir, der offensichtlich fand, dass die Situation zu ausgelassen wurde, wandte sich an Cara. „Sie sind herzlich willkommen, Frau Devlin. Meine Frau wird Ihnen Ihr Zimmer zeigen."

Lucy hakte sich bei Cara unter. „Du kommst genau rechtzeitig zum Abendessen."

Die drei Männer gingen ihnen voraus in das Anwesen, über den strahlend weißen Innenhof, und Cara hielt inne, um das beeindruckende Gebäude zu betrachten. Es war sehr alt und dennoch wunderschön erhalten; überall waren Zeichen der alten Beduinenkultur zu sehen. Es verschmolz nahtlos mit dem Felsen, über dem Falken kreisten. Es war ein Ort von Größe und Schönheit – und verdammt fremdartig.

„Also, Tariq, mein Freund." Zahir bestellte Kaffee, während Tariq und Razeen es sich auf den übergroßen Wildledersofas bequem machten. „Wie laufen deine Verhandlungen mit der Aurus Group? Hast du sie schon da, wo du sie haben willst?"

Tariq nahm einen Kaffee an und lehnte sich zurück, genoss es, in der Gesellschaft von Menschen zu sein, die sein Leben besser verstanden als sonst jemand. „Noch nicht. Aber das wird schon."

„Bester Fall?", fragte Razeen, der an eine weniger autokratische Herrschaft gewöhnt war als Zahir und daher die Feinheiten der Situation besser einschätzen konnte.

„Sahmir bekommt die Investoren und Gelder, um Aurus auszuzahlen, und wir gewinnen die Kontrolle über unser Land zurück. Ich werde den Fluss in seinen ursprünglichen Lauf zurückleiten und die Mine als Reservoir nutzen, um das Land zu bewässern, es wieder so machen wie früher."

„Wie stehen die Chancen?"

„Gering. Ich halte sie so lange wie möglich hin, um

Sahmir Zeit zu geben. Und ich habe Hilfe aus einer unerwarteten Richtung bekommen."

„Und du sagst, wir können nichts tun, um zu helfen?"

„Danke für eure Angebote. Es reicht zu wissen, dass ihr hinter mir steht. Aber der CEO lässt sich nicht einschüchtern, also verfolge ich einen anderen Ansatz." Tariq lächelte. „Einen viel subtileren Ansatz."

„Interessant."

Tariq nahm einen Schluck Kaffee und genoss seinen bittersüßen Geschmack. „Das ist sie."

Cara hatte nur Zeit für eine schnelle Dusche und einen Kleiderwechsel, bevor es an ihrer Tür klopfte.

Zu ihrer Überraschung standen Anna und Lucy draußen, als sie öffnete.

„Mein Mann hat Tariq bereits für ein Treffen beschlagnahmt, und anscheinend brauchen sie dich nicht zum Übersetzen!", Anna lächelte verschmitzt. „Lust auf einen Drink?"

„Ja, gerne." Cara überlegte, wie sie diese beiden Frauen ansprechen sollte, die trotz ihres Aussehens königlich waren. „Eure Königliche Ho-"

Anna winkte abwehrend. „Oh, das brauchst du nicht. Nenn mich einfach Anna."

„Du kannst mich ‚Eure Königliche Hoheit' nennen, wenn du möchtest", grinste Lucy. „Ich mag das eigentlich. Niemand sonst nennt mich so."

„Weil du es ihnen verbietest. Und du verbringst deine Tage mit Menschen in der realen Welt. *Und* weil du die informellste Person bist, die ich kenne."

„Stimmt", sagte Lucy und nahm eine nachdenkliche Pose ein. „Wir Kiwis sind alle ziemlich informal und demokratisch."

„Du bist Neuseeländerin?", fragte Cara, als sie in den alten Korridor trat.

„Ursprünglich. Dann wurde ich Weltbürgerin und jetzt bin ich Sitranerin." Sie gingen nebeneinander. Sie strahlte Cara an. „Und was führt dich nach Ma'in? Du bist doch Engländerin, oder?"

„Ja. Ich kam zuerst mit meinen Eltern her – muss etwa fünf Jahre her sein. Mein Vater war Gastprofessor an der Universität. Nach dem Tod meiner Eltern, nun ja, man könnte sagen, ich bin seitdem auf Reisen."

„Keine Verbindungen mehr nach England?"

Cara schüttelte den Kopf. „Nur entfernte Verwandte."

„Gut."

Anna und Lucy tauschten schnelle Blicke aus.

„Warum ,gut'?"

„Weil das bedeutet, dass du bleiben wirst. Tariq taucht nie mit einer Frau auf. Und ich meine *nie*."

Cara fühlte sich geschmeichelt. Dann runzelte sie die Stirn. „Ich bin Übersetzerin. Er hat mich engagiert, um hier zu sein."

„Siehst du irgendwelche Übersetzungen?", fragte Lucy lachend.

Cara lächelte kurz, unsicher über Tariqs Motive.

„Cara", sagte Anna, als könnte sie ihre Gedanken lesen, „Tariq ist einer der aufrichtigsten Männer, die ich kenne. Er hat dich hierher gebracht, weil er dich wirklich mag und Zeit mit dir verbringen möchte. Nicht um dich zu *benutzen*, fürs Übersetzen oder irgendetwas anderes. Das ist einfach nicht seine Art."

Cara muss über Annas scharfsinnige Bemerkung erstaunt ausgesehen haben, denn Lucy umarmte Anna stolz. „Man gewöhnt sich daran, dass Anna deine

Gedanken liest. Das macht sie zur besten Anwältin des Landes, oder wahrscheinlich jedes Landes." Lucy lachte. „Jedenfalls sind wir froh, dass du in Ma'in bleiben wirst. Das bedeutet, dass wir dich öfter sehen können."

„Oh nein, ich bleibe nicht. Das ist unmöglich."

Die Frauen starrten sie an. „Warum?", fragten sie im Chor, als könnten sie sich keinen Grund vorstellen, warum eine Frau dieses Land, Tariq oder sie verlassen wollte.

„Weil ich bald abreise."

„Aber ich dachte, du hättest nirgendwo Bindungen?"

„Habe ich auch nicht. Es ist nur... ich habe beschlossen, nach Italien zu ziehen."

„Italien?", riefen beide aus.

Cara zuckte mit den Schultern. „Es ist warm, es regnet nicht, ich kann die Sprache ein bisschen und... es ist etwas Neues."

Anna legte ihre Hand auf Caras Arm und sie alle blieben stehen. Sie standen in der Mitte eines großen Raums, dessen Wände mit antiken Mosaiken verziert waren. „Tu, was du tun musst, Cara. Gott weiß, das Leben ist nicht einfach, und Zahirs und mein gemeinsamer Start ins Leben war holprig. Sagen wir es so, das ‚Verheiratet' vom ‚ehelichen Glück' kam zuerst."

„Und jetzt", grinste Lucy, „ist es nur noch Glück."

Anna hob eine Augenbraue und lächelte geheimnisvoll. „So in etwa."

„Sehr viel davon, nach dem was ich höre. Kommt, lasst uns etwas trinken gehen. Bald ist es Zeit fürs Abendessen und dann können wir nicht mehr über die Männer reden! Außerdem können es unsere Kinder kaum erwarten, dich kennenzulernen."

„Kinder?"

„Wir haben je drei", sagte Lucy. „Anna behauptet, sie hört bei drei auf, aber ich auf keinen Fall." Sie tätschelte ihren leicht gewölbten Bauch. „Nummer vier ist unterwegs und dann... wer weiß. Ich war nie besonders gut in Mathe."

Im Schatten eines ausladenden Baumes waren Snacks aus Hummus, Pita, eingelegtem Gemüse, Oliven und gefüllten Weinblättern sowie andere verlockende Gerichte auf einem Tisch angerichtet, daneben duftende Kräutertees und Säfte. Rings um den Innenhof floss Wasser in geometrischen Kanälen, gespeist vom Bergbach. Cara dachte daran, wie glücklich Lucy und Anna waren, so zufrieden zu sein. Anna hatte zwar von einem holprigen Start ihrer Ehe gesprochen, aber Cara konnte nicht glauben, dass das Leben für eine der beiden Frauen je anders als rosig gewesen war. Sie waren beide viel zu schön, erfolgreich, zu klug und charmant, um je Härten ertragen zu haben.

Ein paar Stunden später wurde Cara klar, wie falsch sie gelegen hatte. Lucy und Anna mochten zwar all das sein, was sie sich vorgestellt hatte, aber das hatte ihr Leben nicht einfach gemacht, ganz im Gegenteil. Doch sie hatten es durchgestanden, und das gab Cara Hoffnung.

Sie hatte auch mehr über Tariq erfahren als in ihrer Zeit in Ma'in und der einen Woche in seiner Gesellschaft. Die Frauen beschrieben einen Mann, der ein schwieriges Leben mit einer Frau geführt hatte, die überhaupt nicht zu ihm gepasst hatte. Es war das, was Anna und Lucy *nicht* über seine Frau gesagt hatten, die tragisch jung gestorben war, was so aufschlussreich gewesen war. Beide waren zu nett, um schlecht über Tote zu sprechen, aber es war offensichtlich, dass die Ehe nur aus politischen Gründen arrangiert worden war, nicht für Tariqs Glück.

Und sie hatte all ihre Kinder kennengelernt. Die Kinder kannten sich alle gut und behandelten sich wie Geschwister, auch wenn sie es nicht waren. Aber sie waren offensichtlich das Nächstbeste. Es lag im Interesse der drei relativ kleinen Länder, eng zusammenzuarbeiten, was bedeutete, dass sie sich oft sahen.

Anna schaute auf ihre Uhr. „Kinder!", rief sie mit ihrem honigsüßen amerikanischen Akzent. „Zeit fürs Bett."

Der Älteste erschien an ihrer Seite. „Aber Mama, ich muss doch sicher nicht gehen. Ich bin kein Baby mehr."

Anna stand auf und umarmte den großen, schlaksigen Vorjugendlichen. „Du wirst immer mein Baby sein, Matta. Aber nein, du musst nicht gehen. Du darfst heute mit uns zu Abend essen."

Matta schien vor Freude ein paar Zentimeter zu wachsen, als er die Rolle des großen Bruders übernahm und dafür sorgte, dass die restlichen Kinder mit ihren jeweiligen Kindermädchen ins Bett gingen.

Cara trat neben Anna und folgte ihrem Blick, während Matta sich um die anderen Kinder kümmerte.

„Er ist ein hübscher Junge. Er wird groß werden."

„Ja. Wie sein Vater."

Cara wusste aus den Boulevardzeitungen, dass Matta geboren wurde, als Anna mit Zahirs Bruder Abduallah verheiratet war. Sie wusste auch, dass Abduallah viel kleiner war als Zahir, aber Anna sagte nichts. Anscheinend war Cara nicht die Einzige mit Geheimnissen.

Sie gingen in den Speisesaal und wurden von den Männern begrüßt, die durch die Haupttür eintraten.

„Meine Damen!", dröhnte König Zahirs Stimme.

Alle drei Männer waren gleich groß und beeindruckend, aber an Zahir war etwas regelrecht beunruhigendes. Sein Ton hätte befehlend, tadelnd oder willkommen heißend sein können, sie hatte keine Ahnung. Aber Anna schon.

Während Matta sich Razeen und Lucy am Fenster anschloss, um die trainierenden Falken zu beobachten, ging Anna auf Zahir zu, und es war, als würde in ihm ein Licht angehen, als er einen Arm um sie legte und sie an sich zog, ihr Kinn anhob und sie küsste. Anna legte eine Hand auf seine Brust, als wolle sie ihn wegdrücken, aber aus der flachen Hand wurde ein Griff, als sie den Stoff seiner Gewänder packte, als wolle sie ihre Finger in sein Fleisch pressen. Der Griff und ihr plötzlich gerötetes Gesicht verrieten, dass ihn wegzustoßen das Letzte war, was sie wollte.

Er lächelte, das triumphierende Lächeln eines Mannes, der weiß, dass er die ungeteilte Aufmerksamkeit seiner Frau hat, und streichelte ihre Wange, senkte seinen Mund zu ihrem Ohr und flüsterte etwas. Was auch immer seine Worte waren, Annas Röte vertiefte sich, sie atmete langsam ein, als versuche sie sich zu beruhigen, und Cara wandte sich halb ab, entsetzt über das Gefühl von Neid, das sie überkam. Selbst ihr Mann, der sie zweifellos einmal gemocht hatte, hatte sie nie so angesehen. Aber bevor sie weggehen konnte, berührte jemand ihren Arm. Es war eine zu leichte Berührung, um eine so große Wirkung zu haben. Sie blickte auf in Tariqs Augen. Er neigte seinen Kopf zu ihrem.

„Zahir und Anna konnten ihre Leidenschaft füreinander noch nie verbergen", bemerkte er mit leiser

Stimme. „Es kann einen ein wenig unwohl fühlen lassen, bis man sich daran gewöhnt hat."

„Ich fühlte mich nicht unwohl. Ich fühlte..." Sie hielt inne, als ihr klar wurde, dass die Gedanken, die sie zu formen versuchte, zu viel verraten würden.

„Was hast du gefühlt?"

Sie schüttelte den Kopf, unfähig zu sprechen. Wie konnte sie ihm eine so persönliche Wahrheit sagen? Und doch konnte sie ihn nicht anlügen.

Obwohl sie sich nicht berührten, fühlte sie sich ihm hier näher als je zuvor, in diesem fremden Schloss, mit Blick über die weiten Ebenen, während die tief stehenden aprikosenfarbenen Sonnenstrahlen durch die gewölbten Steinfenster fielen. „Ich würde gerne wissen, was du fühlst, Cara." Die Brise wehte eine Haarsträhne auf ihre Wange. Er strich sie weg. „Ich möchte alles über dich wissen. Denn je mehr Zeit ich mit dir verbringe, desto mehr wird mir klar, wie viel es zu wissen gibt. Du täuschst. So viel verbirgt sich hinter dieser ruhigen, bescheidenen Fassade."

Sie schüttelte den Kopf, versuchte seine Worte zu verneinen, während sie gleichzeitig hilflos von der Strömung seiner Anziehungskraft mitgerissen wurde. Sie wollte das, was Anna hatte - diese alles verzehrende Leidenschaft. Und sie spürte sie, wenn Tariq in der Nähe war. Sie schluckte. „Ich bin einfach nur ich. Denk nicht, dass mehr dahintersteckt als das."

Zu ihrer Bestürzung lächelte er. „Genau das habe ich von dir erwartet. Also sag mir, was hast du gedacht, als Zahir Anna küsste?"

„Ich dachte, sie hat Glück, jemanden zu haben, der sie so anbetet, wie Zahir es offensichtlich tut."

Er nickte. „In der Tat. Solch eine Liebe ist selten in der Ehe, denke ich. Selten, aber nicht unmöglich. Vielleicht bedeutet das, dass man seine Gefühle akzeptieren sollte, selbst wenn man solche Leidenschaft an den unerwartetsten Stellen findet." Er neigte seinen Kopf zu ihrem und sie hielt den Atem an. „Komm, lass uns zu Razeen und Lucy gehen. Ihre Liebe ist genauso stark, aber vielleicht etwas geselliger."

Sie folgte ihm zum Fenster, wo Falken ein magisches Schauspiel boten, wie sie im schwindenden Licht hinabstießen und aufstiegen, die Windwirbel hoch über ihnen fingen, wo das Schloss in den zerklüfteten Felsen verschwand, und zum ersten Mal in ihrem Leben fühlte sie sich beschwingt und hatte das Gefühl, am richtigen Ort, zur richtigen Zeit, mit der richtigen Person zu sein.

Cara genoss den Abend viel mehr als erwartet. Zahirs Schwestern und älteste Kinder gesellten sich ebenfalls zu ihnen. Während der Speisesaal angemessen königlich und imposant war, war die Gesellschaft entspannt und die Unterhaltung ungezwungen, wie in einer großen Familie. Tariq saß Cara gegenüber und erklärte ihr alle Insider-Witze und stellte sicher, dass sie immer in das Gespräch einbezogen wurde, wofür sie dankbar, wenn auch nicht überrascht war. Bei diesem Dinner benötigte niemand ihre Sprachkenntnisse, und Cara begann sich zu fragen, ob Anna und Lucy nicht Recht hatten. Tariq hatte sie als Freundin hierher gebracht, nicht als Angestellte. In diesem Fall, was genau erwartete er von ihr? Als der Abend sich dem Ende neigte, wusste sie, dass sie es herausfinden würde.

Sie schaute auf, plötzlich bewusst, dass sie in ihren eigenen Gedanken versunken gewesen war und dass es nun eine Pause im Gespräch gab und die Leute sie ansahen.

„Ich weiß nicht", antwortete Tariq auf irgendeine Frage. „Das musst du Cara fragen."

Er nahm einen Schluck aus seinem Glas, aber seine Augen verließen nie die ihren, sein Mund lächelte nicht.

„Was muss man Cara fragen?" Sie lächelte gesellig zu Lucy.

„Ich sagte gerade zu Tariq, dass ich hoffe, wir werden dich öfter sehen. Ihr solltet beide nächsten Monat nach Sitra kommen. Wir feiern die Eröffnung einer Flotte mobiler Kinderarzteinheiten."

Razeen lächelte Cara an, deren Verwirrung offensichtlich war. „Es ist auch ein bedeutender Jahrestag in der Geschichte meines Landes, aber meine Frau feiert lieber Fortschritte in der Gesundheit von Frauen und Kindern als die Anzahl der Jahre, die meine Familie die gekrönten Herrscher des Landes sind."

„Ich tue lieber etwas Echtes, etwas, das für Menschen einen Unterschied macht", widersprach Lucy.

„Und das, meine Liebste" - Razeen nahm ihre Hand und küsste sie, seine Bewunderung offensichtlich - „ist einer der Gründe, warum ich dich so sehr liebe."

Lucy schüttelte den Kopf, konnte aber ein Lächeln nicht verhindern. „Du bist so ein Charmeur, Razeen." Das Lächeln wurde zu einem Lachen, als sie sich wieder Cara zuwandte. „Jedenfalls wird es Feierlichkeiten geben und es wäre wunderbar, wenn du dabei sein würdest."

Razeen warf Lucy einen warnenden Blick zu, aber Lucy ignorierte ihn. Anscheinend konnte selbst Königtum von einer willensstarken Frau überstimmt werden.

Besonders wenn der betreffende König offensichtlich Hals über Kopf in diese Frau verliebt war.

„Ich..." Sie wusste nicht, wie sie antworten sollte. Sie alle gaben ihr die Rolle einer viel engeren Freundin, als sie es für Tariq war. Ihre Wangen brannten vor Verlegenheit.

„Nicht wahr, Tariq?", drängte Lucy, offensichtlich daran gewöhnt, ihren Willen zu bekommen.

Cara konnte sich nicht dazu bringen, Tariq anzusehen. Aber sie konnte seinen Blick auf sich spüren. „Natürlich", sagte er. „Cara, es wäre mir eine Freude, dich nach Sitra zu bringen, wenn du kommen kannst." Sie blickte unter gesenkten Wimpern zu ihm auf und biss sich auf die Lippe, unsicher, was hier geschah. „Ich würde mich freuen, wenn du kämest", stellte Tariq klar.

„Ich... ich bin nicht sicher. Ich habe andere Pläne. England, um einige geschäftliche Angelegenheiten abzuschließen, und dann ziehe ich nach Italien."

„Hast du dort dringende Geschäfte?", fragte Lucy.

„Naja, nein. Aber..."

„Es liegt bei dir, Cara." Tariqs Stimme war sanft und überzeugend. „Aber ich wäre geehrt, wenn du mein Gast im Palast wärst und nach Sitra reisen würdest."

Sie ertappte sich dabei, wie sie nickte, trotz der nagenden Stimme in ihrem Inneren, die ihr sagte, sie müsse sich von ihm fernhalten. Ein Teil von ihr schnitt diese Stimme der Vernunft ab, und sie hörte sich selbst ‚ja' sagen. Es gab etwas völlig Überwältigendes an ihm.

„Gut", sagte er.

„Dann ist das geklärt", sagte eine triumphierende Lucy.

„Warst du wieder dabei, Unheil zu stiften?", rief Anna vom anderen Ende des Tisches.

Das Dinner war zu Ende und Lucy erhob sich. „Ich

mache die Welt nur zu einem glücklicheren Ort, Anna. Du kennst mich!"

Cara stand ebenfalls auf und entschuldigte sich. Sie ging ins Bad und spritzte sich kaltes Wasser ins Gesicht, blickte auf in Augen, die hell und aufgeregt waren. Sie erkannte sich kaum wieder. Allein der Gedanke an Tariq ließ ihren Magen Purzelbäume schlagen und vor Verlangen schmelzen. War das einfach nur Lust oder etwas mehr? Sie wusste es nicht. Sie hatte immer gesagt, sie könne keinem Mann mehr vertrauen, aber mit jedem Tag, den sie Tariq kannte, vertraute sie ihm mehr und mehr.

Sie schlüpfte leise in die Halle und war dabei, in den Innenhof außerhalb des Speisesaals zu gehen, als sie Stimmen hörte. Sie hielt hinter einem Raumteiler inne.

„Du magst sie, nicht wahr?", hörte sie Lucy Tariq fragen.

„Kümmere dich um deinen eigenen Kram, Lucy", warf Razeen ein.

„Cara hat versucht, uns zu sagen, dass sie als Übersetzerin hier ist, aber sie ist mehr für dich, oder?" Lucy ließ sich nicht abwimmeln. „Du magst sie."

„Lucy, du bist unhöflich."

„Nein, bin ich nicht. Tariq ist wie der große Bruder, den ich nie hatte. Du weißt, dass du nicht beleidigt sein sollst, eh, Tariq?"

Tariq seufzte. „Lucy, du bist unverbesserlich. Und ich werde wohl nie von dem beleidigt sein, was du sagst, weil du einer der gütigsten Menschen bist, die ich kenne, *okhti*."

„Siehst du!", sagte Lucy zu Razeen. „Es macht ihm nichts aus, er nennt mich seine Schwester, er versteht mich. Ich mag es einfach, wenn Menschen glücklich sind. Ich möchte einfach, dass Tariq glücklich ist. Er war zu lange unglücklich-"

„War ich nicht!"

„Und Cara macht dich glücklich, oder?", fuhr Lucy fort und ignorierte Tariqs Antwort.

Es gab eine Pause und Cara strengte sich an, Tariqs Antwort zu hören. Dann kam sie, tief und resonant. „Ja. Ja, das tut sie."

Cara trat zurück, sie brauchte Zeit für sich, musste verarbeiten, was sie gerade gehört hatte. Sie ging zurück zum Speisesaal. Aber alle Gedanken an Alleinsein wurden durch die Anwesenheit von Razeen zunichte gemacht, der zurückgekommen war, um etwas für Lucy zu holen.

„Cara, du siehst aus, als hättest du einen Geist gesehen. Ist alles in Ordnung?"

Sie nickte. „Ja, tut mir leid, bin nur müde, denke ich. Es war ein langer Tag."

„Und ich bin sicher, die unbeholfenen, aber gut gemeinten Verkupplungsversuche meiner Frau haben auch nicht geholfen. Das tut mir leid." Er machte eine Pause. „Warum gehst du nicht früh zu Bett?"

„Ich möchte nicht unhöflich erscheinen."

„Das wirst du nicht. Auch wenn wir die sogenannten ‚Wüstenkönige' sind, sind wir eine verständnisvolle Gruppe."

Sie gingen zurück in den Innenhof, wo Razeen Cara jede Schwierigkeit ersparte. „Ich habe Cara gesagt, sie sollte ins Bett gehen, sie sieht erschöpft aus."

Anna und Lucy sahen Cara besorgt an. „Geht es dir gut?"

„Ja, ich bin nur müde."

„Natürlich", sagte Anna. „Hör zu, du musst unbedingt wieder zu Besuch kommen. Wir brechen morgen früh alle auf, also werden wir dich diesmal nicht mehr sehen. Aber lass dich nicht so lange nicht blicken."

Cara lächelte und fragte sich, wie sie wohl den König und die Königin von Qawaran einfach so besuchen könnte. „Das wäre schön."

„Ich zeige dir dein Zimmer."

Aber bevor sie gehen konnten, trat Tariq vor. „Ich zeige es ihr. Ihr Zimmer ist im gleichen Flügel wie meins."

Cara konnte nicht widersprechen, weil sie wusste, dass sie jemanden brauchte, der ihr den Weg zeigte. Der Palast war riesig und sie hatte keine Ahnung, wie sie zu ihrem Zimmer zurückkommen sollte. Sie brauchte jemandes Hilfe. Sie hätte nur lieber jeden anderen als Tariq gehabt.

Wenn es Fragen zu Tariqs Motiven gab, war niemand unhöflich genug, diese weder in ihrem Gesichtsausdruck noch in ihren Worten zu zeigen, als sie sich nach der Verabschiedung von Cara wieder ihren Gesprächen zuwandten.

„Geht es dir wirklich gut, Cara?", fragte Tariq.

„Ja, ich bin nur müde. Morgen geht es mir wieder gut."

„Dann komm, ich zeige dir den Weg."

Es war, als wäre Cara in der Zeit zurückgereist. Die uralten Gänge mit ihren emporragenden Bögen und abgenutzten Steinwegen mussten genauso aussehen wie im Mittelalter. Teile des Palastes waren noch immer nicht elektrifiziert. Und wenn sie durch diese Korridore gingen, leuchteten Fackeln den Weg, in Wandhaltern befestigt, ihr Licht flackerte in der nächtlichen Brise. Es war magisch. Und neben diesem Mann zu gehen, dessen Worte an Lucy noch in Caras Gedanken nachhallten, ließ alles noch unwirklicher erscheinen.

Er blieb stehen. „Cara." Er sprach leise, aber seine Stimme hallte trotzdem durch den großen Raum.

Sie blieb stehen und drehte sich zu ihm um, alle ihre Sinne in höchster Alarmbereitschaft.

„Gute Nacht." Er trat zurück und instinktiv machte sie einen Schritt auf ihn zu.

„Du gehst?", fragte sie, bevor sie sich stoppen konnte.

Er lächelte und öffnete eine Tür. „Hier ist dein Zimmer. Danke, dass du heute Abend mit mir gekommen bist. Ich weiß, es ergibt für dich wenig Sinn, aber ich bin froh, dass du dabei warst."

„Warum?"

„Es ist so selten, dass ich mit jemandem zusammen sein kann, dem ich instinktiv und absolut vertraue." Er griff nach ihrer Hand und küsste sie. „Schlaf gut." Er drehte sich um und ging weg.

Sie ging hinein, schloss die Tür und lehnte sich dagegen. Sie hielt die Hand, die er geküsst hatte, und spürte noch immer die Berührung seiner Lippen auf ihrer Haut.

Sie musste ihm von der Statue erzählen. Er sagte, er vertraue ihr. Aber was war wichtiger? Dass sie ihr schlechtes Gewissen erleichtern und ihm die Wahrheit sagen sollte, womit er sie nie wiedersehen wollen würde, oder dass sie ihn weiterhin täuschen und an eine falsche Version ihrer selbst glauben lassen sollte?

KAPITEL 7

Trotz der luxuriösen Umgebung wälzte sich Cara die ganze Nacht hin und her. Sie wachte schließlich früh am Morgen auf und wusste mit absoluter Klarheit, was sie tun würde. Sie würde es ihm sagen.

Sie war vor Sonnenaufgang wach, nachdem sie gehört hatte, wie Anna und Lucy mit ihren Familien den Palast verließen, um zur Beduinen-Hochzeit zu fahren. Spontan zog sie ein Kleid an, das ihrer Mutter gehört hatte und das sie immer hatte tragen wollen, es aber nie getan hatte. Es war ein Kleid in der Farbe des Sonnenaufgangs, meilenweit von ihrer üblichen zurückhaltenden Kleidung entfernt. Aber sie brauchte an diesem Morgen Mut. Als sie sich in den Palast wagte, war außer den Bediensteten niemand da. Sie teilten ihr mit, dass König Tariq sich in der Gästebibliothek befand.

Sie folgte den Anweisungen zur Bibliothek - wenn dies die Gästebibliothek war, musste die Hauptbibliothek riesig sein -, aber sie war leer. Sie sah sich im Raum um. Sein Laptop und Papiere lagen auf dem Schreibtisch, zusammen mit einer halb ausgetrunkenen Tasse Kaffee. Sie wurde von den offenen Türen angezogen, hinter denen zwischen den Palmen und anderem Grün ein leuchtend blauer Fleck zu sehen war, zweifellos ein weiterer Brunnen. Vielleicht war auch er vom beruhigenden Klang des Wassers und dem Duft der Blumen in den Garten gelockt worden.

Sie schlenderte den Weg entlang, der durch die privaten Gärten führte. Eine warme Brise wehte durch die raschelnden Palmen, bis sich der blaue Fleck als Schwimmbecken entpuppte, schattig und einladend unter einer Pergola, gespeist von dem Wasser, das vom Berg herab durch Rinnen und Brunnen in den Pool und dann weiter floss.

Der Pool kräuselte sich, die sanften Wellen bildeten ein 'V', aber es war keine Spur von der Person zu sehen, die den Pool gerade verlassen hatte. Sie wollte sich gerade abwenden, als sie die Musik hörte. Die eleganten Klänge von Mozarts Adagio in E für Violine schwebten durch die Luft und versetzten sie zurück in ihre Kindheit. Sie lächelte und ging, fast ohne zu wissen, was sie tat, zur Quelle der Musik in einem Sommerhaus, wo Poolzubehör aufbewahrt wurde. Sie ging zum Lautsprecher mit dem angeschlossenen Handy und tippte auf den Bildschirm, um den Namen der Violinistin zu prüfen. Es war ihre Mutter.

Sie lehnte sich plötzlich schwach gegen die Wand und schloss die Augen. Die Musik erhob sich und fegte durch die warme Luft, durchdrang ihre Abwehr. Sie hatte es nicht erwartet, hatte seit dem Tod ihrer Mutter nie deren Musik gehört. Gott weiß, wie sie es geschafft hatte, ihr auszuweichen, aber sie hatte es getan. Und hier, meilenweit entfernt unter dem heißen Wüstenhimmel, traf es sie, trieb den Schmerz ihres Verlustes tief in ihr Herz.

Mit fest geschlossenen Augen konnte sie das Schwingen und Stoßen des Arms ihrer Mutter sehen, wie sie den Bogen mit einer Sensibilität über die Saiten führte, die sie Cara gegenüber immer gezeigt hatte. Sie konnte spüren, wie die Hand ihrer Mutter über ihre Wange strich, nachdem sie ihr jeden Abend einen Gutenachtkuss gegeben hatte, jeden Abend, an dem ihre Mutter am Leben gewesen war. Sie hatte ihren Vater nur um wenige Wochen überlebt. Versehentliches Ertrinken, hatte die Polizei gesagt. Und das wollte Cara auch glauben. Aber in ihrem Herzen wusste sie, dass es kein Unfall gewesen war. Ihre Mutter hatte einfach nicht ohne ihren Mann weiterleben wollen.

Sie wusste nicht, wie lange sie dort schwach an der Wand gestanden hatte, während Tränen über heiße Wangen liefen unter fest zusammengekniffenen Augen, aber das lange Stück ging schließlich zu Ende.

Die Realität der Welt um sie herum drang langsam wieder in ihr Bewusstsein. Das Rascheln der Palmen, die den Pool umgaben, die leichte Brise, die die durchsichtigen Gazevorhänge über den gefliesten Boden bewegte. Und noch etwas... Sie wischte sich mit den Handflächen die Augen und drehte sich um, um wegzugehen. Aber jemand kam. Sie hatte gerade die Tür erreicht, als er sprach.

„Cara! Bist du zum Schwimmen gekommen?"

Sie drehte sich nicht sofort um, da sie wusste, dass die Trauer noch zu deutlich in ihren Augen zu sehen war, die Tränen noch frisch auf ihrem Gesicht. „Nein, ich schwimme nicht. Ich mag kein Wasser. Ich... ich muss mich verlaufen haben."

„Du hast mich gesucht, denke ich?"

Seine Stimme war sanft, so behutsam, dass es das Messer in der Wunde drehte, die das Hören der Violine ihrer Mutter geöffnet hatte. Sie konnte nicht verhindern, dass ein Schluchzen durch ihren Körper fuhr und als Keuchen aus ihrem Mund kam. Sie presste ihre Hand auf den Mund, aber es war zu spät.

Er war sofort neben ihr. „Was ist los? Was ist passiert?"

In seiner Stimme lag Besorgnis, und das machte es nur noch schlimmer. Sie senkte den Kopf und wischte sich mit den Händen über die Augen. Sie blickte zur Decke und zwang die Tränen aufzuhören. Sie schüttelte erneut den Kopf. „Nichts", flüsterte sie.

„Dreh dich um."

Er war Scheich, er war König, und er war es nicht gewohnt, dass ein Befehl verweigert wurde. Und ein Teil von ihr wollte Trost und konnte nicht ablehnen. Sie drehte sich um. Er runzelte die Stirn und hob ihr Kinn an, als er ihr in die Augen sah.

„Du weinst. Bist du verletzt?" Seine Augen blitzten plötzlich auf. „Hat dir jemand wehgetan?"

Sie schüttelte verwirrt den Kopf. Seine Augen zeigten dunkle Wut. „Nein." Sie schüttelte wieder den Kopf. „Nein", diesmal bestimmter.

„Was hat dann diese Tränen in deine Augen gebracht?"

„Etwas Persönliches. Ich kann es nicht erklären."

„Komm, setz dich. Möchtest du etwas trinken?"

Wieder kam es ihr nicht in den Sinn, nicht zu gehorchen. Irgendwie stellte sie sich vor, dass er auch so bestimmend sein konnte, ohne König zu sein. Sie setzte sich auf das Sofa und beobachtete, wie er zur Getränkebar ging und ihnen beiden Sprudelwasser einschenkte. Er trug nur eine Badehose und sein breiter, muskulöser Körper zeigte seine ganze Kraft. Plötzlich fiel ein Wassertropfen aus seinem Haar und schlängelte sich seinen dunklen Rücken hinunter, bis er von den nassen Shorts aufgesogen wurde, die sich an seinen Körper schmiegten.

Sie schluckte und sah weg. Er drehte sich um und brachte ihr die Getränke. Die Ablenkung durch seinen halbnackten Körper half ihr, sich schneller zu erholen, als alles andere es vermocht hätte.

Er stellte die Getränke auf den Tisch und setzte sich ihr gegenüber. „Jetzt sag mir, was passiert ist. Du bist nicht die Art von Frau, die sich von Kleinigkeiten aus der Fassung bringen lässt."

Sie hob unwillkürlich ihre Augenbrauen. Er hatte ins Schwarze getroffen. Sie war nicht sentimental. Sie gab sich immer Mühe, *nichts* zu fühlen. Musik war eines der wenigen Dinge, die ihre Abwehrmechanismen umgingen. Aber egal wie scharfsinnig er war, wie mächtig auch immer, sie war keine seiner Untertanen und würde sich ihm nicht einfach öffnen, nur weil er es verlangte.

Sie nahm einen Schluck Wasser und räusperte sich. „Es geht mir wirklich gut. Es war nur eine dumme Erinnerung, die mich kurz aufgewühlt hat."

Seine Stirn runzelte sich noch tiefer. „Also ist nichts passiert, was dich aufgewühlt hat?"

Sie zuckte mit den Schultern, während sich ein Lächeln auf ihre Lippen stahl. „Nein, ich bin nicht leicht aus der Fassung zu bringen."

„Ist das so?" Ein Lächeln huschte über seine Lippen. „Vielleicht bist du zu hart?"

Sie lachte kurz auf und nahm einen Schluck von ihrem Getränk.

Er lehnte sich zurück und betrachtete sie nachdenklich. „Nein, ich weiß, dass du das nicht bist."

Sie blickte auf und begegnete seinem durchdringenden Blick. „Du kennst mich nicht."

„Ich muss nicht hören, was Leute über sich sagen, um es zu glauben oder nicht. Ich sehe es in ihren Augen, wie sich ihr Körper bewegt, was sie *nicht* sagen, genauso wie das, was sie *tatsächlich* sagen." Er presste die Lippen zusammen und schwenkte sein Getränk, bevor er sie wieder ansah. „Nein, du bist nicht hart. Was du *bist*, ist intelligent und stark. Du weißt, wer du bist, und lässt dich nicht von den ignoranten, uninformierten Meinungen anderer beeinflussen."

Sie blinzelte angesichts der Treffsicherheit seiner Aussage. Dann runzelte sie verwirrt die Stirn, sowohl wegen seiner Worte als auch darüber, dass er überhaupt über sie nachgedacht hatte. Sie öffnete den Mund, um zu sprechen, aber die Worte waren wie in Luft aufgelöst.

Er lächelte kurz, runzelte nun selbst die Stirn und lehnte sich zurück. „Also, was ist es, das dir Tränen in die Augen treibt?" Sie blickte zur Musikanlage und er folgte ihrem Blick. „Ich hatte die Musik angelassen. Jetzt ist sie aus. Hast du sie ausgeschaltet?"

Sie nickte, während sich ein harter Knoten in ihrer Brust zu bilden begann, als sie erneut an die Musik ihrer Mutter dachte. Die Stille zwischen ihnen dehnte sich. Sie schluckte den Kloß hinunter und wandte sich ihm mit einer Heiterkeit zu, die sie nicht empfand. Er würde wissen, dass sie aufgesetzt war, aber es war das Beste, was sie zustande brachte. „Meine Mutter. Sie war Musikerin. Es war ihre Musik, die du gespielt hast."

Hätte sie nicht in seine Augen geschaut, hätte sie nie geglaubt, dass sich ein Gesichtsausdruck so schnell ändern könnte. Eben noch waren seine Augen befehlend, forschend, intensiv gewesen. Aber in der Sekunde, die ein Wüstenabend braucht, um sich in eine geheimnisvolle, magische Dunkelheit zu verwandeln, verdunkelten sich seine Augen, schmolzen mit einer Emotion, die sie noch nie zuvor bei ihm gesehen hatte. „Deine Mutter...", sagte er sanft und nickte. „Sie ist verstorben?"

Sie nickte, unfähig zu sprechen.

Er hielt ihren Blick für einige lange Momente, das schmelzende Schokoladenbraun seiner Augen streichelte und tröstete sie, obwohl sie voneinander entfernt saßen. Dann stand er auf und ging zur Musikanlage. Er tippte auf dem Bildschirm herum und las die Liste durch. „Joanna Devlin, die Violinistin. Sie ist... *war* eine begnadete Musikerin. Jetzt verstehe ich."

Sie sah ihn an und merkte, dass er wirklich verstand. Er brauchte keine tröstenden Worte, keine Plattitüden, um sein Mitgefühl und sein Verständnis auszudrücken. Es lag in seiner Art, in seinen Augen, in der unleugbaren Verbindung zwischen ihnen.

„Und hast du die Begabung deiner Mutter geerbt?"

„Nein. Ich spiele kein Instrument."

„Du hast deine Sprachen und deine Stimme, Cara. Du machst Magie mit deiner Stimme."

Sie trat einen Schritt zurück. Es wurde zu intensiv. Sie musste gehen.

„Tut mir leid, ich habe gestört. Ich sollte gehen."

„Warte." Er legte seine Hand leicht auf ihren Arm, aber

es fühlte sich an, als könnte sie sich nicht bewegen, bis er sie wieder wegnahm. „Du bist aus einem Grund hergekommen, Cara." Der Klang ihres Namens auf seinen Lippen glitt wie eine Liebkosung über seine Zunge. „Warum? Warum bist du hergekommen?"

Sie sollte es ihm sagen. Jetzt gleich sagen. Ihm sagen, dass sie ihn und sein Land verraten hatte, indem sie ihren Mann nicht nach seinen Aktivitäten gefragt hatte, indem sie ihm vollen Zugang zu ihren und den Forschungsdateien ihres Vaters gewährt hatte. Sie hatte gewusst, dass etwas im Gange war, aber sie hatte es nicht mit Sicherheit wissen wollen.

Aber Tariqs Hand ruhte noch immer auf ihrem Arm, und der Blutstrom, den sie in ihren Adern auslöste, ließ sie sich lebendiger fühlen als je zuvor. Vielleicht musste sie es ihm noch nicht sagen. Außerdem musste sie in die Stadt zurück, und er war ihre einzige Möglichkeit dorthin zu kommen. Wenn sie es ihm sagte, würde er nie wieder mit ihr sprechen. Wenn sie es ihm nicht sagte, könnte sie seine Gesellschaft für die letzten Tage ihres Vertrags genießen und dann in die Stadt zurückkehren und ihm die Statue zurückgeben.

Es war ein Plan, und einer, den ihr Körper unbedingt akzeptieren wollte.

„Etwas Dringendes, das du mir sagen möchtest?" Er lächelte, als sei er sich sicher, dass dem nicht so war. Wenn er nur wüsste. Wenn sie es ihm nur sagen könnte. „Du bist so still, Cara. Ich habe Zeit totgeschlagen, bin schwimmen gegangen, habe versucht, dich aus meinen Gedanken zu verbannen. Habe gewartet bis zum Frühstück, wenn ich dich vernünftigerweise wiedersehen konnte."

Sie schluckte und wagte kaum zu glauben, was sie da hörte.

„Fühlst du dasselbe wie ich?" Er strich ihr Haar beiseite. „Sag es mir jetzt, wenn nicht, und ich nehme meine Hand von deinem Arm. Sag es schnell", flüsterte er, während er seinen Kopf zu ihrem neigte, „damit ich keine Fehler mache."

Sie sog scharf die Luft ein, als seine Nähe ihre Sinne mit seinem Geruch, seiner Präsenz, seinen Augen, seinen Lippen, die den ihren so nahe waren, überflutete. Aber auch sie wollte keinen Fehler machen. „Ich weiß nicht, was du fühlst, also wie kann ich sagen, ob es dasselbe ist?"

Er hob eine Strähne ihres Haares hoch, seine Augen folgten der Drehung zwischen seinen Fingern. „So vorsichtig. Nun, ich werde es nicht sein. Mit jeder Stunde eines jeden Tages, den ich mit dir verbracht habe, hast du dich mir Stück für Stück offenbart, als wäre deine Ausstrahlung zu überwältigend, um sie auf einmal zu enthüllen. Ich habe noch nie einen solchen Hunger verspürt, mit jemandem zusammen zu sein. Je mehr ich von dir weiß, desto mehr will ich wissen. Ich denke nachts an dich, bevor ich einschlafe, und ich denke wieder an dich, wenn ich aufwache. Und dann sind da noch meine Träume. Cara, ich möchte mit dir schlafen, aber nur, wenn du dir sicher bist, denn ich kann nichts versprechen, was über das Jetzt hinausgeht. Meine Beziehungen sind zwangsläufig kurz und unverbindlich. Ich möchte, dass meine Kinder anständig aufwachsen, ohne Skandale. Es gibt keine Zukunft ohne das, was wir in der Gegenwart haben."

Sie nickte, ihre Kehle war zu eng, um etwas zu sagen. Ihr Atem stockte in ihren Lungen und ihre Augen wurden feucht vor Rührung. Er runzelte die Stirn, als sei er sich ihrer Bedeutung nicht sicher. Sie nickte noch einmal nachdrücklicher. „Ja", brachte sie schließlich heraus. „Ja, ich will dich. Und nur für jetzt passt auch für mich."

Sie konnte alles haben. *Ihn. Jetzt.* Und dann später, wenn er sie nicht mehr wollte, würde sie ihm die Wahrheit sagen.

Er nahm ihre Hand und sie gingen den Weg zum Palast zurück. Nur diesmal begaben sie sich zu Tariqs Gemächern.

KAPITEL 8

Vor seiner Tür hielt er an, zog sie an sich und musterte ihr Gesicht. „Bist du dir sicher?"

Sie nickte. Sie konnte nichts anderes tun als zustimmen. Die Art, wie er sie ansah, wie seine Hände durch ihr Haar glitten, seine Daumen so zärtlich über ihre Wangen strichen, trotz des Verlangens, das sie in seinem Körper spüren konnte. Er hielt sie, als wäre sie sein kostbarster Schatz, und in diesem Moment *fühlte* sie sich wie die bedeutendste Frau der Welt. Falls sie noch irgendwelche Gedanken oder Zweifel hatte, dieses Gefühl erstickte sie im Keim. Es mochte nicht logisch sein, es mochte dumm sein, aber sie konnte dagegen genauso wenig ankämpfen wie eine Welle am Brechen hindern.

Sie küsste seine Handfläche und genoss den Moment, als ihre Lippen seine Haut berührten, bevor sie zu ihm aufblickte. Mit jeder Sekunde, die sie nicht antwortete, vertiefte sich seine Stirnfalte. Sie spürte einen kleinen Freudenschauer in sich bei seiner Unsicherheit. „Ja, ganz sicher."

Er schloss kurz die Augen, bevor er ihre Hand ergriff und sie ins Zimmer zog. Der Raum war genauso beeindruckend wie der Rest des Palastes, mit einer Sitzecke nahe der offenen Türen, die in einen privaten Garten führten. Aber ihr Blick verweilte nicht bei den Kostbarkeiten des Raumes; ihre Aufmerksamkeit wurde von dem angrenzenden Zimmer angezogen, wo die Bewegung eines Vorhangs in der sanften Brise ihre Aufmerksamkeit erregte. Der Vorhang fiel von einem der Pfosten eines Himmelbettes.

Tariq schien plötzlich unsicher. In gewisser Weise hätte sie wahrscheinlich die Flucht ergriffen, wenn er sehr von sich überzeugt gewesen wäre. Aber ihn so seltsam unsicher zu sehen, ließ sie ein wenig mehr dahinschmelzen.

„Möchtest du etwas trinken?" Er trat von ihr zurück. Als ob er versuchte, ihnen Raum zum Nachdenken zu geben. Aber Nachdenken war das Letzte, was sie wollte.

Sie schüttelte den Kopf. „Nein." Sie ging auf ihn zu, stand zu dicht vor ihm, bemerkte, wie sich seine Nasenflügel plötzlich weiteten und seine Augen dunkler wurden, als die Verwirrung wieder der Lust wich. Sie hob die Hände und legte sie zaghaft auf seine nackte Brust, ihre Handflächen strichen über seine Muskeln, streiften sein drahtiges Haar. Sie beobachtete, wie ihre Hände kühn über seine Haut wanderten, dann sah sie plötzlich zu ihm auf. Seine Augen waren dunkel, und die Brust unter ihren Fingern hob und senkte sich mit wachsender Begierde. „Nein, ich will nicht trinken. Ich will *dich*."

Er neigte seinen Kopf, seine Augen verengten sich, als sie sich intensiv auf sie fokussierten. Seine Hände glitten um ihren Rücken und zogen sie fest an sich. Sie konnte jeden harten Zentimeter seines Körpers spüren - von seiner Brust über ihre Brüste an seinem straff muskulösen Bauch bis nach unten. Es war, als würde er ihr zeigen, was passieren würde, ihr noch eine weitere Chance zur Flucht geben. Sie konnte seine Bescheidenheit, seine Zurückhaltung, jemandem etwas zu nehmen, kaum glauben. Er, ein König, der alles zu jeder Zeit haben könnte, weigerte sich, ohne Erlaubnis zu *nehmen*.

Sie schmiegte sich noch enger an ihn und presste sich gegen ihn, zeigte ihm durch ihre Bewegung, dass *dies* war, was sie wollte. Sie spreizte ihre Finger um seinen Rücken, wollte so viel von seiner Haut spüren wie möglich. Aber *immer noch* machte er keine Anstalten, sie zu küssen. Sie neigte ihren Kopf nach oben, hob ihre Lippen näher an seine, während ihre Hände tiefer seinen Rücken hinabglitten, ihre Finger die Rundung seines Hinterns streiften. Ein Zittern durchlief seinen Körper, das erst endete, als er seine Lippen auf ihre presste.

Sein Kuss war zunächst sanft, seine Lippen bewegten sich über ihre wie eine Liebkosung, überredend, erforschend und schließlich fordernd. Er wollte sie und sie wollte nichts mehr, als sich ihm hinzugeben. Ihre ganze Welt konzentrierte sich auf diesen einen Berührungspunkt. Und als er seine Lippen teilte, ließ sie ihre Zunge in seinen Mund gleiten und sie spürte, wie sein Stöhnen seinen Körper hinauf und in ihren Mund wanderte und tief in ihr eine Welle von Empfindungen auslöste.

Ihr Körper bewegte sich mit einer Unbefangenheit, die sie noch nie zuvor erlebt hatte. Alles, was sie tat, von ihren Händen, die seinen Rücken hinauf, um seinen Nacken und durch sein Haar glitten, bis zu ihren Hüften, die sich gegen seine Erektion rieben, wurde von ihm mit einer unmittelbaren Reaktion belohnt. Sie spürte zum ersten Mal ihre Macht und schwelgte darin.

Als sie sich voneinander lösten, keuchten beide.

„Tariq, ich brauche dich. *Jetzt.*"

Er nahm ihre Hand und zog sie ins Schlafzimmer. „Du sollst mich haben, *habibi*, aber ich werde dich zuerst haben. Komm." Langsam löste er die Schnur, die ihr Kleid zusammenhielt, und ließ es von ihren Schultern gleiten. Sie stand nur noch in Slip und BH da. Sie zitterte. „Ist dir kalt?"

Sie schüttelte den Kopf. „Nein, mir ist heiß."

Er nickte, seine Augen waren verengt, während er ihren Körper musterte. Cara musste nicht nach unten sehen, um zu wissen, dass ihre Brustwarzen hart und durch den durchsichtigen BH sichtbar waren. Und es traf sie mit einem entfernten Gefühl der Überraschung, dass sie sich nicht unwohl fühlte, fast nackt vor ihm zu stehen. Sie wusste, dass ihr Körper ohne Kleidung zu seiner vollen Geltung kam. Die Kurven ihres zierlichen Körpers, die von Kleidung so leicht verhüllt wurden, waren jetzt für ihn sichtbar.

„Du bist so wunderschön."

Sie schloss die Augen unter der kraftvollen Empfindung, die seine Worte auslösten. Zum ersten Mal in ihrem Leben *fühlte* sie sich schön. Zum ersten Mal in ihrem Leben fühlte sie sich *lebendig*.

Seine Bewunderung machte sie mutig und sie öffnete ihre Augen und erwiderte seinen Blick, während sie ihren BH öffnete und ihn von ihren Armen gleiten ließ. Er senkte seinen Blick zu ihren Brüsten und sie keuchte leicht auf, als er ihre Brustwarzen mit seinen Fingerspitzen streifte. Dann zog er seine Hände zurück und sah ihr in die Augen. Was auch immer er dort sah, löste eine Veränderung in ihm aus.

Er schob beide Hände unter ihren Po und hob sie hoch, während er sie küsste. Sie schlang ihre Beine um ihn und spürte die Schwere seiner Erektion gegen den feuchten Schritt ihres Höschens drücken. Während seine Zunge ihren Mund eroberte, bewegte sie sich immer wieder gegen ihn und zeigte ihm ungeniert, was sie wollte. So etwas hatte sie noch nie getan, noch nie hatte sie jemanden so sehr begehrt.

Er trug sie zum Bett und legte sie sanft nieder. Er zog ihr Höschen herunter und ließ seine Hände an ihren Waden, Knien und Oberschenkeln entlanggleiten, bevor er ihre Beine weit spreizte und sich vor ihr hinkniete.

Sie schrie auf und umklammerte seine Schultern, als er sie intim küsste. Mit seiner Zunge fuhr er um die feuchte Stelle herum, wo sie ihn haben wollte.

„Du bist so feucht, *habibi*. Für *mich*.“

Sie umklammerte seinen Kopf und wollte, dass er den Mund öffnete und sie küsste. Doch als sein Mund wieder die Kontrolle übernahm und seine Zunge zuerst an der Stelle zuckte, an der sich all ihre Empfindungen vereinten, spürte sie die ersten wellenartigen Empfindungen, die ihr bisher immer versagt geblieben waren. Ihre Hände hielten ihn jetzt fest.

Noch nie hatte das jemand mit ihr gemacht, noch nie hatte sie solche Empfindungen erlebt. Die sich aufbauende, wirbelnde Spannung wuchs in ihr, sie keuchte immer wieder, ihre Finger gruben sich in seine Kopfhaut, ihr Körper bewegte sich leicht, um ihm besseren Zugang zu verschaffen. Und er nutzte es voll aus.

Die Empfindungen wurden intensiver, sie riss die

Augen auf und schrie, als die Ekstase sie überwältigte. Noch während ihr Körper von der Welle der Empfindungen bebte, lockerte sie ihren Griff um seinen Kopf und er blickte mit einem zufriedenen Ausdruck in den Augen zu ihr auf.

Langsam wanderte er ihren Körper hinauf, küsste ihren Bauch, dann jede Brust, bevor er aufstand. Er zog seine Shorts aus, und sie konnte den Blick nicht von ihm wenden. Seine Erektion war dick und lang, und ihr lief tatsächlich das Wasser im Mund zusammen, als sie ihn sah, so sehr wollte sie ihn. Sie setzte sich auf das Bett und schlug die Beine unter sich zusammen, als er näher kam. Sie wollte es ihm gleichtun, ihm geben, was er ihr gegeben hatte.

Das erste zaghafte Lecken wurde mit einem Stöhnen belohnt, seine Hände spannten sich auf ihren Schultern an, als er den Kopf zurückwarf, und sie bewegte ihre Zunge seine Länge entlang, folgte der Erkundung ihrer Finger, während sie die Spannung in jedem seiner Muskeln spürte.

Sie zog sich zurück, erstaunt über ihre eigene Kühnheit. So etwas hatte sie noch nie getan. Ihr Mann war der einzige gewesen, mit dem sie je geschlafen hatte, und Sex war immer kurz, zweckmäßig und für sie nicht ganz befriedigend gewesen. Dass eine solche Welt der Empfindungen existierte, wie Tariq sie ihr zeigte, war eine Offenbarung. Und sie wollte wissen, wie weit diese Welt reichte.

Langsam und sicher glitt sie mit ihrem Mund über seine Länge, so weit sie konnte. Seine Hüften bewegten sich, als er etwas tiefer eindrang, bevor er sich zurückzog.

„Habibi, ich will dich sehen.“

Er nahm ihre Hand und sie stand auf, um ihm gegenüberzustehen.

„Hier bin ich", flüsterte sie. „Was willst du sehen?"

„Dein Gesicht, wenn ich mit dir schlafe. Ich habe gesehen, wie es sich mit jeder Emotion verändert - wenn du wütend bist, wenn du stur bist, wenn du verwirrt bist, nachdenklich, all das zeigt sich in deinem Ausdruck. Ich habe noch nie ein so ausdrucksstarkes Gesicht gesehen. Ich möchte es jetzt beobachten, sehen, was es mir sagt, wenn ich in dich eindringe."

Sie erschauderte vor unterdrücktem Verlangen und nickte. Er beugte sich vor und nahm ein Kondom aus dem Nachttisch. Er lächelte. „Ein aufmerksamer Gastgeber."

„Oder Gastgeberin", sagte Cara und dachte an Annas Einfühlungsvermögen. Aber der Gedanke durchbrach den Zauber, den ihre Körper geschaffen hatten. Er kam auf sie zu und rollte das Kondom über, während sie sich zurück aufs Bett wand.

Er bemerkte ihre Reaktion sofort. „Was ist los?" Er streckte seine Hand nach ihr aus.

Er würde aufhören, selbst jetzt, wenn sie es wollte. Das wusste sie. Sie vertraute ihm. Nur die Wahrheit würde genügen. „Es ist nur, dass ich nicht glauben kann, dass ich hier bin, mit dir. Ich mache normalerweise nie solche Sachen."

Sein Gesicht entspannte sich. „Ich weiß, dass du das nicht tust." Sie verschränkte ihre Finger mit seinen und er schloss seine Hand um ihre. „Und wenn du nicht weitermachen möchtest, musst du es mir jetzt sagen."

Sie führte ihre verschränkten Fäuste an ihre Lippen und küsste ihn, schloss ihre Augen, während die Forderungen ihres Körpers nach Aufmerksamkeit verlangten.

Sie konnte sie ebenso wenig verleugnen wie Wasser verweigern, wenn sie durstig war. Sie nickte und öffnete ihre Augen. „Ich will dich."

Mehr brauchte sie nicht zu sagen. Er riss sie in seine Arme und hielt sie fest an seinen Körper gepresst, bewegte sich mit einer Entschlossenheit und Dringlichkeit, von der sie wusste, dass sie nicht nachlassen würde. Es gab jetzt kein Zurück mehr. Und sie wollte es auch nicht.

Sie schlang ihre Beine um seine Hüften und während er sie festhielt, sein Blick nie den ihren verlassend, stieß er kräftig in sie und glitt hinein. Sie keuchte auf, als er sie so vollständig ausfüllte, ihr Zentrum fand und ihr Körper um ihn schmolz.

Er bewegte sich leicht weg, als er sich aus ihr zurückzog, die Augen verengt, ihre Reaktionen beobachtend, als er wieder in sie stieß. Sie schrie auf bei der Welle der Empfindungen. Dann zog er sich wieder langsam zurück. Sie öffnete den Mund, um zu sprechen, aber er berührte ihre Lippen mit seinem Finger und schüttelte den Kopf, bevor er wieder in sie stieß. Diesmal waren die Empfindungen noch intensiver und brachten sie an den Rand des Orgasmus.

Er spürte, dass sie nah dran war, und zog sich zurück, um wieder und wieder zuzustoßen, jeder Stoß brachte sie näher dahin, wo sie sein wollte. Ein bisschen weiter, ein bisschen mehr, wie das Erklimmen einer Leiter, jeder Stoß brachte sie auf eine neue Ebene, eine weitere Sprosse, führte sie näher an die Spitze, an einen Ort, wo sie frei sein konnte; zu dem Ort, wo sie in eine Vergessenheit springen konnte, die auch eine Freiheit war, die nur er ihr geben konnte. Er hielt den Schlüssel zu ihrer

Glückseligkeit mit seinem Körper und er wusste es. Sie spürte es in jeder Faser ihres Seins. Sie war sein zu befehligen. Und wieder zog er sich zurück und stieß zu und sie kam in einer Explosion aus Licht.

Sein intensiver Blick wurde erst schwächer, als sie zu ihm aufschaute, mit weit geöffneten Augen, geschockt von den Empfindungen, die durch sie hindurchgeschossen waren und deren Echos noch nachklangen. Erst dann legte sich ein leichtes, zufriedenes Lächeln auf seine Lippen, die er auf ihre presste, während er weiter in sie stieß. Sie bewegte sich gegen seinen harten Körper und nahm sein verkürztes Atmen an ihrem Mund wahr, während sie ihre Hüften bewegte, ihre Hände und die Muskeln in ihrem Inneren anspannte und versuchte, seine Kontrolle zu erschüttern. Es gelang ihr – sie durchbrachen beide gleichzeitig und lautstark ihre Kontrolle.

Er rollte sich zur Seite – hielt sie immer noch, wiegte sie in seinen Armen – und küsste ihr Haar. „Cara, das war unglaublich. *Du* bist unglaublich."

Sie strich an seiner Hüfte entlang, während sie wieder zu Atem kam, fuhr über die starken Muskeln seines Bauchs, seiner Brust und hinauf zu seinen Schultern. Dort hielt sie inne. Seine Schultern hatten etwas Besonderes an sich, so breit, so stark. Es waren die Schultern eines Königs, fähig, eine Last zu tragen, die die meisten Menschen nicht ertragen könnten. Sie dachte, sie würde diesen Moment nie vergessen. Sie konnte die Tiefe seiner Persönlichkeit in allem an ihm sehen - von der Art, wie er sie hielt, bis zum Ausdruck in seinen Augen. Kein Sonnenlicht drang in die schattigen Räume, und dennoch fühlte sie, als könnte sie klarer sehen als je zuvor. Er hatte sie aus einem selbst auferlegten Schlaf geweckt, in dem sie gegen alles immun gewesen war - geschützt ja, aber sowohl vor dem Schlechten als auch vor dem Guten. Er hatte die Barrieren niedergerissen, die sie zwischen sich und der Welt errichtet hatte, und ihr das Leben zurückgegeben.

„Und das bist auch du", murmelte sie. Sie spürte, wie ihr die Tränen kamen. Sie senkte ihre Lider und konzentrierte sich auf ihre Finger, die seine Schultern und Brust erkundeten, in der Hoffnung, er würde es nicht bemerken.

„Cara?" Er neigte seinen Kopf, um ihr in die Augen zu sehen, aber sie wandte sich ab. Er hob ihr Gesicht mit seiner Hand. „Was ist los?" Sein Finger folgte einer ihrer Tränen ihre Wange hinab. „Habe ich dir wehgetan?"

Er sah so besorgt aus, dass sie durch ihre Tränen hindurch lächeln musste. Sie schüttelte den Kopf und holte zitternd Luft, versuchte, die Tränen wegzuwischen. „Nein. Es ist nur..."

„Was? Bereust du es?"

„Nein, natürlich nicht. Wie könnte ich? Es war wunderbar. Wunderbarer als ich es für möglich gehalten hätte."

„Du hast dich noch nie so gefühlt? Du hast nie..."

Sie verstand seine unvollendete Frage. Sie schüttelte den Kopf. „Nie zuvor."

Er zog sie an sich. „Dann musst du deine Freunde schlecht gewählt haben."

„*Einen* Freund", korrigierte sie ihn und wollte es ihm erzählen. Jetzt. „Nur einen. Er wurde-"

„Still." Er legte seinen Finger auf ihre Lippen. „Ich möchte nichts mehr von einem Mann hören, der seine Frau nicht befriedigen konnte. Du bist jetzt bei mir." Er drang wieder in sie ein und eine Welle der Lust durchströmte ihren Körper, als sie sofort auf die Stimulation reagierte. „Ich werde dir immer wieder Lust bereiten, bis du mir sagst, ich soll aufhören."

„Und was", sagte sie, während sie sich auf ihn setzte, „wenn ich dir Lust bereite? Wenn ich die Kontrolle übernehme?"

Er lehnte sich zurück, seine Hände auf ihren Hüften, während sie sich auf ihm auf und ab bewegte. „Tu, was du willst, *habibi*."

Und das tat sie.

Tariq wusste nicht, wie lange er am offenen Fenster gestanden und abwechselnd Cara beim Schlafen im Schein einer flackernden Kerze beobachtet und das stärker werdende Vormorgenlicht über den Bergen betrachtet hatte.

Ein Tag voller Liebkosungen war in die Nacht übergegangen, die sich langsam in die Morgendämmerung verwandelte. Caras Augenlider flatterten auf und er konnte sehen, wie sich kurze Verwirrung in Wiedererkennen verwandelte.

„Tariq!" Die freudige Überraschung in ihrem Ton und Lächeln verwandelte sich in ein kurzes Stirnrunzeln. Seine eigenen Zweifel mussten sich auf seinem Gesicht abzeichnen. Sie erhob sich und seine Gedanken verflogen, während er die perfekten Kurven ihres Körpers in sich aufnahm. Sie streifte das orangefarbene Kleid über, das sie am Vorabend getragen hatte, und nahm seine Hand.

„Du solltest öfter solche Farben tragen - Orange, Rot, Gelb - die Farben der Sonne. Du versteckst dich zu sehr."

„Ich mag es so lieber. Aber warum bist du so früh aufgestanden? Was ist los?"

Er streckte ihr seine Hand entgegen. „Ich habe den Sonnenaufgang gefürchtet, *habibi*." Er zog sie eng an sich, atmete ihren Duft ein und wurde sofort von Verlangen erfüllt. „Denn wenn die Sonne aufgeht, müssen wir von hier fortgehen und unser Leben weiterleben."

Sie nickte. „Ich weiß. Und das ist in Ordnung. Du hast nicht mehr versprochen, und ich habe mein eigenes Leben zu leben." Sie biss sich auf die Lippe und lächelte plötzlich ein leichtes Lächeln, als ob sie etwas verbarg. Es gab so viel, das er nicht über sie wusste; so viel, das er kein Recht hatte zu fragen. „So muss es sein."

„Ja." Er hörte den Anstieg in seiner Stimme, der seinen Zweifel verriet. „Allerdings ist die Sonne noch nicht aufgegangen", fuhr er fort und achtete sorgfältig darauf, jede Spur seiner wahren Gefühle zu verbergen. Dafür war in seinem Leben kein Platz. „Komm, *habibi*, lass uns nach draußen gehen."

Er hielt den durchsichtigen Vorhang beiseite und sie ging durch die Tür, ihr Körper deutlich sichtbar durch den feinen Stoff ihres Kleides, ihre Brustwarzen sich aufrichtend, als sie in die frische Morgenluft hinaustrat.

Die Sonne war noch nicht über den Bergen aufgegangen und der Himmel war mit grauen Wolken gefüllt, die mit jeder verstreichenden Minute von Gold zu Orange und Rot übergingen.

„Regenwolken? Hier darf es doch gar nicht regnen. Weiß der Himmel nicht, dass das eine Wüste ist?" Sie zitterte.

„Du zitterst", murmelte er, bevor er ihr Haar küsste, das bereits von den ersten Regentropfen feucht war. „Und es regnet. Möchtest du wieder reingehen? Ich erinnere mich, dass du den Regen nicht magst."

„Es stimmt, ich mag ihn nicht."

„Warum? Er bringt Leben. Er ist wunderschön. Sieh."

Während sie sprachen, ballten sich die dunklen Wolken zusammen und die grauen Wolken verwandelten sich in ein dunkles Violett, aus dem schwere Regenschauer fielen, die den Boden sofort verdunkelten und sie durchnässten.

„Es ist ein anderer Regen hier", murmelte sie. Sie lehnte ihren Kopf an seine Schulter. „Es war kalter, sintflutartiger Regen in der Woche, als mein Vater starb."

„Erzähl mir davon."

„Es begann mit einem Gewitter und der Strom fiel meilenweit aus. Die Ärzte sagten später, dass die fehlende Dialyse keinen Unterschied gemacht hätte. Er lag im Sterben. Es regnete wochenlang ununterbrochen nach seinem Tod. Es regnete immer noch, als meine Mutter starb."

„Daher deine Abneigung gegen den Regen."

„Ich *mochte* ihn nicht", betonte sie. „Aber jetzt ist es anders." Sie sah zu ihm auf mit Augen so voller Vertrauen, dass es ihm fast das Herz brach. Sie stellte sich auf die Zehenspitzen und küsste ihn, bevor sie sich wieder auf ihre Fersen sinken ließ. „Es scheint, dass sich heute Morgen vieles verändert hat."

Er fragte nicht, was sich geändert hatte. Denn das machte das, was er ihr antat, für ihn noch schwerer zu ertragen. Er musste sich bewegen. Er zog sie an der Hand, und sie gingen unter den hohen Palmen hindurch, deren wuchtige Blätter sich unter dem Ansturm des Regens bewegten. Es vermischte sich mit dem Wasser, das von den natürlichen Quellen in den Bergen durch die Rinnen und Bäche floss, die es zu den Gärten und Brunnen anderer geheimer Gärten innerhalb der weitläufigen Palastmauern führten.

Sie waren bald bis auf die Haut durchnässt, was Tariq nicht bereute. Caras Kleid klebte an ihr und enthüllte ihre Brüste, ihren Bauch und ihren Körper in verführerischem Detail. Er hielt sie an und küsste sie, wollte sie hier und jetzt. Er begann, ihr Kleid hochzuheben, aber sie lachte und hielt ihn auf, küsste ihn mit offenem Mund und sinnlich auf die Lippen, bevor sie einen Schritt zurücktrat.

„Du siehst aus wie eine wilde, überirdische Frau, geformt aus dem Wasser, um mich zu verführen und um den Verstand zu bringen."

Sie warf ihren Kopf zurück und ließ den Regen auf ihr Gesicht fallen. Er küsste ihren Hals. „Ich fühle mich wild."

„Was fühlst du noch?", murmelte er, während seine Lippen die Wärme ihres Halses suchten.

„Es ist, als könnte ich jeden Duft der Blumen riechen, der vom Regen durchnässten trockenen Erde, von dir..." Sie wandte ihr Gesicht, um ihn zu küssen. „Es ist, als wäre ich aus einem langen, traumlosen Schlaf erwacht, ausgeruht und zum ersten Mal in meinem Leben lebendig."

In ihrem Gesichtsausdruck lag ein so komplexes Zusammenspiel von Unschuld, Vertrauen und Sinnlichkeit, dass Tariq erstarrte. Was zum Teufel tat er da?

In diesem Moment hörte der Regen so schnell auf, wie er gekommen war, und die dunkle Wolke zog vorüber. Eine wässrige Sonne erhob sich über den Bergrücken und hinterließ warme Luft. Sie waren beide still, während sie beobachteten, wie sich die Farben verschoben und zu allen Farben des Regenbogens neu formierten.

„Cara, du weißt, dass es keine Zukunft zwischen uns geben kann. Ich bin ein einsamer Mann, abgesehen von meinen Kindern. Nach dem Ende meiner Ehe durch Laihas Tod habe ich geschworen, nie wieder zu heiraten."

„Und ich will nichts mehr als das, was wir jetzt haben, Tariq. Ich werde nächste Woche nach England und dann nach Italien abreisen und ein neues Leben beginnen, weg von hier."

Er stieß seufzend die Luft aus. Natürlich. „Ein neues Leben...", wiederholte er. „Und was hast du dort vor, Cara?"

Sie lehnte sich an seine Brust, während seine Arme sie umschlangen. „Übersetzen. Ich habe einige Aufträge in Aussicht. Sie sind nicht lukrativ, aber reichen zum Leben."

„Wenn du jemals etwas brauchst-"

Sie drehte sich in seiner Umarmung um, ihr Gesicht voller Verletzung. „Denkst du, ich will dein Geld?"

Tariq blickte auf ihr zartes Gesicht herab, so voller Schönheit und Leben. Er hatte noch nie jemanden so sehr begehrt in seinem Leben. Er fühlte sich wie ein sterbender Mann, der nach der Sonne greift, nach Leben greift, während seine Finger ihre Wange nachzeichneten, ihren Kiefer, ihre Augen, die im frühen Morgensonnenlicht leuchteten. „Nein, *habibi*, nein, das denke ich nicht. Ich will nur, dass du sicher bist, das ist alles."

„Das werde ich sein."

Er nickte traurig. „Die Sonne ist aufgegangen; wir sollten los. Die Aurus-Leute werden erst morgen in der Stadt eintreffen. Wenn du nicht beschäftigt bist, begleitest du mich vielleicht zurück zum Palast?"

„Klar. Das wäre schön."

Er zögerte. „Dann morgen. Wir treffen uns mit ihnen am Nachmittag. Du wirst bei diesem letzten Treffen dabei sein?"

Er sah die Überraschung in ihren Augen, dass sie vor dieser Zeit nicht gebraucht wurde. Aber Überraschung war besser als die Bestürzung, die folgen würde. Er hatte einen Tag, um sich darauf vorzubereiten. Er hatte nicht erwartet, sich so schlecht zu fühlen, weil er sie für seine eigenen Zwecke benutzte. Er hätte nie gedacht, dass er nach den Jahren der Verbitterung nach dem Verrat seiner Frau wieder solche Gefühle für eine Frau empfinden könnte.

Sein Blick auf sie verschwamm leicht, dann neigte er seinen Kopf zu ihrem und küsste sie, sein Herz hämmerte. Er hatte Recht. Das Leben war hier, in ihr. Und er dürstete danach, egal was der Tag für sie beide bringen würde.

Er fuhr mit seiner Hand ihren Arm hinunter und umschloss ihre kleine Hand fest mit seiner. In diesem Moment dachte er, er würde sie nie loslassen, und zog sich zurück, um sie besser sehen zu können. Er konnte ihren Puls gegen seinen Finger pochen fühlen und sah ihre dunkler werdenden Augen, ihre geöffneten und weichen Lippen, und zum ersten Mal in seinem Leben nahm er nichts von dem wahr, was um ihn herum geschah. Er vergaß die Welt, vergaß sich selbst und seine Bedürfnisse, vergaß sein Land. Er war ein Mann, *hier*, *jetzt*, mit der einzigen Frau, die er wollte. Er konnte ihr nichts davon sagen, aber er konnte es ihr zeigen.

Sie musste etwas von seinen Gedanken gespürt haben, denn als er sie an der Hand zurück ins Schlafzimmer zog, kam sie bereitwillig mit, als verstünde sie seine Absicht. Und sobald sie das Schlafzimmer betraten, wandte sie sich ihm zu und öffnete mit zitternden Fingern seine Kleidung, während er ihr nasses Kleid, in der Farbe eines vom Regen verzögerten Sonnenaufgangs, von ihrem Körper streifte.

Als ihr Mund den seinen fand und sie ihn hungrig küsste, verblassten alle Gedanken an ihre Rückkehr in die Stadt. Was so einfach begonnen hatte, sie von den Aurus-Managern fernzuhalten, sie daran zu hindern, ihre Zweifel am wahren Zustand der Reichtümer unter dem Jabal al Kanz zu kommunizieren, hatte sich in etwas ganz anderes verwandelt. In etwas, von dem er wusste, dass er es bereuen würde, wenn sie ihre grünen Augen voller Wut und Verbitterung auf ihn richten würde, wenn sie erfuhr, wie sehr er sie benutzt hatte.

KAPITEL 9

Die Sonne stand hoch am Himmel und, wie Tariq es vorausgesagt hatte, waren sie in der Luft und flogen zurück zum Stadtpalast. Cara drehte sich um und blickte mit Bedauern auf den Palast von Qawaran hinunter. Sie verließ ihn als ein anderer Mensch und hatte dort Freunde gefunden, die sie nie wiedersehen würde.

Er drückte ihre Hand und sie wandte sich ihm zu. Er führte ihre Hand an seine Lippen und küsste sie. „Danke, dass du mit mir nach Qawaran gekommen bist.“

Sie grinste. „Ich kann mich nicht erinnern, wirklich gefragt worden zu sein. Eher ein Befehl, wenn ich mich recht erinnere.“ Sie grinste und kniff die Augen zusammen, der Himmel war selbst mit Sonnenbrille hell.

Er zuckte mit den Schultern. „Es tut mir leid. Ich bin es gewohnt, Befehle zu erteilen. Außerdem bezahle ich dich ja.“

Sie runzelte die Stirn, aber ein Lächeln umspielte seine Lippen. Jeglicher Ärger über seinen Kommentar verschwand, als ihre Augen auf seinen Lippen verweilten, die einen Humor ausdrückten, den er gut verborgen hielt. Ihn so entspannt und in scherzhafter Stimmung zu sehen, erwärmte sie durch und durch. „Ähm…" Sie schluckte und versuchte, sich davon abzuhalten, den Gurt zu lösen und diese Lippen zu küssen. „Wofür?", fragte sie, ganz zufrieden damit, dass sie zurückwich. Sie hob eine Augenbraue, als er sie ansah. „Weil es nicht so ist, dass ich irgendetwas übersetzt habe."

„Ah, ein hinterhältiger Plan, um deine Gesellschaft zu genießen." Er sah plötzlich besorgt aus. „Ich hatte nichts anderes geplant, das verstehst du doch."

Sie wusste, dass er nicht geplant hatte, sie zu verführen. Es war aus dem Nichts entstanden, und er war zu rücksichtsvoll gegenüber ihren Bedürfnissen gewesen, zu bereit gewesen zurückzuweichen, wenn sie es gewollt hätte, als dass er das alles hätte planen können. Sie kannte ihn jetzt besser und wusste, dass das nicht seine Art war. Er war ein Mann von Integrität und Ehre, ein Mann, der eine Frau nicht auf diese Weise ausnutzen würde.

„Ja, ich weiß."

„Du bereust also nichts?"

Sie schüttelte den Kopf, ihre Augen wanderten über sein Gesicht, ein Gesicht, das sie kennengelernt hatte und für das sie… Gefühle entwickelt hatte. „Nein. Ich bereue gar nichts." Später vielleicht, aber jetzt nicht.

Er sah sie mit einem unglaublich sexy Lächeln an, das ihr Inneres vor Verlangen flattern und sich zusammenziehen ließ. „Nicht einmal, als ich darauf bestand, dass wir im Regen stehen bleiben?"

„Na ja, vielleicht ein bisschen."

„Nicht einmal, als du die wilde Pistazie gegessen hast?"

„Da ganz bestimmt. Du hast mir nicht gesagt, dass sie nach Terpentin schmeckt."

„Ein Versäumnis. Aber keine anderen Reue?"

Sie wusste, dass er ihre gemeinsame Nacht meinte, aber sie wollte ihn auch ein bisschen necken.

„Nein, wie könnte ich es bereuen, so tolle Menschen kennengelernt zu haben? Anna und Lucy waren wunderbar. In einem anderen Leben hätten wir sogar Freundinnen sein können."

Sein Gesichtsausdruck veränderte sich. „'Ein anderes Leben'... Das Schicksal, Cara, hat uns nur ein Leben gegeben."

Sie wandte sich der Aussicht zu. „Ich weiß." Sie musste ihm etwas davon sagen, was die Nacht für sie bedeutet hatte. „Tariq. Wir werden bald landen und die Dinge werden anders sein. Ich weiß das. Und das ist auch in Ordnung für mich. Aber ich möchte, dass du weißt, dass die letzte Nacht mir sehr viel bedeutet hat. Ich kann nicht erklären wie, es ist zu kompliziert, zu persönlich. Aber es hat mich auf eine Weise fühlen lassen, wie ich es schon lange nicht mehr getan habe. Und dafür möchte ich dir danken."

War es die Sonne, die sich in den Stadttürmen spiegelte, denen sie sich so schnell näherten, die ihn dazu brachte, sich von ihr abzuwenden und die Augen zusammenzukneifen? War er so unwillig zu antworten, dass er seine Lippen fest zusammenpressen musste, um sich vom Sprechen abzuhalten? Er schüttelte ruckartig den Kopf in einer mehrdeutigen Bewegung. „Ich kann nicht..."

„Schon okay."

Er nickte und räusperte sich. „Wir werden bald landen, stell sicher, dass dein Sicherheitsgurt fest sitzt."

Als Reaktion darauf, jemandem für Sex zu danken, war das nicht die beste, fand Cara, während sie gehorsam ihren Gurt festzog. Aber sie war nicht so beleidigt, wie sie es wahrscheinlich hätte sein sollen. Sie beobachtete ihn, wie er seine Kontrollen für die Landung überprüfte. Er war ein komplexer Mann, ein Mann mit der Last eines Landes und einer schlechten Ehe auf seinen Schultern. Er war ein Mann, der nicht frei war, über seine Gefühle zu sprechen oder sie überhaupt zuzulassen. Der Gewinn des Landes... und ihr Verlust.

Ein Auto wartete auf sie auf dem Flughafenvorfeld, schimmernd in der Mittagssonne. Tariq tauschte kurze Grüße mit seinem Fahrer aus, der ihm einen Stapel Papiere übergab.

Als Cara sich neben ihn setzte, warf Tariq einen kurzen Blick auf die Papiere und sein Telefon, bevor er sie beiseite schob.

Stattdessen hielt er diskret ihre Hand und sie redeten über belanglose Dinge während der Fahrt zurück zum Palast.

Das Auto hielt am hinteren Eingang und Tariq winkte den Fahrer weg und hielt Cara die Autotür auf. Sie gingen zum privaten Eingang des Palastes und Tariq hob die Hand, um die Tür aufzustoßen, hielt aber inne und wandte sich ihr zu, verweilend in der Privatsphäre des Eingangsbereichs.

„Cara..."

„Was ist?"

Er fuhr mit seinem Finger ihre Wange hinunter, bevor er ihn um ihr Kinn legte und es anhob, bis ihre Gesichter nahe beieinander waren.

„Vertraust du mir?"

Sie lachte halb. „Natürlich." Dann runzelte sie die Stirn, als seine Augen ihr Gesicht nicht verließen und sie den Ernst und die Intensität seines Blicks spürte. Plötzlich fühlte sie sich unwohl. „Gibt es einen Grund, warum ich das nicht sollte?"

Er antwortete nicht sofort und ein Schauer lief ihr über den Rücken.

„Wir wissen so wenig voneinander." Seine Stimme war rauer als zuvor, fast zögernd.

Sie streckte die Hand aus und berührte sein Gesicht, musste noch einmal die Realität seiner Haut an ihrer spüren, wollte ihm zeigen, dass sie sich doch kannten, trotz der wenigen vergangenen Tage. Sie sollte ihm nicht vertrauen, sie wusste, dass sie das nicht sollte. Sie hatte sich nach ihrem Mann geschworen, nie wieder einem Mann zu vertrauen. Schließlich kannte sie ihn kaum. Aber als sie in seine Augen schaute, wusste sie, dass sie es tat.

„Ich vertraue dir, Tariq. Ich weiß, wie es sich anfühlt, dich nah bei mir zu haben, deinen Atem zu spüren, in deine Augen zu schauen, wenn du denkst, dass niemand etwas von dir braucht, und wenn du nach etwas verlangst, das du dir trotzdem nicht nimmst." Sie nickte langsam. „Ja, ich vertraue dir."

Er schloss seine Augen und drehte ihre Hand, küsste die Handfläche. In diesem Moment wusste sie, dass sie ihm mehr vertraute als je jemandem zuvor in ihrem Leben.

Seine Stimmung änderte sich schlagartig – wurde plötzlich entschlossen, sogar aufgeregt. Er nahm beide ihre Hände in seine und hob sie zwischen ihnen hoch, hielt sie wie zum Gebet. „Du kennst mich nicht, trotz letzter Nacht, aber ich brauche, dass du an mich glaubst, mir vertraust."

Ein Schatten fiel zwischen sie und ihre Stirn runzelte sich. „Was ist los? Du kannst es mir sagen."

„Ich bin Sheikh, Cara. Anführer meines Volkes. *König*. Ich habe Verantwortungen, die weit größer sind als die eines gewöhnlichen Mannes." Er drückte einen Kuss auf ihre noch immer verkrampften Hände. „Wisse das. Und vergiss es nicht." Sein Griff verstärkte sich. „Sag mir, dass du es nicht vergessen wirst."

Sie versuchte, ihre Hände aus seinem Griff zu lösen, aber sie konnte nicht. Ihr Herz schlug schwer, als sie kürzere, abgehackte Atemzüge nahm. „Lass mich los, Tariq."

„Sag es mir", wiederholte er.

„Du bist für mich in erster Linie ein Mann. Aber du bist auch König, Sheikh deines Volkes. Selbst wenn ich das vergessen könnte, werde ich daran erinnert werden, sobald wir durch diese Tür gehen."

Er runzelte die Stirn und suchte ihr Gesicht ab, nickte dann, als sei er zufrieden, und blickte auf seine Hände, die ihre zu fest hielten, und ließ sie plötzlich los. Sie rieb ihre Hände aneinander.

„Es tut mir leid. Habe ich dir wehgetan?"

Sie schüttelte den Kopf. Er hatte gar nicht bemerkt, wie fest er sie gehalten hatte, so besessen war er von der Vorstellung, dass sie ihm vertrauen sollte. „Nein." Noch nicht hatte er ihr wehgetan. Aber sie wusste, dass er es würde. Denn egal wie sehr sie ihm vertraute, sie würde den Schmerz spüren, wenn sie ging.

„Gut. Egal was heute gesagt wird, erinnere dich an meine Worte."

Sie wollte ihn gerade fragen warum, aber er kam ihrer Frage mit einem Kuss zuvor, der ihr jeden Gedanken raubte. Er zog sie fest an sich, als der Kuss sich vertiefte. Genau als ihre Beine drohten unter ihr nachzugeben, zog er sich abrupt zurück. Sie glaubte zu sehen, wie er den Kopf schüttelte, bevor er sich umdrehte und die Tür öffnete.

In der privaten Eingangshalle hielten sie an, während Tariq mit einem Assistenten sprach. Sie schaute sich um und betrachtete den Luxus – alles glänzende Oberflächen, Weiß auf Gold – und erschauderte. Der krasse Gegensatz zu Qusayr Zarqa war groß. Der Kronleuchter funkelte unter dem elektrischen Licht und dem gebrochenen Sonnenlicht. Es war zu viel, zu glitzernd und... zu kalt, wurde ihr klar. Es war ein wunderschöner Raum, aber voller Möbel, die irgendwie nicht hierher zu gehören schienen, weder zu Ma'in noch zu Tariq. Trotz der Hitze fühlte sich der Palast – selbst die privaten Gemächer – unpersönlich und kalt an.

Der Assistent verbeugte sich und ging, und Tariq gesellte sich zu ihr. „Was ist los? Geht es dir gut?"

„Ja", sie zuckte mit den Schultern, „es ist nur..." Sie erschauderte noch einmal. „Als ob jemand über mein Grab läuft."

Nun war er es, der die Stirn runzelte. „Sag das nicht."

„Das ist nur eine Redewendung, es bedeutet-"

„Redewendung oder nicht, sag es nicht. Komm jetzt. Ich möchte, dass du meine Familie kennenlernst."

Als sie einen Raum betraten, erhoben sich zwei Kinder von formellen Stühlen. Der Junge, etwa acht Jahre alt, stand noch unter der zurückhaltenden Hand seiner ernst dreinblickenden älteren Schwester, die etwa zwölf zu sein schien. Der Junge wirkte nervös, als sie sich Tariq und Cara näherten.

„Vater", begrüßte ihn das Mädchen förmlich, ihr ausdrucksloses Gesicht verwandelte sich für einen kurzen Moment in ein warmes Lächeln, das ihre Züge völlig veränderte. Die Tochter ihres Vaters, dachte Cara. „Du bist früher zurückgekehrt als wir dachten." Sie wandte sich mit einem kühlen Blick an Cara. Tariq folgte ihrem Blick.

„Cara, darf ich dir meinen Sohn Gadiel vorstellen – der morgen neun wird – und meine Tochter Saarah."

„Freut mich, euch kennenzulernen." Der Gedanke an einen Knicks ging Cara kurz durch den Kopf, aber das erschien ihr albern bei so jungen Kindern. Sie trat mit ausgestreckter Hand zur Begrüßung vor.

Saarah betrachtete ihre Hand missbilligend und sah dann zu ihrem Vater auf.

„Das ist Cara Devlin..." Seine Pause ließ Cara sich fragen, wie sie vorgestellt werden würde. „Eine Übersetzerin."

„Was macht sie dann hier, Vater?"

„Achte auf deine Manieren, Saarah!", sagte Tariq leise, die Warnung in seiner Stimme blieb nicht unbemerkt, nach der Röte im Gesicht des jungen Mädchens zu urteilen. „Frau Devlin ist mein Gast und damit auch *dein* Gast."

Saarah wandte sich Cara zu, das leichte Lächeln kaum wahrnehmbar, aber es schien ihren Vater zufriedenzustellen. „Frau Devlin. Willkommen. Möchten Sie eine Erfrischung?"

Cara hatte noch nie eine so gefasste Zwölfjährige getroffen. Noch eine so arrogante. „Ja, bitte. Das wäre schön."

„Wo ist Eshal?", fragte Tariq.

„Bei ihrer Nanny. Sie werden gleich zu uns stoßen."

Sie gingen alle in einen Empfangsraum, der genauso prunkvoll eingerichtet war wie die Halle und genauso streng.

Während Saarah die Erfrischungen vorbereitete, zeigte Gadiel Tariq und Cara die *Harry Potter*-Bücher, die er las, und Cara versprach, ihm einige Bücher von einem anderen Autor mitzubringen, die ihm gefallen könnten. Nachdem der stille Junge herausgefunden hatte, dass Cara Bücher liebte, genau wie er, hörte er gar nicht mehr auf zu reden und lud sie sogar zu seiner Geburtstagsfeier am nächsten Tag ein. Erst als Saarah sich Cara gegenüber setzte, ihren durchdringenden Blick auf sie gerichtet, verstummte der Junge wieder.

Während Tariq Gadiel wegführte, um ihm etwas zu zeigen, saßen Cara und Saarah schweigend da. Cara war erleichtert, als sich die Tür öffnete und ein kleines Mädchen von etwa zwei Jahren hereingebracht wurde, zappelnd in den Armen ihrer Kinderfrau.

„Und das", sagte Tariq grinsend, als er zur gleichen Zeit zurück in den Raum kam, „ist Eshal."

Die Familie war abgelenkt, als Eshal lautstark darauf drängte, heruntergelassen zu werden, und sie ging direkt auf Cara zu, packte ihr Kleid mit einer Faust und sah sie mit einem entwaffnenden Lächeln an. Cara lächelte vorsichtig, während sie versuchte, ihr Kleid aus dem festen Griff der Kleinen zu befreien. Sie hatte noch nie viel Zeit mit Kindern verbracht und fühlte sich nicht wohl im Umgang mit ihnen. Piers hatte keine Kinder gewollt, und sie war ihnen immer aus dem Weg gegangen, weil sie nicht etwas wollte, was sie nicht haben konnte.

Sie versuchte einen Schritt zurückzutreten, aber Eshal hielt mit einer Entschlossenheit fest, die sie langsam als Familienmerkmal erkannte. Sie bewegte sich erneut und ihr Kleid riss sich scharf aus Eshals Griff, was diese überraschte und aus dem Gleichgewicht brachte. Wie in Zeitlupe sah Cara, wie der Kopf des kleinen Mädchens auf die scharfe Kante eines Couchtisches zustürzte. Instinktiv griff Cara nach ihr und zog sie aus der Gefahrenzone, bevor sie sich verletzen konnte.

Eshal nutzte die Gelegenheit, ihre molligen Arme um Cara zu schlingen, mit dem triumphierenden Lächeln von jemandem, der bekommen hatte, was er wollte. Ohne die Barrieren zu kennen, die ihre ältere Schwester nur zu gut kannte, hob Eshal ihre Hand und streichelte Caras Wange. „Hübsch", sagte sie. In diesem Moment wusste Cara, dass sie sich in das Kind verliebt hatte. Eshal hätte auch „hässlich" sagen können, und sie hätte sich trotzdem in sie verliebt. Eshal hob ihre Finger zu Caras Ohrringen und begann, damit zu spielen. Erst die Stille ließ sie sich umschauen.

Alle starrten sie seltsam an: Saarah mit schockierten Augen, Gadiel mit offenem Mund und Tariq, Tariq sah sie mit einem heißen Blick an, der genauso allumfassend war wie Eshals Arme, die jetzt um Caras Körper geschlungen waren, als würden sie sie nie wieder loslassen.

„Eshal!", sagte Saarah, als sie sich gefasst hatte. „Komm sofort da runter."

„Es ist schon in Ordnung", sagte Cara und grinste Eshal an.

„Das ist ganz und gar nicht in Ordnung", erwiderte Saarah. „Sie sind ein Gast und sie ist zu vertraulich."

„Keine Förmlichkeiten nötig bei mir, Saarah."

Cara tauschte Blicke mit Tariq. Tariq wurde sich plötzlich der Bemerkungen seiner Tochter bewusst und wandte sich ihr zu. „Wenn... Fräulein Devlin damit einverstanden ist, Eshal in ihren Armen zu haben, dann sehe ich kein Problem, du etwa?"

Saarah biss sich auf die Lippe, ihre Augen funkelten. „Bitte entschuldige mich, Vater. Ich muss lernen."

Er wollte ihr Vorwürfe machen, aber Cara warf ihm einen weiteren Blick zu und zu ihrer Überraschung nickte er nur. „Geh dann, ich sehe dich beim Abendessen."

„Wir werden heute Abend bei Jadda erwartet, Vater. Denk dran, wir haben dich erst morgen erwartet."

„Natürlich. Dann morgen Abend, Saarah."

„Komm, Gadiel", rief Saarah dem Jungen zu, der ihr widerwillig folgte.

„Und sag dem Kindermädchen Bescheid, dass Eshal auch bereit ist", rief Tariq ihr nach.

Cara blieb mit Eshal im Arm zurück.

„Du hast ein natürliches Talent mit ihr. Sie ist ruhig bei dir." Er kam näher und streichelte Eshals weiches, dichtes Haar. „Sie ist anstrengend, war sie schon immer. Sehr fordernd."

Eshal sah ihren Vater fragend an. Cara lächelte über die beweglichen Gesichtszüge des Kindes, die sich ständig veränderten, quecksilbrig. Das Kind drehte sich in Caras Armen und streckte die Hände nach ihrem Vater aus, der sie in seine Arme nahm. Sofort legte sie ihre Wange an seine Brust und begann am Daumen zu lutschen.

„Fordernd, so wie jetzt, fordernd?"

In diesem Moment betrat das Kindermädchen den Raum und sein Assistent verbeugte sich an der Tür. Tariq wandte sich Cara zu. Sie wusste, dass er gehen musste.

„Ich gehe jetzt, zurück in meine Wohnung. Ich komme morgen zum letzten Meeting wieder... wenn du mich brauchst?"

„Ich brauche dich." Er seufzte. „Ich lasse einen Wagen für dich kommen. Aarif wird sicherstellen, dass du sicher nach Hause kommst." Er trat von ihr weg. „Dann bis morgen." Er drehte sich um und ging.

Cara hörte Aarifs höfliche Konversation kaum, als sie durch den Palast gingen. Sie konnte nur daran denken, dass sie sich in einen Mann verliebte, der sie verachten würde, wenn er von ihrer Verbindung zu dem Dieb erfuhr, der versucht hatte, Ma'in seiner wertvollsten Artefakte zu berauben. Es war das schlimmstmögliche Verbrechen aus Tariqs Sicht – die Identität eines anderen zu stehlen, die Kultur eines anderen, sein Erbe. Und sie war immer noch mit dem Mann verheiratet, der es ausgeführt hatte.

Ja, sie verliebte sich vielleicht in Tariq, hatte sich bereits in sein jüngstes Kind verliebt, aber es gab keine Zukunft. Sobald sie das Geld hatte, musste sie ihren Plan ausführen, sich Tickets nach London und dann weiter nach Italien kaufen. Und die Statue an Tariq zurückgeben. In dieser Reihenfolge. Es gäbe keine Möglichkeit, Tariq danach wiederzusehen. Sie würde diese Welt der enttäuschten Träume und Herzschmerzen hinter sich lassen. Ihn eingeschlossen.

Es war spät am Tag, als die Gegensprechanlage ihrer Wohnung im Stadtzentrum summte. Cara seufzte, wandte den Blick aber nicht von ihrer Aussicht über die Stadt ab.

Zweifellos war es ein Irrtum. Niemand wusste, dass sie hier war. Wer auch immer es war, würde bald wieder gehen.

Sie ließ ihren Kopf noch einmal gegen den einzigen Stuhl in der Wohnung fallen – alles andere war bereits verpackt. Das Abendlicht strömte in den leeren Raum und auf die kleine, unbezahlbare Statue. Sie war müde und gefühllos. Sie hatte den Tag damit verbracht zu packen und Vorkehrungen für die Rückgabe der Statue zu treffen, nachdem sie entdeckt hatte, dass das Honorar für ihre Arbeit mit Tariq vollständig bezahlt worden war. Nur noch ein paar Dinge zu erledigen – eine Statue in einem Kurier-Paket und ein Brief für Tariq.

Der Summer ertönte erneut und diesmal drang er in ihre Träumerei ein. Es konnte niemand sein, den sie kannte. Sie hatte sich von ihrer alten Welt abgeschnitten, von der alten Welt ihres Mannes, erinnerte sie sich. Nach dem Skandal sah sie keine von den Freunden ihres Vaters von der Universität mehr. Es gab niemanden, der wusste, dass sie hier lebte, nicht einmal die Agentur, die ihr ihre Jobs vermittelte. Sie seufzte und ging zur Gegensprechanlage und drückte den Knopf.

„Cara. Ich bin's."

Sie ließ geschockt los, dann drückte sie erneut. „Tariq? Ich meine, Eure-"

„Ich denke, darüber sind wir hinaus, oder?" Sie konnte das Lächeln in seinen Worten hören. Sie presste ihre Stirn gegen die Wand über der Gegensprechanlage und leckte sich über die Lippen.

„Ja, ich denke schon."

Es folgte eine lange Pause. „Cara, kommst du jetzt mit mir? Vielleicht zum Abendessen?"

„Ich habe gegessen." Sie zögerte.

„Ich auch. Es ist nur ein Vorwand. Ich möchte deine Gesellschaft."

„Ich dachte-"

„Ich weiß, was du dachtest. Aber wir haben noch einen Abend, bevor unsere Geschäfte abgeschlossen sind, bevor unsere Leben verschiedene Wege gehen. Und ich wollte ihn mit dir verbringen. Kommst du?"

Sie sollte nein sagen. Es gab tausend Gründe, ,nein' zu sagen. Sie kamen aus verschiedenen Welten und nicht zuletzt täuschte sie ihn in jedem Moment, den sie mit ihm verbrachte. „Ja", hörte sie sich selbst antworten. Sie zuckte zusammen, änderte aber nicht ihre Meinung. „Ja, gib mir eine Minute. Ich komme gleich runter." Sie warf einen Blick auf die kleine Statue auf der Fensterbank. Piers hatte sie in der Wohnung zurückgelassen und behauptet, sie sei wertlos, und warum sollte sie ihm nicht glauben? Er hatte alles andere von Wert weggeschlossen. Aber bei dieser war er schlau gewesen, wahrscheinlich die wertvollste von allen. Zweifellos hatte er eine kurze Versöhnung geplant, um sie zurückzubekommen.

Sie verspürte einen Anflug von Schuld über das, was sie vor Tariq verbarg. Sie fuhr mit den Fingern über ihre glatten Kurven. Sie wollte verzweifelt gern mit der Statue aus der Wohnung gehen und sie ihm übergeben. Hier und jetzt. Es hinter sich bringen. Aber sie wusste, was dann passieren würde. Der angewiderte Blick, den er ihr zuwerfen würde, wäre unvermeidlich, wenn er endlich ihre Verbindung zu dem Dieb verstünde. Und dem müsste sie sich später stellen. Nicht jetzt. Nicht bevor sie Ma'in verlassen hatte, denn sie wusste, wie hoch die Gefängnisstrafe für Diebstahl war. Nein. Es müsste warten. Nur noch ein paar Tage und dann würde sie wieder dort sein, wo sie hingehörte, und sie wäre weg.

Aber, dachte sie, während sie ihre Abaya und ihre Tasche schnappte, wir haben heute Abend. Sie warf einen letzten schnellen Blick auf die Statue und verließ den Raum.

Zu ihrer Überraschung war Tariq allein, in europäischer Kleidung.

„Du siehst wunderschön aus", sagte er, als er die Tür seines Wagens öffnete – kein Fahrer heute Abend, bemerkte sie – und sie sprang hinein und sie brausten die breite Allee vom Palast weg.

„Ich dachte, wir fahren zum Palast?"

„Nein." Seine Augen waren auf die Straße vor ihnen gerichtet.

„Wohin fahren wir dann?"

„Nach Qusayr Zarqa. Nur für heute Nacht."

Er warf ihr einen schnellen, intensiven Blick zu und sie wandte sich ab, als die Hitze zwischen ihnen aufflammte. Sie wusste, was er wollte, weil sie genau dasselbe wollte.

Er knirschte mit den Zähnen, als ob er verzweifelt nach Kontrolle suchte. „Sprich mit mir."

Sie holte tief Luft und versuchte, sich auf alles andere als die Forderungen ihres Körpers zu konzentrieren. „Worüber?"

„Egal! Irgendwas, das mich davon abhält, dieses Auto anzuhalten und mit dir zu schlafen."

„Gut", flüsterte sie schwach und streckte sich vor, um die Klimaanlage höher zu stellen. „Also" – sie schluckte – „deine Kinder sind bezaubernd."

Das schien zu wirken. Er seufzte tief und nickte. „Du

hast auf Eshal einen bleibenden Eindruck gemacht. Als ich sie später sah, zeigte sie immer wieder auf die Stelle, wo du gewesen warst, und plapperte irgendetwas Unverständliches. Ich musste ihr erklären, dass du gegangen warst."

„Und dein Sohn ist ein Schatz."

„Ja, er ist pflegeleichter als die beiden Mädchen. Er ist allerdings zu ruhig. Liebt das Lesen und kommt nur widerwillig mit mir zur Jagd. Aber er wird ein guter König sein. Und was Saarah betrifft, ich entschuldige mich. Seit dem Tod meiner Frau scheint sie zu glauben, sie hätte die Kontrolle über die Familie. Sie ist arrogant geworden."

„Sie ist erst zwölf, Tariq. Alle Mädchen sind in dem Alter schwierig."

„Auch du?" Er lächelte. „Ich kann dich mir in dem Alter vorstellen. Wie du still bekommst, was du willst, ohne dass es jemand merkt."

Sie grinste, unfähig ihm zu widersprechen. „Eigentlich hast du Recht. Normalerweise bekam ich, was ich wollte. Normalerweise, nicht immer. Später nicht mehr."

Sie hielt inne, aber nicht bevor er ihr einen neugierigen Blick zuwarf. „Erzähl weiter."

„Nein, erzähl du von dir." Sie drehte sich in ihrem Sitz und legte ihre Hand sanft auf seinen Oberschenkel.

„Ich kann nicht einmal denken, wenn deine Hand auf meinem Bein liegt." In diesem Moment erschien der Wüstenpalast am Horizont im schwindenden Licht. Sie wollte ihre Hand wegziehen, aber er drückte sie zurück, seine Hand zerquetschte ihre. „Lass sie da. Ich will nicht denken."

Als sie sich näherten, wurden die Tore geöffnet und er

fuhr in den Innenhof und parkte. Sie wurden von der Haushälterin und einem kleinen Personalstab empfangen, die alle schnell entlassen wurden.

„Warum ist es so dunkel?", fragte sie, als sie die riesige, zwei Stockwerke hohe Halle betraten, wo Wandleuchter mit offenen Flammen brannten, die unter dem Einfluss der offenen Tür flackerten und bewegliche Schatten in der leeren Halle warfen.

„Ich mag es so lieber."

Sie erschauderte. Für einen Moment fühlte sie sich, als wäre sie in eine mittelalterliche Welt zurückversetzt, in die ihre Leidenschaft passte. Rohe, unverfälschte Leidenschaft in einer rohen, primitiven Welt. Sie hielt den Atem an, als der Gedanke sie nicht losließ.

„Komm." Er zog an ihrer Hand und sie musste rennen, um mit ihm Schritt zu halten, rennen, während sie durch die riesige Halle gingen, die Treppen hinauf und durch die gewundenen Korridore zu einem Flügel des Palastes, in dem sie noch nie gewesen war.

Er öffnete die Tür zu seinem Zimmer, einer Ecksuite mit Fenstern auf drei Seiten, wobei die vierte Seite über die entfernten Wände hinausreichte und eine riesige Mastersuite bildete. Er ging vom Wohnzimmer durch die Bibliothek ins Schlafzimmer. Dort wandte er sich ihr zu und küsste sie lange und fest. Sie küsste ihn ebenso leidenschaftlich wie er.

Er zog sie fest an sich und sie konnte seine Erregung spüren. Sie schob ihre Hände unter sein weißes Hemd und um seinen Rücken, weil sie die Hitze seiner Haut unter ihren Fingern spüren musste. Es war wie erhitzter Stein zu berühren – hart, unnachgiebig – so kraftvoll wie der Rest von ihm.

Er hatte keine Lichter angemacht. Die verzierten Fensterläden waren zur Abendluft hin geöffnet, die Geräusche der Wüste drangen von draußen herein. Sie fühlte sich als Teil von allem, als gehörte sie zu diesem wilden Ort.

Sie hob ihre Lippen zu seinen und er presste seinen Mund auf ihren. Sie spürte sein zitterndes Seufzen der Begierde an ihrer Wange, als seine Hand sich hob und seine Finger durch ihr Haar fuhren, sie festhielten, als wolle er sichergehen, dass sie nicht entkommen würde. Aber sie hatte nicht vor, irgendwohin zu gehen. Alles, was sie war, war die Summe ihrer Sinne, und all ihre Sinne waren auf die langsame, exquisite Bewegung seiner Lippen gegen ihre konzentriert. Ihre Lippen schmolzen unter seinen und öffneten sich. Die Spitze seiner Zunge berührte ihre und sie keuchte gegen seinen Mund. Ihr ganzer Körper war elektrisiert, durchzuckt von einer Begierde, wie sie sie noch nie gefühlt hatte. Sie traf sie mit ihrer Intensität, machte sie sofort feucht, als sie ihre Hüften neigte, um seinen Körper zu berühren.

Er stöhnte gegen ihren Mund und der Kuss wurde tiefer und wild. Mit jedem Gleiten seiner Zunge gegen ihre, mit jeder Liebkosung seiner Finger, die sie dort berührten, wo sie berührt werden musste, verstärkte sich das schmerzende, pochende Verlangen nach ihm.

Atemlos lösten sie sich voneinander, ihre Stirnen aneinander gepresst. „Cara, ich habe noch nie jemanden so sehr gewollt wie dich jetzt."

Sein offensichtliches Verlangen nach ihr machte sie mutig. „Und ich will dich. Willst du wissen, wie sehr?"

Er nickte und sie nahm seine Hand und führte sie an ihrem Körper hinab, unter ihr Kleid, über ihren Bauch und tiefer. Sie ließ seine Hand los und fiel gegen ihn, schwach, als er sie erkundete und entdeckte, wie sehr sie ihn wollte. Sie drängte sich gegen ihn, aber er zog sich zurück und küsste sie. „Noch nicht, Cara."

Sie öffnete sein Hemd und presste ihre Finger gegen seine Haut, musste die Realität von ihm sehen. Dann küsste sie ihn. Er roch himmlisch. Sie presste ihre Lippen auf seine Haut und diesmal leckte sie ihn. Er war wie eine Nahrung, eine Sucht, von der sie bis jetzt nichts gewusst hatte. Sie ließ ihre Zunge hinabwandern, bis sie auf seine Hose traf. Sie grunzte frustriert, als sie ihre Zunge so weit wie möglich hinabgleiten ließ und wurde mit der Spitze seiner harten Erektion belohnt. Sie leckte sie und spürte ein scharfes Einatmen unter ihren Fingern, die noch immer gegen seine Brust gepresst waren. Aber sie blieben dort nicht. Sie brauchte ihn dringend.

Sie öffnete den Knopf und schob seine Hose und Shorts beiseite. Sie lehnte sich zurück auf ihre Fersen, als er sich offenbarte – breit, lang und kraftvoll. Sie berührte ihn und er erschauerte, die Spitze glänzte im flackernden Licht der nackten Flamme. Sie kniete sich auf und schob seine Hose herunter, damit sie ihn ganz sehen konnte. Sie leckte die schweren Säcke unter seinem geschwollenen Schaft, sah zu ihm auf und bemerkte mit Genugtuung, wie sich seine Kehle zusammenzog, seine Augen dunkel und voller Lust auf sie gerichtet waren. Sie fühlte sich unverschämt mächtig und damit kam die Freiheit zu *tun*, zu *sein*, genau wer sie sein wollte. Und jetzt wollte sie ihm Lust bereiten.

Sie hob ihren Kopf, ihre Augen nicht von seinen weichend, als sie ihn in ihren Mund nahm und zusah, wie er scharf einatmete und seine Augen schloss. Sie genoss seine pochende Länge unter ihren Lippen, genoss, wie er auf ihre Berührung reagierte. Sie wollte ihn, wie auch immer sie ihn bekommen konnte. Jeden Teil von ihm. Sie fuhr fort, ihn zu kosten, zu lecken, ihren Mund über ihn zu bewegen, wobei der Instinkt die fehlende Erfahrung ersetzte. Für heute Nacht war er ihr Mann und sie wusste, wie sie ihm Lust bereiten konnte.

Aber bevor er zum Höhepunkt der Lust gebracht wurde, bewegten sich seine Hände von ihrem Haar zu ihren Händen, die er weit auseinander zog. Sie zog ihren Mund zurück und er zog sie zum Stehen.

„Viel mehr davon und das wird vorbei sein, bevor es überhaupt beginnt." Er lächelte, hob ihr Gesicht zu seinem und küsste sie. „Du bist die unglaublichste Frau..." Sie unterbrach seine Worte mit einem weiteren Kuss. Er hob sie in seine Arme und küsste sie weiter, während er zum Bett ging. Er stellte sie sanft auf ihre Füße, öffnete ihr Kleid und ließ es zu Boden fallen.

Er betrachtete sie, seine Finger berührten dort, wo seine Augen verweilten, während er ihre Brüste aufnahm, die sich unter dem weißen Spitzen-Halbschalen-BH vor Erregung schnell hoben, bevor er an ihren Seiten entlang fuhr und ihren Bauch zum Zucken brachte, als seine Finger sie überraschend unter dem Gummi ihrer Unterhose berührten. Mit einer schnellen Bewegung zog er sie herunter und warf sie beiseite. Dann den BH.

Gemeinsam fielen sie aufs Bett, zerknitterten die feinen weißen Leinenlaken, ihre nackten Körper drängten und wanden sich aneinander, verzweifelt darauf bedacht, Lust zu geben und zu empfangen.

Schatten der tanzenden Flammen verfingen sich in den hohen Deckenbalken und warfen ein seltsames, unheimliches Licht auf seine Haut, so dunkel und exotisch. Es war wie etwas Gefährliches und unendlich Begehrenswertes. Seine Haut reagierte auf jede ihrer Berührungen mit einer Bewegung, einer Liebkosung, einem Biss, der ihr Verlangen nach mehr entfachte. Es war wie Feuer, das im Dunkeln mit Feuer spielt. Lichtblitze, Intensität, gefolgt von einem heißeren Feuer, schwelend, flackernd, das sich weigerte zu erlöschen, das mit jedem Atemzug, jeder Berührung mehr brauchte.

Sie bewegte sich ohne Gedanken oder Plan, nur instinktiv, öffnete ihre Beine und schlang sie um ihn. Sie rollte sich auf den Rücken und er drang in sie ein, glitt langsam in sie hinein, Zentimeter für Zentimeter, gab ihrem Körper Zeit, sich an seine Größe und Länge anzupassen. Sie bewegte sich leicht und er schob sich ganz in sie hinein. Sie hob ihr Gesicht zu seinem und er nahm ihren dargebotenen Mund mit einem Kuss voller Leidenschaft, Verlangen und Verzweiflung. Sie wusste nicht, woher diese Verzweiflung kam. Alles, was sie wusste, war, dass er sie jetzt brauchte und sie dieses Bedürfnis erfüllen konnte... und mehr.

Sie zog ihn mit ihren Fersen zu sich, kaum wissend, ob der Druck in ihr und gegen ihre empfindlichste Haut Schmerz oder Lust war, weil solche Unterschiede keine Bedeutung hatten. Es war alles Leidenschaft und es war alles, was sie wollte.

Die Nacht verging in einem Schleier aus Liebesakten und dem Gleiten in und aus dem Schlaf, immer mit Tariq, der seine Arme um sie geschlungen hatte.

Sie erwachte, als sie ihren Namen an ihrer Wange geflüstert hörte. „Cara." Ihr geflüsterter Name klang wie eine Liebkosung in seiner tiefen Stimme. Sie öffnete ihre

Augen und sah sein Gesicht, nahe, seine Augen, zärtlich. „Cara", er schüttelte seinen Kopf. „Wie machst du das?"

Sie rollte ihren Kopf gegen das Kissen. „Was mache ich?", flüsterte sie und hob ihre Hand, um sein Haar zurückzustreichen.

Er stützte sich auf einen Ellbogen und fuhr mit einem Finger ihren Hals hinunter und um ihre Brust herum. „Wie schaffst du es, in mich hineinzureichen, mich dort zu berühren, wo niemand sonst kann?"

„Das tue ich?"

Er nickte. „Ja, das tust du. Du reichst über die Grenzen hinaus, wo ich mich schützen kann."

Sie konnte die Worte, die er sagte, nicht glauben. Sie versuchte zu fragen: „Warum willst du dich schützen?"

„Vor den Kräften, die meinen Vater zerstört und mich fast zerstört haben, einen meiner Brüder auf einen Weg des Glücksspiels führten und den anderen weit weg von hier trieben. Ich war so fokussiert auf Politik, Reichtum und Staatsangelegenheiten, dass du dich irgendwie unter meinem Radar eingeschlichen hast. Du bist wie die Luft, die ich atme, die in mich eindringt, mich in meinem Innersten berührt. Etwas, das ich anfangs kaum bemerkte, bis ich plötzlich erkannte, dass ich dich in jedem Teil von mir spüre." Er presste seine Stirn gegen ihre und rollte sanft gegen sie mit geschlossenen Augen. „Manchmal stelle ich mir vor, dass ich ohne dich, wie die Luft in meinem Körper, nicht überleben könnte."

Sie rollte sich weg, sich nun bewusst, dass seine Abwehr vielleicht gefallen war, aber sie ihre auf keinen Fall fallen lassen konnte. Sie schüttelte den Kopf. „Du irrst dich. Das ist der Schlafmangel, das ist der Sex, der da spricht. Morgen früh wirst du wieder normal sein." Sie stand auf und schlüpfte in seinen Morgenmantel, band ihn zu, während sie sich zu ihm umdrehte und ihr Haar aus dem Gesicht strich. „Ich verschreibe zwei starke Tassen schwarzen Kaffee und ein Treffen mit ungehobelten Ausländern, dann wirst du wieder normal sein." Sie drehte sich vom Fenster weg und schenkte ihm ein kurzes, unsicheres Grinsen.

Er stand auf und packte ihre Schultern, seine Augen wild. „Sei nicht oberflächlich, Cara. Versuch nicht, das mit Humor abzutun. Ich meine es ernst. Sieh dich an, von frühem Licht umrahmt." Er strich mit seinen Fingern durch ihr Haar. „Haar, das in der Wüste schmilzt."

„Nein", flüsterte sie.

Er strich mit einem Finger über ihre Unterlippe. „Und deine Stimme, eine Stimme, die sich um mich wickelt und an mir zieht, mich zu dir zieht. Du bist eine Hexe, ein Chamäleon."

„Nein, ich schwöre, nein, Tariq, das bin nicht ich, den du da beschreibst. Das ist jemand, den du willst, dass ich es bin."

Er ließ seine Hände ihre Arme hinabgleiten und hielt beide ihre Hände in seinen und küsste ihre verschränkten Fäuste. Er seufzte. „Cara, wie kann ich dich überzeugen, dass du so schön bist, wie ich dich sehe, dass du so begehrenswert bist, wie ich dich beschreibe? Dass du andere Frauen überstrahlst, wie der Mond die Sonne verdeckt. Du löschst ihr Licht aus und beanspruchst den Himmel. Du beanspruchst *mich*. Du bist es, die ich beschreibe; du bist es, die ich will, Cara. Ich will dich in meinen Armen, ich will meinen Körper in deinem, vereint. Ich will dein blasses Gesicht sehen, gerötet von der Lust, die ich dir bereite."

Seine Worte und Berührungen sandten eine Welle der Begierde durch ihren Körper. Sie presste sich gegen seinen nackten Körper und er schob ihren Morgenmantel beiseite. Er war bereit für sie, als sie hochsprang und ihre Beine um seine Hüften schlang, sich vollständig auf ihn schob. Sie wurde verrückt, in einem Rausch nach ihm, während er ihr gab, was sie wollte, aber seinen Kopf zurücklehnte und sie beobachtete, genau wie er gesagt hatte.

KAPITEL 10

Viel zu früh, bei Tagesanbruch, machten sie sich auf den Weg zurück zum Palast. Es war eine stille Fahrt, nur wenige Worte wurden gewechselt, seine Hand lag auf ihrer, während er durch die Wüste und dann durch die Außenbezirke der Stadt fuhr, die bereits wach war und ihrem Tagesgeschäft nachging.

Er hielt den Wagen vor ihrer Wohnung und küsste sie. „Ruh dich jetzt aus, wir sehen uns später."

„Brauchst du mich heute Morgen nicht für das Meeting?"

„Nein, ich brauche dich erst heute Nachmittag. Geh jetzt, ruh dich aus, und ich lasse um eins ein Auto kommen." Er küsste sie ein letztes Mal und mit wachsendem Unbehagen sah sie zu, wie der Wagen die schöne Allee hinunterfuhr. Die Tage vergingen wie im Flug. Sie würde ihn nur noch einmal sehen und dann wäre sie weg.

Es war kurz vor zwei Uhr nachmittags, als Cara in den Palast zurückkehrte. Sie trug das rote Kleid, das Tariq zu ihrer Wohnung geschickt hatte. Er hatte Recht gehabt. Sie fühlte sich in solch leuchtenden Farben tatsächlich anders. Sie betrat den Raum, in den man sie geführt hatte, und war überrascht, ihn leer vorzufinden, bis auf einen für das Mittagessen gedeckten Tisch. Für *zwei Personen*. Sie wandte sich an Aarif, der sie hierher begleitet hatte.

„Liegt hier ein Fehler vor? Findet das Meeting woanders statt?"

„Kein Fehler, Frau Devlin, Sie werden hier erwartet. Bitte nehmen Sie Platz. Seine Königliche Hoheit wird nicht lange auf sich warten lassen."

In diesem Moment betrat Tariq den Raum, so imposant wie immer, seine weißen Gewänder umspielten ihn und ließen ihn noch größer und beeindruckender erscheinen als zuvor. Für einen kurzen Moment fragte sie sich, ob die letzten Tage und Nächte nur ein Traum gewesen waren. Er wirkte unerreichbar für sie.

Er wechselte einige Worte mit Aarif, bevor er ihn entließ, dann wandte er sich ihr zu und der Ausdruck in seinen Augen veränderte sich, und die letzten Tage, ihre Verbindung, wurde wieder real. Er ging mit großen Schritten auf sie zu und nahm ihre beiden Hände in seine.

„Du bist gekommen."

Ihr Lächeln verblasste ein wenig, als sie sein Gesicht musterte. Er wirkte besorgt, fast beunruhigt. Sie hatte ihn noch nie anders als selbstsicher und kontrolliert gesehen. „Natürlich bin ich gekommen. Ist alles in Ordnung?" Er wich kurz ihrem Blick aus, als müsse er seine Gedanken sammeln. Sie bemerkte überrascht, dass er unbehaglich wirkte. „Und warum hättest du denken sollen, dass ich nicht komme?"

„Du hast also die Nachrichten nicht gesehen? Ich hatte ihre Veröffentlichung verzögert, bis ich dich sehe, aber es bestand immer die Möglichkeit, dass jemand in der Eile, der Erste zu sein, etwas im Internet veröffentlicht."

Sie runzelte die Stirn und schüttelte den Kopf. „Wovon sprichst du? Nachrichten? Welche Nachrichten? Und warum wolltest du überhaupt etwas verzögern, bis du mich siehst?"

„Es gibt kein Meeting. Ich war nicht sicher, ob du kommen würdest, wenn du wüsstest, dass deine Dienste als Übersetzerin nicht benötigt werden. Die Geschäfte sind abgeschlossen."

„Du hast den Vertrag unterschrieben?" Ihr Herz sank. Sie wusste, wie viel ihm das bedeutete. „Das tut mir leid."

„Nein. Sahmir hat es geschafft. Er hat durch seine Kontakte genug Geld aufgebracht, damit wir die Kontrolle über unser Land zurückgewinnen können."

„Das ist fantastisch!"

„Ohne dich hätte ich das nicht geschafft."

Sie runzelte verwirrt die Stirn. „Was habe ich denn getan?"

„Du hast uns genug Zeit verschafft, die Finanzierung zu sichern, indem du ihr Interesse an Jabal al Kanz – dem Berg der Schätze – geweckt hast. Die Aurus-Delegation ist nicht zur Goldmine I gegangen, wie sie es nennen. Sie sind stattdessen nach Jabal al Kanz gefahren."

„Aber ich dachte, du hättest dafür gesorgt, dass sie das nicht tun. Außerdem ist das ein Sperrgebiet." Cara war verwirrt. „Sie können dort nicht ohne deine Erlaubnis hin." Sie sah ihm in die Augen und plötzlich beschlich sie ein sinkendes, übles Gefühl in der Magengegend. Sie versuchte, ihre Hände wegzuziehen, aber er hielt sie fest und ließ nicht zu, dass sie sich lösten. „Und du hast sie erteilt. Du wusstest davon, bevor ich es dir erzählt habe, und du hast es erlaubt."

„Ja, natürlich."

„Warum hast du sie dann nicht begleitet? Und warum um alles in der Welt hast du mich mit dir weggenommen?"

Seine Augen wanderten über ihr Gesicht, als wolle er sie durch reine Willenskraft verstehen lassen, statt durch Worte.

„*Sag* es mir, Tariq."

„Du musst verstehen, Cara, dass mein Land, mein Erbe, alles für mich bedeutet. Das war schon immer so und wird *immer* so sein. Ich tue alles dafür. Ich brauchte sie für ein paar Tage abgelenkt. Deine Übersetzung bot die perfekte Ablenkung."

Er fixierte sie mit einem intensiven Blick und ein Schauer lief ihr über den Rücken. Ihre Beine fühlten sich plötzlich schwach an und sie lehnte sich gegen die Wand. Sie schluckte, bevor sie die Frage stellte, die sie stellen musste. „Du hattest nie vor, unsere Wege sich wieder kreuzen zu lassen, oder? Du wusstest, dass ich Zweifel an der richtigen Übersetzung hatte, also hast du beschlossen, dass ich ferngehalten werden musste. Daher die plötzliche Einladung, dich nach Qawaran zu begleiten. Und heute Morgen. ‚Ruh dich aus', sagtest du. Es war alles nur Vorwand, nicht wahr? Du, ich. Du hast nicht nur sie getäuscht, sondern auch mich."

Wut blitzte in seinen Augen auf. „So wie sie meinen Vater mit ihren Versprechungen von ‚Zivilisation' getäuscht haben. Sie haben unsere Gesellschaft zerstört und uns Stahltürme und ein Leben in Abhängigkeit gegeben. Ich habe ihnen gegeben, was sie wollen. Ich *weiß*, was sie wollen, Cara. Sie wollen das, was alle von mir wollen. Geld, Macht. Sie wollen mir etwas *wegnehmen*, meiner Familie und meinem Land. Und das kann ich nicht zulassen. Ich werde *immer* die Dinge verteidigen, die mir wichtig sind. Egal wie."

„Du irrst dich."

„Das tue ich nicht. Du bist naiv. Jeder nimmt sich etwas. *Jeder*. Und es ist meine Verantwortung, mein Land, mein Volk und meine Familie vor diesen Nehmern zu verteidigen. *Jeder* nimmt", wiederholte er mit leiser, gefährlicher Stimme.

Cara trat instinktiv einen Schritt zurück. Es war, als hätte sich eine Barriere zwischen ihnen gebildet. Vielleicht war sie schon immer da gewesen und sie hatte sie vorher einfach nicht sehen wollen. Sie schüttelte den Kopf. „Nicht jeder."

Er bewegte sich nicht, beobachtete sie nur, als könnte er sie allein durch seinen Willen festhalten. „*Hör* mir zu, Cara. Erinnerst du dich, wie ich sagte, du solltest mir vertrauen? Erinnerst du dich? *Das* meinte ich damit. Ja, ich wollte dich von den Männern fernhalten. Ich musste das tun. Ich hatte keine andere Wahl. Ich brauchte sie für ein paar Tage beschäftigt. Sie hätten mir nicht geglaubt, wenn ich diese Worte übersetzt hätte. Sie wären misstrauisch geworden. Aber du?"

„*Ja. Ich.* Eine unbedeutende kleine Übersetzerin, die unmöglich in irgendeiner Weise parteiisch sein könnte. Sie würden mir natürlich glauben. Genau wie du es wolltest." Sie konnte es nicht fassen. Sie war wieder einmal von einem Mann hereingelegt worden, der ihre besondere Mischung aus Unschuld und Autorität brauchte, um seine Pläne glaubwürdig zu machen. Sie setzte sich, als wäre sie niedergeschlagen worden. Wie konnte sie nur so dumm gewesen sein? Unsicher stand sie wieder auf und sah sich nach einem Ausweg um. „Ich muss gehen. Ich *muss* einfach gehen."

„Also hatten meine Worte heute Morgen keine Wirkung?"

„Du hast mich trotzdem benutzt, egal ob du mich auf dieses Wissen vorbereitet hast oder nicht."

„Ich habe versucht zu erklären, *warum* ich dich benutzt habe."

„Also gibst du es zu?"

„Natürlich. Es hat wenig Sinn, es zu leugnen."

„Und während du mich benutzt hast, hast du mit mir geschlafen."

„Nein! Dich von den Aurus-Managern fernzuhalten war der Grund, warum ich dich weggebracht habe, aber *nicht* der Grund, warum ich mit dir schlafen wollte. Das weißt du. In deinem Herzen *weißt* du das."

Und das tat sie. Sie spürte die Wahrheit seiner Worte in sich. Genauso wie sie den Schmerz seines Verrats tief in sich spürte. Sie schluckte die Tränen hinunter. „Tariq, warum hast du es mir nicht gesagt?"

Sie sah einen Schmerz in seinen Augen, den sie vorher nicht bemerkt hatte. „Cara, ich konnte es dir nicht sagen. Es stand zu viel auf dem Spiel. Ich brauchte deine Unschuld. Wenn du es gewusst hättest und die Männer gesehen hättest, hätten deine Augen dich sofort verraten. Das Risiko konnte ich nicht eingehen."

Sie trat zurück. Sie spürte seinen Zweifel, sein Misstrauen wie Säure in ihrem Hals. Sie schluckte es hinunter. „Nein. Natürlich nicht. Du konntest mir nicht vertrauen."

„Ich konnte nur meinem Bruder vertrauen."

Sie musste daran denken, wie eng er sie gehalten hatte, als er in sie eindrang, an die Intimität und das gegenseitige Vertrauen, das sie in diesem Moment zu spüren glaubte. Damals hatte sie nicht daran gezweifelt, aber jetzt tat sie es.

Sie trat zurück und er machte keine Anstalten, ihr zu folgen. „Es stand zu viel auf dem Spiel. Verstehst du das nicht?“

Natürlich tat sie das. Es ergab alles einen perfekten Sinn. Mehr als er wissen konnte. Man konnte ihr sicherlich nicht vertrauen, und wenn er sie besser kennen würde, hätte er das gewusst. Aber es tat trotzdem weh. Sie hatte eine Verbindung zu ihm gespürt, die sie noch nie zu jemandem gespürt hatte. Sie nickte. „Ich verstehe.“

Sie wandte sich von ihm ab, unfähig, weiter in die Augen des Mannes zu schauen, mit dem sie in den letzten achtundvierzig Stunden immer wieder geschlafen hatte. Die Augen eines Mannes, der sie benutzt hatte, genau wie andere Männer in ihrem Leben. Er war nicht anders.

Die Hoffnung und das Glück, die in der vergangenen Woche nach und nach aufgeblüht waren, zerfielen zu einer klumpigen Masse, die sich wie der Tod anfühlte. Die heiße Luft, die durch das offene Fenster hereinwehte, verstopfte ihre Kehle – sie hatte das Gefühl, nicht atmen zu können. Sie drehte sich um und ging weg.

„Wo gehst du hin?“

Sie hielt kurz inne, drehte sich aber nicht zu ihm um. „Weg. Ich glaube, meine Arbeit hier ist beendet. Oder nicht? Ich habe die Aurus-Manager in die Irre geführt, genau wie du es wolltest. Ich habe meinen Zweck erfüllt. Ich bin fertig!“ Sie versuchte, ihre Stimme so kalt und gefühllos klingen zu lassen, wie sich ihr Herz anfühlte, aber sie fürchtete, es gelang ihr nicht. Sie klang uneben und zittrig.

Sie zuckte zusammen, als sie seine Hände an ihren Armen spürte. „Geh noch nicht, Cara, dreh dich um, sprich mit mir."

Sie schüttelte wieder den Kopf, als sie eine Träne ihre Wange hinunterrollen spürte. Wie konnte sie sich umdrehen? Ihre Dummheit zeigen, ihre erbärmliche Traurigkeit über die Entdeckung, dass er sie nicht um ihrer selbst willen gewollt hatte, sondern nur, um sie für seine eigenen Zwecke zu benutzen. Genau wie alle anderen ihr ganzes Leben lang. „Lass mich los." Ihre Stimme zitterte und sein Griff um ihre Schultern wurde fester. Sie wartete auf einen weiteren Befehl.

Stattdessen ließ er ihre Schultern los und ging um sie herum, um ihr ins Gesicht zu sehen.

„Du weinst."

Sie schloss die Augen und biss sich auf die Lippe, um ihr Zittern zu unterdrücken. „Das machen Menschen, wenn sie verletzt sind."

Sie zwang sich, seinem Blick zu begegnen, trotz der Tränen, die sich in ihren Augen sammelten und über ihr Gesicht liefen. Er strich sanft mit seinen Daumen über ihre Wangen und wischte sie weg.

„Es tut mir leid, dass ich dir wehgetan habe."

Und sie konnte sehen, dass es ihm leid tat. Aber es war nicht genug. „Aber nicht leid genug, um irgendetwas anders zu machen."

„Nein. Ich würde es wieder genauso machen, Cara. Es stand zu viel auf dem Spiel."

Sie schob seine Arme weg. „Dann gibt es nichts mehr zu sagen. Ich werde jetzt gehen."

„Ich will nicht, dass du gehst.“

Dieser herrische, unlogische Befehl war der letzte Tropfen. Wut verbrannte jede verbliebene Traurigkeit.

„Warum? Welchen möglichen Grund könntest du haben, zu wollen, dass ich bleibe?“ Sie war jetzt wütend. Wütend darüber, dass sie getäuscht worden war, genau wie in der Vergangenheit; wütend, dass sie sich von diesem Mann hatte verführen lassen, der sie nur benutzen wollte. Nun, er mochte sie benutzt haben, aber sie würde sich auf keinen Fall wie eine benutzte Frau verhalten. „Du magst zwar König sein, du magst ‚Seine Königliche Hoheit, Sheikh Was auch immer' sein, aber ich bin nicht deine Untergebene, der du Befehle erteilen kannst.“ Sie ging noch näher an ihn heran, sodass sie zu seinen Augen aufschauen musste, zu stirnrunzelnden Augen, besorgten Augen, verletzten Augen. Sie schüttelte den Kopf. Es war ihr egal, ob er verletzt war. Sie musste auf sich selbst aufpassen. „Ich bedeute dir nichts. Das hast du bewiesen. Also gehe ich.“

„Wohin?“ Sein Ton war bitter. „Zurück nach Italien oder zurück nach England, in das Zuhause, vor dem du solche Angst hast? Wo glaubst du denn wirklich hinzugehen, Cara? Oder ist es dir egal, Hauptsache es regnet dort nicht, damit du nicht traurig wirst?“ Er fuhr mit seinen Fingern durch ihr Haar und hielt ihren Kopf zwischen seinen Händen, versuchte sie ruhig zu halten. Sie konnte die Intensität in seinen Fingern spüren, als er gegen ihren Schädel drückte, als wolle er zu ihr durchdringen, sich physisch mit ihr verbinden, wie er es in der Wüste getan hatte. „Wohin?“ Seine Augen bohrten sich mit einer an Verzweiflung grenzenden Intensität in ihre.

„Weg", flüsterte sie, sich seiner Lippen bewusst, die den ihren so nahe waren.

„Ah..." Sie sah, wie sich sein Hals zusammenzog und die Spannung in seinen Fingern nachließ, als seine Hände von ihrem Kopf glitten und er zurücktrat. „Weg. Du brauchst kein Ziel, solange du nur weggetrieben wirst. Weg von mir. Stimmt das? Weil ich dir nicht vertraut habe, ist es das? Oder weil du glaubst, ich hätte das Vertrauen verraten, das du in mich gesetzt hast?"

Die Worte von Vertrauen und Verrat schwammen in ihrem Kopf – sie konnte sie kaum verstehen. Das überwältigende Gefühl war das einer unwiderruflich zerbrochenen Verbindung. Sie musste weg. Sie nickte, ihr Herz zu voll zum Sprechen. „Es spielt keine Rolle. Alles, was zählt, ist, dass ich gehe. Du brauchst mich nicht mehr und du willst mich sicher auch nicht."

„Cara, ich will dich."

Die Bedeutung in seinen Worten ließ ihren Magen zu Gelee werden. „Du magst mich wollen, aber du kannst mich nicht haben, Tariq."

„Wenn du nicht für mich bleibst, dann bleib für Gadiel. Er wird gleich zu uns stoßen. Hast du dein Versprechen vergessen, ihm Bücher zu bringen? Er nämlich nicht."

Sie schloss ihre Augen, als sie sich an das gestrige Versprechen erinnerte, zu seiner Geburtstagsfeier zu kommen und ihm die Bücher zu schenken, die sie aus ihrer Kindheit aufbewahrt hatte. Sie waren in ihrer Tasche. „Ist das wieder einer deiner Pläne? Du hast diese Vereinbarung gestern gefördert, als du wusstest, wie ich mich heute fühlen würde."

„Ich konnte nicht wissen, wie du dich fühlen würdest.

Eigentlich hatte ich gehofft, du wärst in deiner Reaktion etwas... pragmatischer."

„Pragmatischer!" Sie war kurz davor, eine Tirade loszulassen, als es an der Tür klopfte und Gadiel den Raum betrat, seine Augen vor Aufregung weit geöffnet, seine Körpersprache angespannt, als sei er unsicher, ob sein Eintreten willkommen wäre. Jetzt konnte sie unmöglich gehen.

„Papa!" Der Junge ging zu Tariq, der seinen Kopf küsste, während sich der Junge vertrauensvoll an seinen Vater lehnte.

Caras Herz schmerzte bei der Liebe, die sie zwischen den beiden sehen konnte. Die Liebe, die es irgendwie geschafft hatte, trotz ihrer zurückhaltenden Naturen und der Zwänge des Königseins zu überleben, wurde unbeholfen ausgedrückt, aber sie war da.

„Frau Devlin!" Der Junge drehte sich um und ging schnell auf sie zu, verbeugte sich leicht förmlich, wie man es ihm offensichtlich beigebracht hatte. Sie spürte einen Stich in ihrem Inneren und wusste, dass sie ihr Versprechen ihm gegenüber unmöglich brechen konnte. „Sie haben nicht vergessen! Danke, dass Sie gekommen sind. Haben Sie die Bücher mitgebracht?"

Sie lachte, ließ die Spannung los und wuschelte dem Jungen durchs Haar. Als wäre er von seiner Förmlichkeit befreit, ergriff er ihre Hand und schenkte ihr ein entwaffnendes Lächeln mit Zahnlücke. Sie setzte sich, öffnete ihre Tasche und holte die Bücher über Magie und Mysterien heraus, die sie als kleines Mädchen so bezaubert hatten.

„Können wir sie jetzt lesen?"

Sie warf Tariq einen schnellen Blick zu und schaute

dann zurück zu Gadiel. „Klar." Sie setzte sich und ohne Aufforderung setzte er sich dicht neben sie, seine Augen weit aufgerissen, als sie durch die Seiten blätterte.

Er zeigte auf eine Seite und sie hielt inne. Er rutschte noch ein bisschen näher an sie heran, so vertrauensvoll, so liebevoll, dass das anhaltende Gefühl der Verbitterung ein wenig nachließ.

Sie schaute nicht zu Tariq auf, war sich aber seiner stillen Präsenz bewusst, während er ihr beim Vorlesen für Gadiel zusah. Sie las weiter, konnte nicht anders, als ihren Arm um ihn zu legen und ihn noch näher an sich zu ziehen. Sie ließ sich vollkommen von ihm und der Geschichte einnehmen und verdrängte Tariq und all seine Komplikationen aus ihren Gedanken.

Erst als sie am Ende der Geschichte angelangt war, schaute sie auf und stellte fest, dass Tariq nicht gegangen war, wie sie sich eingebildet hatte. Stattdessen saß er ihnen beiden gegenüber und beobachtete sie schweigend.

Die Tür öffnete sich und sie konnten das festliche Rufen und Lachen von Kindern und Erwachsenen hören, die sich zur Geburtstagsfeier des Jungen versammelten. Es war Zeit für Gadiel, sich ihnen anzuschließen.

Gadiel sprang auf und rannte mit dem Buch in den Händen in den anderen Raum. Er drehte sich um und winkte Cara zu. „Komm und triff meine Freunde!"

Cara und Tariq folgten ihm zur Tür. Bevor sie in die Öffentlichkeit traten, hielt Tariq inne. „Du hast einen ziemlichen Eindruck auf meinen Sohn gemacht."

„Ja, wer hätte gedacht, dass ich nach so kurzer Bekanntschaft Vertrauen erwecken könnte?"

Der Seitenhieb traf ins Schwarze. Sie konnte es an seinem Gesichtsausdruck sehen, als seine Augen über ihr

Gesicht wanderten, als sehnte er sich danach, ihre Wange zu berühren, ihre Augenlider zu küssen, seine Lippen auf ihre zu legen. Dann hielt er inne, die Fäuste an seinen Seiten geballt. „Der Klang deiner Stimme hat mich sofort angezogen. Es dauerte vierundzwanzig Stunden, bis ich sah, wie schön deine Augen waren, zwei Tage, um die Weichheit deiner Haut zu schätzen, nach drei Tagen verstand ich deine Subtilität und war in Ehrfurcht vor ihr." Er schüttelte den Kopf. „Aber Vertrauen? Vertrauen ist eine andere Sache. Ich vertraute meiner Frau und sie war untreu, ich vertraute meinem Vater und er verriet mich und mein Land. Ich weiß nicht, ob ich überhaupt wieder vertrauen *kann*."

Ohne einen Blick zurück drehte er sich um und ging in den Raum, wo er sofort von Familie umringt wurde, die neugierige Blicke in ihre Richtung warfen. Natürlich. Es würde keine Zukunft mit Tariq geben. Nicht nur, weil er sie benutzt hatte; nicht nur, weil er ihr nicht vertraut hatte, sondern weil er damit Recht hatte.

Schließlich war sie in den größten Diebstahl antiker Artefakte verwickelt, den das Land je gesehen hatte. Und die Beweise lagen in ihrer Wohnung.

ariq beobachtete, wie Cara auf der Feier mit seinen Kindern spielte. Sogar Saarah fühlte sich jetzt zu ihr hingezogen und beobachtete sie mit den anderen. Ihr Gesicht wurde weich, während sie Cara zuhörte. Ob Mann oder Frau, Caras Stimme wirkte ihre Magie. Als er sie zum ersten Mal gehört hatte, hielt er sie für etwas Wunderschönes, etwas von der Frau selbst Getrenntes. Jetzt wusste er, dass er falsch gelegen hatte. Es war nicht etwas von Cara Getrenntes, es war ein Ausdruck ihrer selbst.

Die Kinder hatten das sofort verstanden und ihr deswegen vertraut. Aber er nicht.

Sie wandte ihr Gesicht ab und lachte über etwas, das Saarah gesagt hatte, und Gadiel, der so still und zurückhaltend war, der normalerweise übersehen wurde, errötete bei ihrer Reaktion und begann lebhaft zu reden, während sie ruhig zuhörte, nickte und ihn ermutigte. Es zeigte sich in der Körpersprache des Jungen, wie er ein wenig näher an sie heranrückte, sein Gesicht zu ihrem erhob, während er weitersprach. Und sie reagierte mit der Empathie, die so ein wichtiger Teil von ihr war.

Tariq drehte sich um, als ihn jemand etwas fragte, und er nickte. Noch eine Entscheidung: Zustimmung etwas zu geben, Genehmigung etwas wegzunehmen - das war es, was von ihm erwartet wurde. Das war er gewohnt zu tun. Kein Wunder also, dass er unvorbereitet war auf diese Frau, die nichts wollte und alles gab.

Er drehte sich zu ihr um, gerade rechtzeitig, um zu sehen, wie alle über etwas lachten, das sein Sohn gesagt hatte. Sogar das Gesicht seiner ältesten Tochter erhellte sich zu einem Lächeln, das er seit Jahren nicht mehr gesehen hatte. Cara hatte seiner Familie neues Leben eingehaucht, indem sie einfach sie selbst war - selbstlos, ehrlich und großzügig.

Und er hatte sich diese Eigenschaften zunutze gemacht, sie für seine Zwecke eingesetzt - für die Zwecke seines Landes, wie er sich erinnerte. Aber zum ersten Mal seit vielen Jahren zweifelte er an sich. Er hatte sein eigenes Glück und vielleicht auch das seiner Kinder geopfert, indem er diese Frau betrogen hatte, indem er Gefühle in sich geweckt hatte, die er noch nie für jemanden empfunden hatte.

Wann war es passiert? Er hatte es gar nicht bemerkt. Er konnte sich kaum noch an die Zeit erinnern, als er sie nicht kannte, als er sie kaum wahrgenommen hatte, als sie aufgetaucht war. Er schüttelte den Kopf, als wolle er ihn von seiner Unwissenheit und Dummheit befreien. Es schien jetzt unmöglich, dass sie nicht Teil seines Lebens sein sollte.

Ein Strahl der reichen Spätnachmittagssonne fiel durch das Sprossenfenster und warf seinen Schein auf ihr helles Haar, entfachte es und verlieh ihr die Strahlkraft, die sie in seinen Gedanken besaß. Sie füllte seine Sicht aus und er wusste in diesem Moment, dass er sie nicht aus seinem Leben gehen lassen konnte. Der Gedanke, sie jetzt zu verlieren, war unerträglich. Er schluckte, als echte, wahre Angst seinen Magen zusammenzog. Dieses Gefühl hatte er nicht mehr gehabt, seit er als Kind erfuhr, dass seine Mutter gestorben war. Es hatte Jahre gedauert, dieses Gefühl fest zusammenzuschrauben und dort zu begraben, wo er es nicht identifizieren konnte.

Seitdem hatte er niemanden mehr an sein Herz gelassen, vermutlich nicht einmal seine Kinder. Aber irgendwie war Cara in ihn eingedrungen - in jeden Atemzug, den er nahm, war unter seine Haut geschlüpft und in jede Zelle, jede Faser seines Wesens. Wenn sie ginge, würde das bedeuten, sich selbst zu zerreißen.

Die Feier war zu Ende und die Kinder waren gegangen, und noch immer hielt Tariq Abstand. Die Leute gingen nach und nach. Cara drehte sich um und ging, um ihre Abaya zu holen, aus der gleichen roten Seide wie das Kleid, das Tariq ihr geschenkt hatte. Sie legte sie um ihre Schultern und strich den teuren Stoff glatt.

Sie hatte sich schön gefühlt darin. Mehr noch, *Tariq* hatte sie sich schön fühlen lassen. Und dennoch hatte er sie die ganze Zeit benutzt.

Sie ging zum Fenster und schaute in den Garten hinaus, der jetzt vom orangefarbenen Licht des Sonnenuntergangs durchflutet war. Es war so wunderschön. Ein wunderschöner Garten in einem wunderschönen Land, sicher wert, um jeden Preis für seine Menschen gerettet zu werden? Selbst um den Preis ihres Stolzes?

Und hatte sie ihn nicht auch benutzt? Sie schaute auf ihre Uhr. Bald würde es Zeit sein zu gehen. Nicht nur den Palast zu verlassen, sondern Ma'in. Sie hatte einen Brief an Tariq geschrieben, und alles, was sie jetzt noch tun musste, war die Statue zu verpacken und den Kurier zu beauftragen, beides zu liefern, nachdem sie das Land verlassen hatte.

Es war fast geschafft. Die Zeit lief ab.

„Cara!"

Erschrocken drehte sie sich zu Tariq um. „Bitte, komm mit mir." Er sah sich um, untypisch nervös.

„Ich war gerade dabei zu gehen. Ich muss später heute Abend einen Flug erwischen."

Eine Emotion flackerte in seinen Augen - ob es Wut, Angst oder Verlangen war, konnte sie nicht sagen - aber sie wurde unterdrückt, als er die Lippen zusammenpresste und einfach nickte. „Ich würde gerne ein paar Worte unter vier Augen mit dir sprechen, in meinem Büro, bevor du gehst."

Vermutete er etwas? Nein, er wäre nicht so ruhig, wenn er die Wahrheit wüsste.

Sie gingen zu seinem Büro mit den Fenstern auf allen Seiten, die von außen wie Spiegel aussahen.

„Man kann von hier aus bis in die Unendlichkeit sehen."

Er trat hinter sie und folgte ihrem Blick über die geschäftige Eingangshalle unten, wo sich Besucher und Beamte mischten. Jenseits der Eingangshalle blickten die hohen Fenster auf der einen Seite in die Gärten und weiter aufs Meer, auf der anderen Seite zur Wüste und den fernen Bergen.

„Wir können bis in die Unendlichkeit sehen, und niemand kann uns sehen. Eine private Aussicht."

„Das ist es, was du tust, nicht wahr? Alle beobachten und dich um alle kümmern, um deine ganze Welt, während du abseits bleibst, unbeobachtet, privat... *sicher*."

Er schüttelte den Kopf, ein Lächeln hob seine sonst so strengen Lippen. „Wir kennen uns erst so kurz. Und doch scheinst du mich besser zu kennen als jeder andere."

Sie zuckte mit den Schultern. „Das bezweifle ich. Es sind nur meine Eindrücke."

„*Richtige* Eindrücke. Ich halte mich sicher. Normalerweise. Wenn ich die Dinge kommen sehe, stelle ich sicher, dass ich sicher bin. Aber ich habe *dich* nicht kommen sehen."

Sie sah sich um, aufgeschreckt von seinen Worten.

„Cara, es tut mir leid..."

„Du hast mich benutzt, Tariq. Aber ich verstehe, warum du es getan hast."

Tariq seufzte und griff nach ihr, zog sie an sich. „Es tut mir so leid. Ich hatte keine Wahl. Der Einsatz war zu hoch. Ich musste diese Situation klären. Für mein Volk, für mein Land. Und für mich."

„Es ist okay." Und es *war* auf einer Ebene okay, auch wenn der Schmerz unter dieser rationalen, pragmatischen Ebene weiter anhielt. „Dies ist deine Welt. Du bist ein Teil davon und du musstest sie auf jede mögliche Weise verteidigen. Leider hast du dir eine Frau ausgesucht, die es leid war, benutzt zu werden."

„Wer hat dich benutzt?"

In seinem Gesichtsausdruck lag etwas, als ob er diese

Leute finden und sich um sie kümmern wollte. Er war so sehr der Anführer, der Alpha-Mann, der sich für alles verantwortlich fühlte, was seinen Leuten widerfuhr. Und aus irgendeinem Grund schien er sie jetzt als eine von ihnen zu betrachten.

„Das spielt jetzt keine Rolle mehr."

„Wenn es dir noch wichtig ist, ist es mir auch wichtig. Erzähl es mir."

„Zuerst meine Mutter. Sie hat es nicht böse gemeint, aber sie hat mich gebraucht. Ich war mehr eine Mutter für meine Mutter als eine Tochter. Sie war so begabt und doch so unausgeglichen. Mein Vater war ihr Fels in der Brandung, und wenn er nicht da war, musste ich es sein. Nach seinem Tod hat sie es nicht mehr ausgehalten. Und dann... na ja. Ich schätze, ich habe mir selbst ein Modell geschaffen."

„Ein Muster, das wir durchbrechen können. *Jetzt*. Ich verspreche dir, dass ich dich oder deine Talente nie wieder für irgendeinen Zweck benutzen werde. Glaubst du mir?"

Sie nickte. Sie *glaubte* ihm wirklich. Die Wahrheit lag in seinen Augen. In der Art, wie er ihre Wange mit seinen Daumen streichelte, sie liebkoste, als sei sie ihm wirklich kostbar. „Ja, ich glaube dir."

„Gut. Cara, du musst bleiben."

„Ich kann nicht. Ich muss gehen. Ich habe heute Abend einen Flug nach England gebucht. Ich muss einige Dinge regeln."

„Vergiss das. Ich weiß, wir kennen uns noch nicht lange, aber ich möchte nicht, dass du gehst."

Sie konnte kaum glauben, was sie da hörte. Er war der König seines Landes. So aufrichtig, dass er in den zwei

Jahren seit dem Tod seiner Frau keine einzige Frau seinen Kindern vorgestellt hatte. „Du meinst, du hast noch eine Aufgabe für mich?"

Er lächelte. „Jetzt stellst du dich absichtlich dumm. Du weißt, dass ich das nicht meine."

„Ich muss genau hören, was du meinst."

„Genau? Nun, ich wollte meine wahre Absicht so lange wie möglich verbergen, um dich nicht zu verschrecken. Aber hier kommt es: Ich möchte, dass du mich heiratest, Cara. Ich kann mir ein Leben ohne dich nicht vorstellen. Ich liebe dich und möchte nicht, dass du von meiner Seite weichst. Ich möchte, dass du immer bei mir bist."

„Heiraten?", flüsterte sie.

„Ich will dich heiraten. Ich weiß, wir kennen uns erst kurze Zeit, aber ich brauche keine weitere Zeit um zu wissen, was ich will. Und das bist *du*. Ich will dich nicht hier heiraten, nicht heute. Aber ich möchte, dass du so bald wie möglich nach Ma'in zurückkehrst. Dann werde ich dir mein Land richtig zeigen. Dann wirst du meine Kinder langsam kennenlernen. Dann werde ich dich dazu bringen, mich genauso zu lieben wie ich dich liebe."

Sie schluckte die Welle der Emotionen hinunter, die drohte, jeden verbliebenen Rest ihrer Vernunft zu ertränken. Sie wollte ihm sagen, dass sie ihn bereits liebte. Aber wie konnte sie ihm das sagen, wenn er morgen früh entdecken würde, warum genau sie ihn nicht heiraten konnte. Und... warum er sie nicht wollen würde. Sie musste das beenden. Es konnte nirgendwo hinführen.

„Tariq, ich..."

Er drückte seinen Finger auf ihre Lippen. „Antworte mir noch nicht."

Sie keuchte gegen seinen Finger und schloss die

Augen, während sie versuchte, ihre Erregung bei seiner Berührung zu unterdrücken.

„Nicht", flüsterte er wieder, jetzt näher bei ihr. Sie küsste seinen Finger. Dann zog er ihn weg und ersetzte ihn durch seine Lippen. Aber dies war keine sanfte Berührung, sein Mund eroberte ihren in einem Kuss, der all die Leidenschaft enthielt, die sie in seiner Stimme gehört und in seinen Augen gesehen hatte.

Und sie erwiderte. Sie hatte keine Wahl. Ihre Hände waren an seinem Körper, während ihr Mund und ihre Zunge sich mit seinen verschlangen. Er presste sich gegen sie und sie bewegte sich, passte seine Form der ihren an, öffnete ihre Beine um seine.

Sie bewegten sich rückwärts, bis sie gegen das Glas gepresst war, das den Blick auf die gesamte Eingangshalle freigab, wo Menschen hin und her gingen, in Gruppen redeten, ahnungslos und unfähig zu sehen, was hoch über ihnen geschah.

Ihre Hände griffen den Stoff seines Hemdes und glitten darunter auf seinen Körper, die Muskeln hart und gespannt und stark, während seine Hände ihr Kleid hochschoben, über ihren Po strichen und ihn umfassten, sie zu sich hochzogen. Sie spreizte ihre Beine, schlang sie um seine Hüften, während ihr Geschlecht sich an seiner harten Erektion rieb.

Sie wollte ihn ein letztes Mal in sich spüren. Wollte fühlen, was er sie fühlen lassen konnte. „Tariq. Ich will dich. Aber hier? Was, wenn jemand hereinkommt?"

Tariq brannte vor Lust. „Das würde niemand wagen, Cara. *Niemand.* Es sind nur du und ich. Lass mich dir zeigen, wie sehr ich möchte, dass du bleibst. Lass mich dir zeigen, wie viel du mir bedeutest."

Sie drehte sich in seinen Armen. „Aber da draußen." Sie blickte hinunter auf all die Menschen, die sich zielstrebig bewegten, ahnungslos gegenüber der Szene, die sich über ihnen abspielte.

„Perfekt. Du hast dein Leben privat gelebt, im Schatten. Schau da hinaus."

Sie drehte sich zum Fenster und er schob seine Hand unter ihr Kleid, entkleidete sie, berührte sie. Sie schloss ihre Augen und zitterte unter seiner Berührung. Sie stöhnte und schob ihren Po nach hinten zu ihm, gab seinen Fingern besseren Zugang zu der Stelle, die er berühren wollte. Er öffnete schnell seinen Reißverschluss.

„Öffne deine Augen, Cara. Ich will der Welt zeigen, dass du mir gehörst. Ich *will*, dass du dich exponiert fühlst." Damit hob er sie gegen sich und rieb sich an ihr. Sie war feucht und bereit für ihn. „Du wirst meine Frau sein, meine Königin. *Dies* wird deine Welt sein."

Sie legte ihren Kopf auf ihre Arme, gegen die Glaswand, und griff nach hinten, fühlte ihn, drängte ihn weiter, bot sich ihm an. Er brauchte keine weitere Einladung und drang tief in sie ein, ihr Körper glatt und einladend. Sie schrie auf vor Überraschung bei einem sofortigen Orgasmus, der ihn zu noch härteren Stößen antrieb.

Ihr Keuchen, ihr Wimmern, ihr Stöhnen wurde lauter und dann rief sie seinen Namen, fiel gegen das Stahlgeländer, das um das Fenster lief, brauchte dessen Unterstützung, während er weiterstieß, bis seine Welt weiß wurde und er in sie kam, seinen Samen pumpte, sicherstellte, dass sie ihn in ihrem Zentrum empfing.

Langsam wurde ihm die Welt um ihn herum wieder bewusst. Er konnte die Kraft seines Orgasmus kaum fassen, ihre Macht über ihn. Er zog sich aus ihr zurück und hielt sie in seinen Armen, drehte sie zu sich. Sie füllte sein Blickfeld aus. Die Welt lag ihm zu Füßen, aber alles, was er sehen konnte, war sie.

Er zog sie fest an sich, küsste ihr Haar, das nach Aprikosen duftete. Er küsste ihren Nacken und stöhnte, als er spürte, wie er bei ihrem Geruch und ihrer Berührung erneut erregt wurde. Alles an ihr war wie ein Aphrodisiakum für ihn. Er konnte nicht genug bekommen. Er bezweifelte, dass er *jemals* genug bekommen würde. „Sag mir, was du denkst.“

Sie öffnete den Mund, aber zunächst kamen keine Worte heraus. Dann drehte sie sich um und flüsterte etwas.

„Was hast du gesagt?“ Er hatte es gehört, wollte aber, dass sie es lauter sagte.

„Dass ich es *liebe*… mit dir zu schlafen.“

„Ich habe noch nie jemanden wie dich gekannt, Cara. Du bist so ehrlich, so direkt. Die meisten Menschen wollen etwas von mir, aber du? Vielleicht willst du auch etwas.“ Er lächelte. „Aber was du willst, ist etwas, das ich geben möchte. Diese Ehrlichkeit ist ungewöhnlich in meiner Welt, Cara, und ich schätze sie.“

Sie zog sich zurück, eine Falte über ihren grünen Augen. „Niemand ist perfekt. Am allerwenigsten ich. Jeder hat eine Vergangenheit, auch ich.“

Er lächelte, aber sie nicht. „Sogar du, Cara?“ Er suchte in ihrem Gesicht, lächelnd, und versuchte den plötzlichen Ernst zu verstehen. „Natürlich hast du eine Vergangenheit. Niemand kommt fertig geformt zur Welt, aber ich vertraue dir, vertraue deiner Unschuld, deiner Ehrlichkeit, wie ich noch nie jemandem vertraut habe.“

„Tariq, ich-"

Er brachte sie mit einem Kuss zum Schweigen. „Versuch nicht, mir das Gegenteil zu beweisen, Cara, denn ich werde dir nicht glauben." Er verstand nicht, wohin ihre Gedanken führten, aber er wusste, wie er sie zu sich zurückholen konnte.

„Tariq" - sie zog sich zurück - „ich muss gehen."

„Ich will nicht, dass du gehst."

„Ich muss. Mein Flugzeug geht später heute Abend."

„Ich lasse dich nur gehen, wenn du versprichst zurückzukommen. Ich meinte es ernst damit, dass wir heiraten sollten."

Sie biss sich auf die Lippe und die Sorgenfalte kehrte zurück. Warum antwortete sie nicht?

„Wirst du?"

Sie rückte weg und mied seinen Blick. „Dich heiraten? Du kennst mich kaum. Außerdem", stammelte sie, „du bist der König, ich bin... niemand."

„Sag das nie! Cara, hör mir zu. Als ich das erste Mal heiratete, war es nicht aus Liebe; es war eine arrangierte Ehe mit einer Frau, die meine Familie für ‚geeignet' hielt. Ich habe meine Frau nie geliebt, ich habe sie wegen ihrer Entscheidungen kaum respektiert, aber sie war eine gute Mutter für meine Kinder und jetzt ist sie tot. Ich hatte nicht vor, wieder zu heiraten, aber dann sah ich dich und nach und nach habe ich mich in dich verliebt. Anfangs habe ich es nicht einmal bemerkt. Du bist mir unter die Haut gegangen, hast meine Abwehr durchbrochen, ohne dass ich es gemerkt habe. Cara, ich möchte, dass du mich heiratest. Willst du?"

„Tariq, nein... ich..." Sie sah ihm in die Augen, aber der Ausdruck, den er dort sah, beruhigte ihn nicht. „Nein. Ich kann nicht. Es gibt so viele Gründe, warum ich nicht kann."

„Heirate mich, Cara. Vergiss, wer ich bin, vergiss die Welt, in der ich lebe. Ich bin nur ein Mann, der sich in eine Frau verliebt hat, von deren Existenz er nicht einmal wusste. Ich kann nicht glauben, dass ich dich gefunden habe, und ich kann ohne dich nicht leben. Sieh mich an, Cara."

Aber sie starrte weiter in den fernen Himmel.

„Heirate mich", wiederholte er, jetzt eher fordernd als bittend, während Verzweiflung und Angst an seiner Gewissheit nagten.

„Ich kann nicht, Tariq."

„Wenn du aus England zurückkommst, werden wir uns Zeit lassen. Ich werde um dich werben, dir den Hof machen, wenn du möchtest. Mir ist klar, dass wir uns noch nicht lange kennen. Wir werden Zeit miteinander verbringen, uns besser kennenlernen."

„Ich kann nicht", wiederholte sie.

Er konnte kaum glauben, was er da hörte. „Cara, was muss ich sagen, damit du es verstehst? Spürst du nicht, wie perfekt unsere Körper zueinander passen, wie unsere Gedanken und Gefühle so vollkommen verschmelzen? Wir gehören zusammen."

„Tariq, ich kann dich nicht heiraten. So einfach ist das."

„Okay. Ich verstehe. Wir kennen uns noch nicht lange. Nur weil ich mir sicher bin, heißt das nicht, dass du es auch bist. Ich gebe dir Zeit."

„Nein. Du hörst mir nicht zu, Tariq."

„Ich weiß, unsere Kulturen sind verschieden. Du bist aus England und ich bin aus Ma'in, aber-"

„Tariq! Ich *kann* dich nicht heiraten, nicht ich *will* nicht!“

Ihm wurde übel, als die Erkenntnis dämmerte. Er zog seine Hände zurück. „Sag mir warum.“

Sie leckte sich über die trockenen Lippen. „Ich bin bereits verheiratet.“

KAPITEL 12

Tariq zuckte von ihr weg und fuhr sich mit den Händen durch die Haare, während er den Kopf schüttelte.

„Tariq! Es tut mir leid. Es ist nicht so, wie es aussieht."

Sie streckte ihre Hand nach ihm aus, aber er sprang bei ihrer Berührung auf und ging weg.

„Tariq! Sieh mich an. Sprich mit mir."

„Du *verlangst* von mir, dass ich mit dir spreche? Du wirfst mir vor, dass ich dir nicht vertraue? Und dabei bist du die ganze Zeit *verheiratet?*" Er schüttelte den Kopf, der Schmerz in seinen Augen schnitt ihr bis auf die Knochen. „Du bist unglaublich."

„Ich bin nur verheiratet, weil ich noch keine Scheidung bekommen konnte. Ich bin nur dem Namen nach verheiratet. Das ist seit über einem Jahr so."

Aber immer noch füllte der Ausdruck von Schmerz und Unverständnis sein Gesicht. Tränen stiegen ihr in die Augen. „Tariq!", schluchzte sie halb. „Du musst mir glauben, es ist vorbei, bis auf den Namen." Er wandte sich von ihr ab. „Ein Stück Papier, mehr ist es nicht!"

Er ging ins Bad und schloss die Tür hinter sich.

„Tariq", rief sie durch die Tür. „Lass mich erklären. Lass mich dir alles erzählen." Sie klopfte an die Badezimmertür. Es kam keine Antwort. Sie versuchte die Klinke und die Tür öffnete sich. Er hatte nicht abgeschlossen. Sie ging hinein. Er lehnte am Waschbecken, die Hände fest um den Rand geklammert, den Kopf gesenkt. Sie trat hinter ihn und legte zögernd eine Hand auf seine Schulter. „Tariq, lass mich erklären."

Er schaute im Spiegel zu ihr auf. „Ich brauche keine Erklärung. Was ich brauche, Cara, ist, dass du gehst. Du hast einen Flug zu erreichen, erinnerst du dich?"

„Ich erinnere mich. Aber wir sollten zuerst reden."

Er grunzte. „Ich denke nicht." Und ging zurück in sein Büro. Sie folgte ihm. Sie musste zu ihm durchdringen. Sie näherte sich vorsichtig und legte eine Hand auf seinen Arm. Er schaute nur auf ihre Hand, bis sie sie wegnahm. Er nahm sein Handy und begann durch seine E-Mails zu scrollen.

„Tariq! Ich kann dich nicht so zurücklassen!"

Er drehte sich zum ersten Mal vollständig zu ihr um, Wut strömte in Wellen von ihm aus. „Warum kannst du nicht? Es ist vorbei. Du hast bekommen, was du von mir wolltest - was auch immer das war - und jetzt ist es Zeit für dich zu gehen. Das war doch dein Plan, oder? Jetzt musst du zu deinem Ehemann zurück."

„So ist es nicht."

„Wie ist es dann?"

„Er hat mich aus einem einzigen Grund geheiratet. Um mich zu benutzen."

„Wie hat er dich benutzt?"

Sollte sie es ihm jetzt sagen? Was, wenn er ihre Unschuld nicht glaubte? „Er...", schluchzte sie halb, „Ich..."

„Spar dir die Mühe. Es interessiert mich nicht. Das Einzige, was mich neugierig macht, ist, wie die Frau, der ich so nahe gekommen bin, mich so gut täuschen konnte." Er seufzte und fuhr sich mit den Fingern durchs Haar.

„Ich-"

Er hob die Hand. „Und du kannst mir die Antwort nicht geben. Es ist meine Schuld. Ich habe meine Deckung fallen lassen. *Dumm.*"

Sie bewegte ihre Hände, die danach schmerzten, ihn zu halten, ihn dazu zu bringen, ihr zuzuhören. Aber es gab keine Möglichkeit, einen Mann wie Tariq zu irgendetwas zu zwingen. „Es tut mir leid, Tariq. Ich hätte es dir wohl vorher sagen sollen."

Er erstarrte, sah sie immer noch nicht an. „Du meinst wohl?"

Sie zuckte mit den Schultern. „Es war nie Thema. Ich meine, wann hätte ich es dir sagen sollen?"

Er drehte sich langsam zu ihr um und sah sie mit Augen an, die sie nicht wiedererkannte - sie waren kalt, hart, verschlossen. „Du weißt nicht, wann du es mir hättest sagen sollen? Wie wäre es gewesen, bevor ich dich küsste? Oder sogar nachdem ich dich geküsst hatte? Selbst wenn dir das nichts bedeutet hat, hättest du es mir vielleicht sagen sollen, bevor wir miteinander geschlafen haben, meinst du nicht?"

„Du hast Recht, natürlich hast du Recht. Aber es ist nicht so einfach. Es gibt... andere Dinge, die es kompliziert machen."

„Und was ist so kompliziert an einer Ehe? Es ist

einfach. Du bist eine Ehefrau. Du hast einen Ehemann. Du solltest diesem Ehemann treu sein. *Das*, Cara, bedeutet Ehe für mich. Aber offensichtlich nicht für dich."

Sie wich zurück, hasste die Bitterkeit in seiner Stimme, hasste die Wut und den Schmerz in seinen Augen und am meisten hasste sie, dass sie seine Vorwürfe nicht abwehren konnte.

„Ich war deine Angestellte. Ich hatte keine Ahnung, dass sich die Dinge so entwickeln würden!"

„Entwickeln? Wir haben uns ineinander verliebt. Du wusstest, dass meine Frau vor zwei Jahren gestorben ist, und ich ging davon aus, dass du Single bist. Du hast nie etwas anderes angedeutet. Du hast zugestimmt, dass du ‚niemand Besonderen' hast."

„Und das habe ich auch nicht. Hör mir zu, Tariq. Ich bin nur auf dem Papier verheiratet."

Tariqs Lachen war bitter. Er drehte sich wieder zu ihr um. „‚Nur auf dem Papier'. Und was genau soll das bedeuten? *Ich* war nur auf dem Papier verheiratet. Eine Ehe ist eine Ehe. Man unterschreibt ein Dokument und ist offiziell verheiratet. Und wenn man verheiratet ist, hat man *keinen* Sex mit anderen Menschen. *Das* ist illoyal. Das ist *nicht* akzeptabel."

„Hey, erzähl mir nicht, was richtig und was falsch ist. Du kennst nicht die ganze Geschichte."

„Die ganze Geschichte, die du mir nicht erzählen willst, meinst du?" Er stand über ihr, ein zuckender Muskel in seinem Kiefer verriet den Kampf, der sich in seinen Augen zeigte. Er war ihr jetzt nahe, und sie beobachtete, wie sich der Ausdruck in seinen Augen von Bitterkeit zu einem spürbaren Schmerz wandelte.

„Es tut mir so leid, Tariq. Dich zu verletzen ist das Letzte, was ich will. Mit dir zusammen zu sein, war das Wichtigste in meinem Leben."

„Dann erzähl mir alles."

„Ich kann nicht. Ich kann einfach nicht. Noch nicht. Es ist kompliziert." Sie zögerte. „Du wirst es bald erfahren."

„Du vertraust mir damit nicht?"

„Das ist es nicht-"

„Du vertraust mir nicht?", wiederholte er.

„Ich *kann* dir nicht vertrauen."

„Dann ist genug gesagt." Er trat wieder zurück. „Meine Kinder wollten sich von dir verabschieden. Ich werde das erlauben, weil ich nicht will, dass sie durch dein Nichterscheinen verletzt werden. Geh jetzt zu ihnen, und danach wird ein Fahrer dich hinbringen, wohin du auch willst."

Er schloss die Tür mit einer Bedachtsamkeit, die ihr einen eisigen Schauer ins Herz jagte. Eine plötzliche Welle der Wut überkam sie und sie schlug mit den Handflächen gegen die Tür. Sie wollte sie öffnen und ihm nachrufen. Aber wie schrie man jemandem nach, dass man seinen Ehemann nie geliebt hatte? Wie schrie man, dass man *ihn*, Tariq, liebte? Wie sollte sie ihm zurufen, dass sie es ihm nicht sagen konnte, weil Tariq sie nicht mehr wollen würde, sobald er ihre Geheimnisse kannte?

Sobald Cara das Familienwohnzimmer betrat, setzte ihr Herz aus. Mit dem Rücken zu ihr, vom Licht umrissen, stand Tariq. Dann hörte sie die Kinder lachen, und die Silhouette bewegte sich und wandte sich ihr mit einem einladenden Lächeln zu. Es war nicht Tariq. Nur jemand, der ihm ähnlich sah.

Sie musste geschockt ausgesehen haben, denn der

Mann kam mit besorgtem Blick auf sie zu. „Geht es dir gut?"

„Ja, klar. Tut mir leid, ich hatte nur niemanden außer den Kindern erwartet."

„Die auch nicht." Er grinste und streckte ihr seine Hand entgegen. „Ich bin Sahmir, Tariqs jüngster Bruder, und du musst Cara sein, von der ich schon so viel gehört habe."

„Ja." Sie schüttelte seine Hand. „Tariq sagte, du wärst in Paris."

„Ja. Ich bin früher zurück als geplant."

„Hattest du eine gute Reise?", fragte sie höflich und versuchte verzweifelt, sich etwas einfallen zu lassen, was sie zu Ma'ins glamourösem Prinzen sagen könnte, während sie nur an Tariq denken konnte.

Er verzog das Gesicht. „Sagen wir mal ‚interessant'? Möchtest du etwas trinken?"

„Ja, bitte. Ein Kaffee wäre toll."

Er goss zwei Kaffee ein und kam zurück zum Tisch.

„Onkel Sahmir! Komm zurück und spiel mit uns."

„Später! Wo sind eure Manieren?" Aber sein Ton war leicht.

„Bitte, lass dich von mir nicht davon abhalten, mit deinen Nichten und deinem Neffen zu spielen."

„Ich spiele später mit ihnen. Außerdem habe ich nicht oft die Gelegenheit, mich mit einer Frau zu unterhalten, die Tariq seinen Kindern vorgestellt hat."

Cara senkte den Blick und nahm einen Schluck von dem heißen, schwarzen Kaffee. Sie fühlte sich erschöpft, ausgelaugt und hatte keine Lust auf ein Kreuzverhör von Tariqs Bruder.

„Ich glaube, Sie haben mich eingestellt, Eure Königliche Hoheit."

„Nenn mich Sahmir. Und ja, das habe ich. Ich muss zugeben, ich bin deiner Stimme in der Schokoladenwerbung verfallen. Und..."

„Und du hast dir vorgestellt, ich wäre eine Femme fatale, die deinen Bruder ein paar Wochen lang unterhalten würde." Sie nahm noch einen Schluck und beobachtete Sahmir durch amüsiert zusammengekniffene Augen. „Ihm eine kleine Ablenkung von der Arbeit verschaffen."

„Ähm, sieht aus, als könntest du direkt durch mich hindurchsehen. Aber ich muss sagen" – er lehnte sich vor und stützte die Arme auf seine Knie, während er sie entwaffnend angrinste – „mein Plan scheint funktioniert zu haben."

Sie öffnete den Mund, versucht, diesem Fremden alles anzuvertrauen. Aber er war Tariqs Bruder. Sie biss sich auf die Lippe. „Ich reise in ein paar Stunden ab."

Er hob überrascht die Augenbrauen. „Ah, also hat es vielleicht doch nicht so gut funktioniert wie ich dachte. Schade. Also... wohin geht's?"

„Nach England."

„Zum Urlaub?"

„Nur eine Woche oder so, um ein paar lose Enden zu verknüpfen, und dann ziehe ich nach Italien."

Er presste bedauernd die Lippen zusammen. „Das ist *wirklich* schade."

Sie zuckte mit den Schultern und versuchte, lässig zu wirken. Sie war sich sicher, dass es nicht überzeugend war. So gut konnte sie nicht schauspielern. „Nein, ist es nicht. Es gibt nichts, was mich hier hält."

Er stand auf. „Nicht einmal Tariq?"

Sie erhob sich ebenfalls. „Besonders nicht Tariq."

Genau in diesem Moment sahen die Kinder sie durch die offenen Flügeltüren. „Cara!"

Sahmir pfiff leise und schaute von Cara zu den Kindern. „Ihr seid per du mit Tariqs Kindern?" Er beobachtete interessiert, wie Eshal zu Cara watschelte und sich an ihr Bein klammerte, während Cara ihren Kopf streichelte. „Mehr als nur per du mit Eshal!" Er lachte und nahm das Mädchen auf den Arm, wirbelte sie herum, bis sie vor Lachen quietschte.

Als die Kinder erfolgreich abgelenkt waren, nutzte Cara die Gelegenheit, die Frage zu stellen, deren Antwort sie am meisten interessierte.

„Hast du Tariq in der letzten Stunde gesehen?" Sie hatte versucht, ihre Stimme beiläufig klingen zu lassen, als wäre es nur eine höfliche Nachfrage, aber nach Sahmirs Lächeln zu urteilen, war ihr das nicht gelungen. „Geht es... geht es ihm gut?"

„Nicht dass ich neugierig sein will", er zuckte mit den Schultern, „obwohl ich es wahrscheinlich bin, aber warum denkst du, dass es Tariq nicht gut gehen könnte?", fragte er.

„Nur so gedacht."

„In Ordnung. Du bist genauso diskret wie Tariq, ich verstehe schon. Auch wenn deine Augen mehr verraten als seine. Jedenfalls weiß ich nicht, wie es ihm geht. Ich habe ihn noch nicht gesehen. Ich schiebe den bösen Moment auf, in dem ich ihm eine... eine Dame vorstellen muss, die bei mir ist."

„Deine Verlobte? Tariq hat mir erzählt, dass du dich bei deiner Rückkehr verloben würdest."

„*Er* hat dir das erzählt?“

„Tut mir leid, ich hätte nicht daran denken sollen. Das ist sicher privat, Familiensache. Er hat es nur beiläufig erwähnt.“

„Schon okay. Es ist nur, dass Tariq selten über Familienangelegenheiten mit jemandem außerhalb der Familie spricht. Er muss dir vertraut haben.“

Sie zuckte mit den Schultern und versuchte, den Schmerz über das missverstandene Kompliment zu verbergen.

„Wo ist sie denn? Deine Verlobte?“

„Sie ist nicht wirklich meine Verlobte. Sie macht sich frisch. Sie hatte eine höllische Woche und ruht sich aus, bevor sie auch noch meines Bruders Missfallen ertragen muss.“

Jetzt war es an Cara, verwirrt zu sein. „Warum sollte Tariq damit unzufrieden sein, deine zukünftige Verlobte kennenzulernen? Er hat sie doch erwartet.“

„Die Dame, die bei mir ist, ist nicht die Frau, die ich eigentlich heiraten sollte.“

„Oh!“ Anscheinend war Tariqs Bruder ganz anders als Tariq. „Und Tariq weiß das noch nicht?“

Sahmir grinste verlegen und reumütig. „Nein, noch nicht. Er scheint spurlos verschwunden zu sein. Nicht einmal Aarif weiß, wo er ist.“ Er hob eine Augenbraue. „Hast du eine Ahnung?“

Sie schüttelte den Kopf.

„Irgendeine Ahnung, wie seine Stimmung ist?“

Jetzt war sie es, die das Gesicht verzog. „Keine gute, fürchte ich.“

„Oh. Du auch?“

Sie nickte. „Es war meine Schuld. Ich habe es versäumt, ihm etwas Wichtiges zu sagen."

„Kann nicht so wichtig gewesen sein."

„Oh doch, das war es." Sie wollte diesem Fremden alles erzählen, was sie Tariq nicht sagen konnte. Es war lächerlich. Was würde es bringen? Sie würde bald weg sein und ihre Zeit mit Tariq würde nur ein Traum bleiben. Aber... sie wollte nicht, dass es ein Traum blieb.

„Du kannst es mir ruhig erzählen, weißt du. Ich bin der extrovertierte Bruder; Tariq ist der introvertierte und Daidan? Nun, nur Allah weiß, was Daidan ist."

„Er ist in Finnland, habe ich gehört?"

„Ja. Im kalten, verschneiten Norden, diamantenschürfend. Er ist sogar noch schlimmer als Tariq, wenn es um emotionale Dinge geht." Er lehnte sich vor. „Also erzähl mir, was du ihm hättest sagen sollen. Vielleicht kann ich helfen."

„Danke, aber nichts kann helfen. Ich bin verheiratet, verstehst du. Mit einem Mann, der mich nicht liebt und den ich nicht liebe. Wir sind seit über einem Jahr nicht mehr ‚zusammen'. Und ich wusste zeitweise nicht einmal, wo er war, sodass ich mich nicht scheiden lassen konnte."

„Und das hast du Tariq erzählt?"

„Einen Teil davon, aber er wollte nicht zuhören."

„Natürlich würde er das nicht." Sie wartete darauf, dass er fortfuhr, aber er wirkte plötzlich abgelenkt. „Hör zu, ich muss noch ein paar Dinge regeln. Hoffentlich sehen wir uns später." Er stand auf und küsste ihre Hand. „War schön, dich kennenzulernen, Cara. Ich hoffe, wir sehen uns wieder."

Bevor Cara ihm sagen konnte, dass sie abreisen und

ihn nicht wiedersehen würde, war er schon verschwunden.

Der Abschied von den Kindern fiel ihr schwerer als gedacht. Trotz der wenigen Male, die sie sie gesehen hatte, waren sie ihr ans Herz gewachsen. Besonders von Gadiel war es schwer sich zu verabschieden. Er wollte wissen, wann er sie wiedersehen würde. Nur das rechtzeitige Erscheinen seiner Krankenschwester hatte sie gerettet.

Als sie durch die Palastvorhalle ging, wurde ihr klar, dass sie Tariq nie wiedersehen würde. Bis morgen früh wäre sie weg und er hätte das Kurierpaket mit der Statue geöffnet, die ihm alles erklären würde. Sie blickte sich in der prunkvollen Umgebung um und merkte überrascht, dass sie nichts mehr von der Ehrfurcht verspürte, die sie beim ersten Betreten des Palastes empfunden hatte. Vielmehr teilte sie Tariqs Gefühl, dass der Preis dafür zu hoch gewesen war.

Schließlich schaute sie hinauf zu den milchigen Fenstern seines Büros. Vor wenigen Stunden war sie noch dort oben gewesen. Sie ging weiter, fest entschlossen, diese Zeit noch nicht wieder durchzuleben. Das würde sie sich für später aufheben.

Die gleichen Wachen, die ihr zuvor den Zutritt verwehren wollten, nickten ihr nun respektvoll zu, als sie das Gebäude verließ. Sofort kam ein Fahrer auf sie zu und geleitete sie zu einem Wagen mit getönten Scheiben, der unter dem schattigen Portikus am Fuß der Treppe wartete. Nur das Beste für sie, dachte sie spöttisch.

Sie stieg ein und fand sich Auge in Auge mit Tariq wieder, erschrocken presste sie sich in den Sitz zurück. „Tariq!"

„Tut mir leid, wenn ich dich erschreckt habe."

„Was machst du hier?"

„Ich wollte ein paar Worte unter vier Augen mit dir sprechen." Er wandte sich zur Gegensprechanlage und gab dem Fahrer Bescheid. „Fahren Sie uns zu Frau Devlins Apartment." Er nannte die Adresse. Dann lehnte er sich zurück und beobachtete sie kühl.

„Hör zu, Tariq, wenn du gekommen bist, um mich wieder anzufahren, vergiss es. Was geschehen ist, ist geschehen und-"

„Ich weiß-"

„Es gibt nichts..." Sie drehte ruckartig den Kopf zu ihm. „Du weißt? *Was* weißt du?"

„Dass man an der Vergangenheit nichts ändern kann. Man hat mir unmissverständlich klargemacht, dass du die richtige Frau für mich bist und ich dich nicht gehen lassen darf. Verheiratet oder nicht."

„Was?" Cara schnappte nach Luft. „Wer hat dir das gesagt?"

„Mein kleiner Bruder. Er war schon immer, sagen wir mal, geschickter in Herzensangelegenheiten."

„Sahmir hat dir das gesagt?" Sie erinnerte sich an sein plötzliches Verschwinden. „Ah."

„Du hast offensichtlich einen bleibenden Eindruck hinterlassen."

„Das wäre das erste Mal."

„Mein Bruder ist ein Kenner der Frauen und als solcher ein sehr guter Menschenkenner. Eine Eigenschaft, die er lieber für sich behält. Und er hat Recht. Du bist die richtige Frau für mich. Aber sein Rat war gar nicht nötig. Ich war schon auf dem Weg zu dir."

Schuldgefühle überfluteten Cara. „Tariq, ich muss dir

etwas sagen."

„Nein, musst du nicht. Ich weiß jetzt alles, was es zu wissen gibt. Ich möchte dir nur sagen, dass es mir leid tut, wie ich mich verhalten habe. Ich wurde überrascht. Und ich bin nicht gut mit Überraschungen."

„Es tut mir so leid, Tariq. Ich hätte nie gedacht, dass sich unsere Beziehung so entwickeln würde. Du musst wissen, dass es triftige Gründe gab, warum ich dir nichts von meiner Ehe erzählt habe. Wenn du mich in einem Monat fragst, ob ich verheiratet bin, wird die Antwort ‚nein' lauten. Ich würde dir sagen, dass ich verheiratet *war*, aber jetzt geschieden bin. Und zwar glücklich geschieden. Aber während wir als Mann und Frau zusammenlebten, war ich nie untreu, weder in Gedanken noch in Taten."

Er nickte. „Und du kommst zurück, wenn du deine Angelegenheiten in England erledigt hast? Wenn du geschieden bist?"

Sie wusste, dass Tariq bis dahin die ganze Geschichte entdeckt haben und sie sowieso nicht mehr wollen würde. „Wenn du es dann noch willst, ja." Das war wenigstens die Wahrheit.

„Gut. Ich will es jetzt. Und nichts wird mich davon abbringen."

Er zog sie zu sich für einen Kuss, der als Versöhnung gedacht war, aber sich in etwas viel Leidenschaftlicheres verwandelte. Es schien, als würden ihre Körper jedes Mal, wenn sie sich nahe kamen, mehr voneinander verlangen. Aber jetzt war weder die Zeit noch der Ort dafür.

Das Auto hielt noch während ihres Kusses. Tariq war es, der sich zuerst zurückzog. „Wir sind da."

„Hier?", wiederholte sie, zunächst unfähig sich zu erinnern, wo ‚hier' war. Dann fiel es ihr wieder ein. Ihr Apartment. Plötzlich hatte sie die Statue vor Augen, die noch immer auf ihrer Fensterbank stand.

„Ich kann mit hochkommen, wenn du Zeit hast?"

Sie schüttelte den Kopf und senkte den Blick, um ihre Panik zu verbergen. Er glaubte, alles über sie zu wissen, was er wissen musste. Da irrte er sich. Wenn er jetzt mit hochkäme, bestünde die Gefahr, dass er die Statue sehen würde, und er würde ihr nie glauben, dass sie deren Rückgabe an ihn veranlasst hatte, wenn er sie jetzt oben fände.

„Tut mir leid. Ich muss noch fertig packen."

Er lehnte seine Stirn an ihre, seine Hand streichelte ihre Wange. „Ich will nicht, dass du gehst."

„Und ich will nicht gehen. Aber ich muss einige Dinge in England regeln und dann, wenn du willst, dass ich zu dir komme, ruf mich an."

„Ich will, dass du kommst. Du brauchst doch wohl keinen weiteren Beweis?"

„Doch." Sie wandte sich ab und stieg aus der vom Chauffeur geöffneten Tür. Sie beugte sich noch einmal ins Auto, ein letztes Mal, um sich das Gesicht, das sie so lieben gelernt hatte, in ihr Gedächtnis einzuprägen, damit sie es nie vergessen würde. Die dunklen Augen, die normalerweise so undurchdringlich waren, bei ihr aber so offen, so ausdrucksvoll, genau wie jetzt, und seine Lippen, Lippen, die es verstanden, ihren Körper zu Höhen zu treiben, die sie nie zuvor erlebt hatte... und nie wieder erleben würde. „Auf Wiedersehen, Tariq. Und danke."

Er wollte gerade etwas sagen, als sie sich umdrehte und ins Gebäude rannte, weil sie sich nicht traute zu bleiben. Die kühle Klimaanlage war willkommen, während heiße Tränen über ihr Gesicht liefen. Sie betrat einen der wartenden Aufzüge, ohne mit dem Concierge zu sprechen. Sie lehnte sich gegen die Wand, tippte den Code ein, der sie direkt in ihr Apartment bringen würde, und schluchzte über ein verpfuschtes Leben. Es fühlte sich an, als wäre sie ihr ganzes Leben lang in einem Zug gesessen, unaufhaltsam vorwärts stürmend, endlos eine falsche Entscheidung nach der anderen treffend, bis sie hier landete – mit der Chance auf Liebe mit einem guten Mann in einem Land, das sie vergötterte, nur damit alles zu Staub zerfiel.

Der Aufzug hielt in ihrem Vestibül und sie durchquerte den kleinen, eleganten Raum und betrat das Wohnzimmer. Alles, was noch übrig war, waren ihre offenen Koffer und eine Statue, die auf der tiefen Fensterbank stand, sich vor dem strahlend blauen Himmel abzeichnend.

Sie warf die letzten Sachen in ihren Koffer, schloss ihn und justierte dann die Position der Statue auf der Fensterbank – das einzige, was noch im Raum war. Dies war ihre letzte Aufgabe: die Statue zu verpacken und sie zusammen mit einem Brief, an dem sie lange gearbeitet hatte, per Kurier an Tariq zu schicken. Wenn er sie erhielt, wäre sie längst fort.

Dann hörte sie das Ping des Aufzugs und ihr Herz blieb stehen. Sie konnte sich nicht bewegen, als sich die Aufzugtüren öffneten und Tariq dem Concierge dankte, ins Vestibül trat und durch die offene Tür zu ihr kam, wo sie wie angewurzelt stand.

Das Lächeln, das zunächst auf seinem Gesicht erschien, gefror und verschwand schockiert, als er die Statue sah.

„Was zum...?" Er ging hinüber, berührte sie und schüttelte den Kopf, während er erst sie und dann wieder die Statue ansah. „Cara?" Sie unterdrückte ein Schluchzen, als sie den Ausdruck völliger Verzweiflung in seinem Gesicht sah. „Sag mir, was macht sie hier?"

Sie schluckte. „Mein Ehemann..." Sie räusperte sich. „Mein Ehemann, Piers... er... hat sie gestohlen."

„Dein... *Ehemann*." Er spuckte den Namen förmlich aus. „Cara, wenn du versuchst, mich zu zerstören, dann gelingt es dir. War mein Herz nicht genug?" Er hob die Statue auf. „Tausende Jahre alt. Ein Teil meines Erbes. Ein Erbe, das du und dein Ehemann zu stehlen versuchtet, als ihr nach Ma'in kamt. Mein Herz, Cara, und meine Identität. Du willst beides haben, was ich so sehr zu schützen versuchte."

„Ich wollte dir die Statue zurückgeben. Das musst du mir glauben."

„Muss ich das?"

Wäre sein Gesicht voller Wut statt Verzweiflung gewesen, hätte sie es vielleicht besser verkraftet. Sie kramte in ihrer Handtasche nach dem Brief, den sie ihm geschrieben hatte. Sie zog ihn heraus und reichte ihn ihm. „Hier, lies ihn. Siehst du den Umschlag? Ich wollte ihn gerade einpacken und dir schicken. Ich konnte es dir vorher nicht sagen, weil ich Angst hatte. Angst, dass du mir nicht glaubst. Angst, dass du mich ins Gefängnis stecken würdest."

„Du bist eine Verräterin an diesem Land und an mir. Cara, ich will dich nie wiedersehen. Ich werde Aarif beauftragen, dich aus dem Land zu eskortieren, um sicherzustellen, dass du gehst."

Er nahm die Statue, ohne den Erklärungsbrief aus ihrer Hand entgegenzunehmen, und ging zurück zum

Aufzug, der sich sofort für ihn öffnete. Cara hätte nicht sagen können, ob er sich umdrehte, als sich die Türen hinter ihm schlossen, für einen letzten Blick auf die Frau, der er sein Herz geschenkt hatte und die alles verraten hatte, was ihm lieb und teuer war. Sie hätte es nicht sagen können, weil sich der Raum zu drehen begann und alles schwarz wurde.

KAPITEL 13

Zwei Monate später. Norfolk, England.

Es war Caras liebste Tageszeit. Sie streckte ihre Füße aus und legte sie auf den wackligen Tisch neben den Geranien. Sie hatte den ganzen Tag am Computer gesessen, und es tat gut, draußen auf dem kleinen Balkon ihrer Wohnung zu sitzen, der über dem Laden unten hervorragte, und sich zu entspannen.

Trotz ihrer Arbeit hatte sie sich nicht einsam gefühlt. Die geschäftige Bäckerei, über der sie arbeitete und lebte, versorgte sie bei Bedarf mit Gesellschaft in Form ihrer ältesten Freundin, köstlichen Gebäckstücken, die sie definitiv nicht hätte naschen sollen, und vor allem mit dem Gefühl, Teil einer Familie zu sein. Auch wenn sie es nicht war.

Sie lehnte ihre Arme auf das schwarz gestrichene Schmiedeeisen des Geländers und spähte auf die belebte Straße hinunter. Das Dorf war ruhiger als sonst. Es war mitten in der Woche und mit dem dunklen Himmel im

Süden, der Gewitter versprach, waren nur wenige Touristen unterwegs.

Vom Balkon aus konnte Cara die riesigen Tore sehen, hinter denen die Überreste des Klosters lagen. Die Bäume bewegten sich kaum in der heißen, schwülen, stillen Luft. Es lag eine Erwartung in der Luft. Sie erschauderte, aber nicht wegen der alten Beklemmung, die Gewitter ihr früher bereitet hatten - die war verschwunden.

Die letzten Monate waren hektisch gewesen: die Gründung ihres neuen Internet-Übersetzungsunternehmens, die Eingewöhnung in ein Dorf, das sie nur ein wenig von ihren Besuchen im Haus ihrer Großmutter kannte, und nicht zuletzt die Scheidung.

Sie winkte dem Besitzer des Lebensmittelladens gegenüber zu, der seine gestreifte Leinenmarkise einrollte, um für den Tag zu schließen. „Genieß die letzten Sonnenstrahlen", rief er. „Sieht aus, als würde es bald schütten."

„Das werde ich", rief sie zurück. „Und danke für die Äpfel!"

„Gerne! Einen schönen Abend noch!" Und schon war er weg.

Trotz der Regendrohung stand Cara auf und schaute die Straße hinunter, erst in die eine, dann in die andere Richtung. Halb sechs und die Geschäfte waren jetzt alle geschlossen, nur das dumpfe Dröhnen der Musik aus dem Restaurant zwei Türen weiter war zu hören. Die Luft schien ungewöhnlich atemlos und schwer. Trotz der Regendrohung - oder vielleicht gerade deswegen - dachte sie, sie würde trotzdem spazieren gehen.

Da die großen Eingangstore nun für den Tag geschlossen waren, schlüpfte Cara durch ein kleines Tor an der Rückseite des Klosters in das Abteigelände, das von Einheimischen genutzt und von überwucherten Bäumen und Büschen vor neugierigen Blicken verborgen wurde. Sie ging unter dem kaum bewegten Blätterdach der mächtigen Eichen in Richtung der aufragenden Weite des östlichen Fensters der Abtei - den einzigen erhaltenen Überresten des augustinischen Klosters. Sie ging darüber hinaus bis dorthin, wo der Abteiwald endete und ein niedriger Zaun einem unbeweglichen goldenen Feld wich, das sich den sanften Hügel hinab zur untergehenden Sonne ergoss. Sie schloss ihre Augen gegen das Licht und stellte sich vor, sie wäre zurück in Ma'in. Aber sie konnte es nicht. Das Licht hier war so anders als die Sonne in Ma'in. Aber sie hielt ihre Augen geschlossen und ließ ihre Gedanken zurückwandern, zurück zu Tariq, zurück zu dem, was hätte sein können.

Anfangs hatte sie sich sehr bemüht, nicht daran zu denken. Aber sie konnte nicht anders. Sie versuchte, in ihrer Wohnung in der Gegenwart zu bleiben, aber dies war ihr geheimer Ort, wo sie sich erinnern konnte.

Sie erinnerte sich an seine strengen Augen, die leidenschaftlich wurden, wenn sie sie ansahen; erinnerte sich an die Art, wie er ihren Namen aussprach, mit der Betonung auf dem ‚r' statt auf dem ‚a', und erinnerte sich an das Gefühl seiner Lippen und seines Körpers, die sich an ihre pressten.

Sie erinnerte sich an alles an ihm, als wäre er ein Teil von ihr.

Ein Blitz zerteilte den Himmel. Sie öffnete ihre Augen und sah, dass die Sonne vollständig hinter einer bedrohlichen Wand aus eisengrauen Wolken verschwunden war. Es regnete noch nicht und es war noch warm, also zählte sie gedankenverloren die Sekunden, bis der Donner krachte und über das Dorf und die weiten Felder rollte.

Sie sollte zurück in ihre Wohnung gehen, vielleicht die Arbeit beenden, die sie am späten Nachmittag begonnen hatte, ihre Konten durchgehen. Es gab immer etwas zu tun. Aber aus irgendeinem Grund bewegte sie sich nicht. Irgendwie fühlte sie sich ihm hier näher.

Sie beobachtete, wie die dunklen Wolken über die Felder auf sie zukamen und erinnerte sich daran, wie es wochenlang ohne Unterbrechung geregnet hatte, nachdem ihr Vater und ihre Mutter gestorben waren. Und jahrelang danach hatte sie den Regen gehasst, hatte die Gefühle der Hilflosigkeit und Trauer gehasst, an die er sie erinnerte.

Aber das hatte sich alles mit Tariq geändert. Ihn zu lieben hatte ihr ermöglicht, über die Trauer hinauszusehen, hatte sie befähigt, an den einzigen Ort zurückzukehren, der sich während ihrer Kindheit wie ein Zuhause angefühlt hatte, anstatt weiterzulaufen.

Plötzlich war der Regen da. Sie schaute nach oben und sah, wie die Eichenblätter unter den kräftigen Regentropfen zuckten, die den Ansturm ankündigten. Diesen folgten schnell ein Wolkenbruch und ein Donnergrollen, das überall widerhallte.

Sie wandte ihr Gesicht zum Himmel. Solcher Regen wurde in Ma'in praktisch verehrt. Sie lachte, als der Regenguss schnell ihr Haar durchnässte, und erinnerte sich an den Regensturm, den sie und Tariq in der Wüste erlebt hatten. Sie schlang ihre Arme um ihren Körper und presste ihre Hand auf ihren Bauch. *Erinnernd. Sehnend.*

Aber der Schmerz war zu groß und sie drehte sich um und ging zurück, während sie sich immer noch den Bauch hielt: die Gefühle, körperlich und stark. Erst als sie zur gepflasterten Straße gegenüber ihrer Wohnung zurückkehrte, blieb sie stehen und lehnte sich an die alte Feuersteinmauer, die das Kloster umgab, und suchte Schutz unter dem überhängenden Flieder, dessen Duft die Luft erfüllte.

Sie blickte zu ihrer dreistöckigen Wohnung hinauf, so malerisch und hübsch über den mittelalterlichen Ladenfronten. Das war jetzt ihre Realität. Sie musste loslassen. Widerwillig zog sie ihre Hand zurück, ihre Hand, die *seine* Hand war, und dachte ein letztes Mal an ihn.

Ein weiterer Donnerschlag, und mit fest zusammengekniffenen Augen, mit hämmerndem Herzen bei der Erinnerung, konnte sie fast hören, wie Tariq ihren Namen aussprach, als wäre er etwas Sanftes und Schönes... als wäre *sie* schön.

Cara... wenn er sie mit überraschtem Gesichtsausdruck ansah, als hätte er gerade erst etwas an ihr bemerkt.

Cara... wenn er sanft mit seiner Fingerspitze ihre Wange berührte, verwirrt die Stirn runzelnd.

Cara... wenn er ihr mit völliger Beherrschung und Zufriedenheit ins Ohr flüsterte, während sein Körper in sie eindrang.

Cara! Sie öffnete abrupt ihre Augen, aus ihrer Träumerei gerissen durch eine Verschärfung des Geräuschs, und schaute zur Straße zwischen ihr und ihrer Wohnung. Jemand stand unter ihrem Balkon, eine dunkle Gestalt. Was zum...? Sie spähte in die Dämmerung. Ein Blitz erhellte die Szene und sie sah eine einzelne, einsame Gestalt vor ihrer Tür stehen, durchnässt bis auf die Haut wie sie, seine Augen intensiv, als wollte er sie verschlingen.

„Tariq?", flüsterte sie, kaum fähig durch ihren plötzlich trockenen Mund zu sprechen. Sie fuhr mit den Fingern durch ihr Haar, umklammerte ihren Kopf und versuchte, den Schock zu verarbeiten, während sie sich in das schwindende Licht streckte, um zu sehen, ob er real war oder eine Ausgeburt ihrer Fantasie. War es ein Traum? Hatte sie ihn irgendwie aus ihrer Vorstellung heraufbeschworen, aus den drängenden Sehnsüchten ihres Herzens?

Ein weiterer Blitz tauchte die Szene in ein gespenstisches silbernes Licht. Er war es *wirklich*! In der nachfolgenden Dunkelheit konnte sie nur den jetzt sintflutartigen Regen sehen, der von seinem schwarzen Mantel abprallte, der im aufkommenden Sturm flatterte.

Er wirkte wie ein rächender Engel oder ein dunkler Vorbote schlechter Nachrichten.

Wozu war er hergekommen? Um zu geben oder zu nehmen? Was auch immer es war, sie musste es herausfinden.

Sie rannte durch den strömenden Regen über die unebene Kopfsteinpflasterstraße zu ihm, ihre Augen auf seine fixiert. „Tariq?"

Sein Gesicht veränderte sich augenblicklich, als wäre sein eigener Unglaube plötzlich verschwunden. Ein Lächeln blitzte in seinen Augen auf und strahlte dann auf seine Wangen und seinen Mund aus. So war es immer bei ihm. Als ob sein Gesicht seine Gefühle nicht preisgeben wollte. Aber jetzt taten sie es. Bei ihr. „Willst du da stehen bleiben und nass werden, mich anstarren, oder darf ich reinkommen?"

Sie sprang zur Tür, ihre Hände zitterten, als sie versuchte, sie aufzuschließen. „Klar. Klar." Endlich bekam sie den Schlüssel ins Schloss und drehte sich noch einmal um, um nach ihm zu sehen, musste sich vergewissern, dass er noch da war. „Tariq? Bist du das *wirklich*?"

Wieder dieses Grinsen, so selten, dass es ihr direkt ins Herz schnitt und es festhielt. „Hast du oft Leute, die im strömenden Regen stehen und darauf warten, dass du erscheinst?"

Sie grinste zurück und versuchte, den Knoten der Gefühle zurückzuhalten, der ihre Stimme zum Zittern zu bringen drohte. „Normalerweise bilden sie eine ordentliche Schlange und schreien nicht über die Straße zu mir rüber."

„Dann sind es keine Männer. Jetzt mach die Tür auf und lass mich rein!"

Lachend öffnete sie die Tür weit und er folgte ihr durch den Flur, der an der Bäckerei entlanglief, und dann die Treppe hinauf, wobei die altmodischen Teppich-stangen unter ihren Flip-Flops klackerten.

Wortlos trat sie beiseite und er ging in die Diele. Sie hatte die kleinen Dimensionen des mittelalterlichen Gebäudes nie besonders wahrgenommen. Aber jetzt füllte Tariq den Raum aus. Warum war er hier? Sie wollte es wissen und wollte es doch auch nicht wissen, nur für den Fall, dass es die falsche Antwort war. Sie versuchte zu lächeln. „Willkommen in meiner Welt."

Er zog die Augenbrauen hoch. „Und was für ein Will-kommen. Ich dachte schon immer, du bist eine Art Hexe, die das Wetter mit einer Handbewegung ändert und unschuldige Männer mit ihrer Sirenenstimme ins Verderben lockt." Er leckte sich über die Lippen und sie bemerkte, dass seine Augen auf ihre fixiert waren. Sie schnappte nach einem plötzlich flüchtigen Atemzug.

„Nun, die Sirenenstimme bietet dir jetzt Wärme und Erfrischung an. Folg mir."

Warum hatte sie ihn gebeten, ihr zu folgen? Sie war sich ihrer kurzen Shorts, ihrer nackten Beine und des engen T-Shirts nur allzu bewusst. Er würde sie für ungepflegt und schlampig gekleidet halten.

Sie ging zur Küchenzeile und schaltete den Wasserkocher ein. Sie drehte den Kopf, sah ihn aber nicht an. „Kaffee?"

„Bitte."

Sie füllte die arabische Kaffeekanne mit Wasser, gab etwas fein gemahlenen arabischen Kaffee und einen Löffel Zucker hinzu und schaltete die Hitze ein. Sie ging ins Bad, nahm ein Handtuch vom Handtuchhalter und brachte es ihm.

„Ich glaube, du brauchst das genauso sehr wie ich." Er gab ihr das Handtuch zurück.

Sie trat zurück. „Mir geht's gut. Ich gehe mich umziehen." Sie zupfte an dem abgetragenen T-Shirt, das zu viele Wäschen gesehen hatte, besonders mit roten Socken. „Ich hatte keinen Besuch erwartet, also... Shorts" – sie warf ihm ein schnelles, verlegenes Grinsen zu – „und... Flip-Flops." Sie schaute in seine Augen, die sich verwirrt verengten. „Ich arbeite von zu Hause aus, also..."

Sie hielt abrupt inne. Die Worte erstarben auf ihren Lippen und er brach das Schweigen nicht. Er hob einfach seine Hand und strich eine tropfnasse Haarsträhne hinter ihr Ohr. „Du siehst... genau richtig aus."

Jetzt war es an ihr, die Stirn zu runzeln. Genau *richtig*? Genau richtig wofür? Sie nahm an, dass er zumindest nicht kritisch war. Aber dann ließ sie ihr weiblicher Stolz fühlen, dass es, wenn es als Kompliment gemeint war, ziemlich dürftig ausfiel. Sie lächelte kurz verwirrt und flüchtete dann in ihr Schlafzimmer, wo sie ihre nassen Klamotten auszog und ein Kleid aus dem Schrank nahm. Ihre Gedanken rasten. Warum war er zurückgekommen?

Schnell trocknete sie ihr Haar, kämmte es und ging zurück ins Wohnzimmer. Plötzlich blieb sie stehen, wie gebannt von seinem Anblick. Er hatte seinen Mantel ausgezogen und stand in einem zerknitterten weißen Hemd und legerer Hose da, seine dunkle Haut wirkte vor dem Weiß noch dunkler. Ein paar Brusthaare kräuselten sich am Rand des Hemdes. In seinen Händen hielt er ein gerahmtes Familienfoto.

Sie eilte in die Küche, gab den Kardamom in den schäumenden Kaffee, holte tief Luft und ging zurück ins Wohnzimmer.

Sie reichte ihm den Kaffee. Er schien ihr Unbehagen zu spüren und lächelte, bevor er den Kaffee nahm.

„Kaffee und Tassen aus Ma'in", sagte er anerkennend und roch an seinem Aroma. Er blickte zu ihr auf, hielt ihren Blick fest und schien sich keine Sorgen mehr zu machen, dass sie sich unwohl fühlen könnte. „Du hast welchen mitgebracht."

„Ja, ich... hab mich irgendwie daran gewöhnt. Also..." Sie zerbrach sich den Kopf auf der Suche nach einem unpersönlichen Gesprächsthema. „Wie sind die Verhandlungen ausgegangen? War Aurus mit ihrem Teil des Deals zufrieden?"

„Sehr. Sie bekamen das Geld, das sie wollten, und wir bekamen das Land zurück. Du hast uns sehr geholfen, Cara."

Sie sah ihn überrascht an. „Geholfen?", wiederholte sie schwach. „Ich dachte-"

„Was dachtest du?"

Doch unter seinem heißen Blick verschwanden alle Gedanken. Sie schluckte und spürte, wie sich eine Röte von ihrer Brust über ihren Hals ausbreitete und ihr Gesicht mit ihrer verräterischen Farbe verschlang. Sie räusperte sich. Sie riss ihre Augen von seinen los und ging in die winzige Küchenzeile. „Hast du Hunger?" Sie nahm eine Pfanne und stellte sie auf die Arbeitsplatte, verschob Geschirr, öffnete die Speisekammertür, als ob sie etwas suchte, um ihre völlige Verwirrung zu verbergen. Sie nahm ein Brot heraus. „Es gibt eine fantastische Bäckerei unten. Mein Freund betreibt sie und versorgt mich-"

Sie drehte sich plötzlich um und fand Tariq dicht hinter sich, sein Körper füllte den kleinen Raum zwischen ihr und der Küchentür.

„Ich bin nicht wegen des Essens hier, Cara."

„Oh... Na ja... es ist fast Essenszeit... ich dachte nur..."

„Sag mir, was *dachtest* du? Denn es kann doch kein so großes Geheimnis sein, oder?"

Sie zog ein Brotmesser aus dem Block und begann, das Brot sehr schlecht zu schneiden. „Es ist *definitiv* ein Geheimnis. Nachdem man jemandem gesagt hat, er sei ein ‚Verräter' und man wolle ihn nie wiedersehen, ist es doch wohl nicht überraschend, dass ich nicht damit gerechnet habe, dich zu sehen."

Er zuckte mit den Schultern. „So betrachtet ist es wohl verständlich."

Sie schnitt eine Bahn durch die Butter mit einem Messer und strich sie dick auf das ungleichmäßige Brot, gefolgt von einem dicken Klecks aus dem nächsten Glas – Marmite – und legte eine weitere Brotscheibe obendrauf.

„Das sieht nach dem unappetitlichsten Sandwich aus,

das ich je gesehen habe. Ist das das, was in deinem Land als Abendessen durchgeht?"

„Ich habe Hunger." Sie führte es zu ihren Lippen, zögerte aber. „Oder hatte ihn."

„Cara." Er berührte ihren Arm und sie erstarrte, das Sandwich in der Luft schwebend, während köstliche Schauer ihren Körper durchliefen, nur von diesen Fingern auf ihrem Arm. Sie ließ das Sandwich auf den Teller fallen. „Tariq, ich kann damit nicht umgehen! Du hast mir gesagt, ich soll gehen. Du hast mich unzuverlässig genannt, betrügerisch – alles wahr."

„Es ist auch nicht überraschend, dass ich diese Dinge unter den gegebenen Umständen gesagt habe. Aber nichts ist je so, wie es scheint, oder, Cara?" Er nahm ein Familienfoto in die Hand. „Nimm zum Beispiel dieses Foto. Deine Familie, nehme ich an?"

Sie nickte, unfähig etwas zu sagen, während die Emotionen in ihr anschwollen, als der Mann, den sie liebte, das Bild ihrer Eltern betrachtete, um die sie noch immer trauerte.

„Ich habe so wenig über deine Familie gehört. Wir verbrachten unsere ganze Zeit zusammen auf meinem Territorium, mit *meinen* Leuten, *meiner* Familie." Er nickte und sah sich um und dann plötzlich wieder zu ihr. „Ich lag falsch. Ich habe zu viele Annahmen getroffen. Ich habe nichts von dir und deinem Leben verstanden."

„Tariq... Wir hatten so wenig Zeit, über irgendetwas zu reden. Seien wir ehrlich, wir kennen uns kaum."

Er drehte sich um und seine Augen loderten mit einer Intensität, die brannte. „Ist das, was du glaubst?"

„Das ist eine Tatsache, Tariq."

„Nicht alle Tatsachen sind wahr."

Sie schüttelte den Kopf. „Du sprichst in Rätseln."

„Wirklich? Hier ist eine Tatsache für dich. Meine Geliebte hat ein Geheimnis vor mir bewahrt, eines von dem sie wusste, dass es mir wichtig war. Macht sie das betrügerisch? Unzuverlässig? Oder einfach nur pragmatisch, vernünftig, weil sie meine wahrscheinliche Reaktion und ihre möglichen Konsequenzen kannte?"

Cara schwieg noch immer. Seine Worte waren wie ein Messer, das die empfindliche Wunde ihres Verrats durchbohrte und reizte.

„Wer ist also dann die Person, die Schuld hat? Sicher nicht die Frau? Sicher" – er stellte das Foto zurück auf den Schrank und wandte sich ihr wieder zu – „sicher wäre es der Mann, der so überzeugt war, dass seine Geliebte ein offenes Buch war, eine Frau ohne Geschichte – eine Frau, deren Vergangenheit zu entdecken er nicht versucht hatte? Hmm?"

Ihr Mund war trocken, ausgedörrt. Sie versuchte zu sprechen, aber kein Ton kam heraus.

„Ich beschloss, meine mangelnden Kenntnisse über dich zu beheben. Nachdem du gegangen warst, begann ich, über deine Familie zu recherchieren, um die Fakten herauszufinden, sowohl für mich als auch um meine Handlungen zu rechtfertigen. Aber als ich die Fakten entdeckte, stellte ich fest, dass *meine* Handlungen nicht zu rechtfertigen waren. Hier, auf diesem Foto, sind dein Vater, deine Mutter, du und dein *Ex*-Mann." Sie bemerkte die Betonung auf ‚Ex'. Also hatte er herausgefunden, dass sie jetzt geschieden war. Sie nickte wieder. „Ein glückliches Familienfoto an der Oberfläche. Aber darunter?"

„Woher willst du wissen, was hinter diesem Foto steckt?"

„Ich habe es zu meiner Aufgabe gemacht, es herauszufinden." Er zeigte auf ihren Vater, der groß, blass und ausgezehrt aussah. „Dein Vater muss um die Zeit, als das Foto aufgenommen wurde, Nierenversagen gehabt haben. Du lächelst in die Kamera, aber ich kann den Schmerz in deinen Augen sehen."

Sie lehnte sich gegen den Küchenschrank. „Ich war verzweifelt", flüsterte sie, als die Erinnerungen zurückkamen.

„Und da ist dein Ex-Mann, der einen kranken Mann und eine besorgte Tochter ausnutzte, indem er ihm bei seiner Arbeit ‚half'. Bis er gefunden hatte, was er brauchte, wonach er einfach ging, nicht wahr?"

Sie umklammerte die Arbeitsplatte und fühlte sich plötzlich schwach. „Ja."

„Ich hätte dir vertrauen sollen, aber ich tat es nicht. Wenn du mich etwas gelehrt hast, Cara, dann ist es, die Wahrheit durch meine eigenen Sinne zu erkennen. Wenn ich in deine Augen schaue, wenn ich deine Stimme höre, wenn ich deine Haut berühre, kenne ich dich besser, als alle Fakten es mir sagen könnten."

„Und was sagen deine Sinne jetzt über mich?"

Er strich über ihre Arme, die sie abwehrend vor sich hielt. „Dass du Angst hast, dich zu öffnen, mir wieder zu vertrauen."

Sie nickte einmal kurz. „Was noch?"

„Dass dies jetzt deine einzige Angst ist. Du hast deine Angst vor Einsamkeit, vor Trauer, vor dem Regen überwunden. Du bist stärker durch deinen Schmerz geworden. Aber, Cara, ich würde diese letzte Angst aus deinen Augen nehmen."

„Und wie willst du das anstellen?"

„Komm mit mir nach Hause. Zurück nach Ma'in."

„Mit dir zurückkommen? Nach Ma'in?" Sie wiederholte seine Worte und versuchte, sie real werden zu lassen. Aber nach der Art, wie seine Augen sich verdunkelten, musste sie eher zweifelnd als verwundert geklungen haben.

„Verstehst du denn nicht? Ich kann an nichts und niemanden denken außer an dich." Er legte seine andere Hand auf ihren Arm. „Morgens wache ich auf mit deinem Bild in meinen Gedanken, das Gefühl deines Körpers wie ein Abdruck auf meiner Haut." Er drückte ihr Fleisch, das wusste sie, aber alles, was sie spürte, war der Druck seiner Augen, die sich in ihre bohrten. Er schluckte, als ob er versuchte, seine Worte zu kontrollieren. „Und nachts." Er schüttelte den Kopf. „Nachts ist es am schlimmsten. Weil ich denke, ich könnte schlafen, ich könnte mich von meinem Verlangen nach dir befreien, aber dann schlafe ich und kann meine Gedanken nicht kontrollieren... oder meinen Körper. *Cara*..." Da war es wieder, das Flüstern wie ein Gebet. „Ich kann ohne dich nicht leben. Ich liebe dich, mit meinem ganzen Wesen - meinem Herzen, meinen Sinnen, meinem Körper, meinem Verstand. Jeder Teil von mir sehnt sich danach, bei dir zu sein. *Cara*, ich bitte dich, mich zu heiraten, meine Frau zu werden, mit mir zu leben, mich so zu lieben, wie ich dich liebe. Ich will dir nichts nehmen, ich möchte nur deinem Leben etwas hinzufügen."

Sprachlos konnte sie nur starren. Keine Gedanken, keine Worte kamen. Angst trat in seine Augen.

„Cara! Ich würde alles für dich tun. Wir können hier ein Haus behalten, wenn du möchtest. Teilzeit hier leben, wenn es dir so viel bedeutet."

Cara lachte. Die Vorstellung, dass dieser König in einer Wohnung im ländlichen Norfolk leben würde, war einfach zu lächerlich. „Das kann ich mir nicht vorstellen!"

Er packte ihre Arme und das Lachen verstummte.

„Im Ernst, du bist König, du musst in deinem Land leben."

„Mein Bruder kann die Kontrolle über Ma'in mit mir teilen."

„Du würdest dein Land aufgeben?"

„Ich habe mein Leben für mein Land gelebt und jetzt ist es Zeit, mein Leben für mich zu leben. Für mich, dich und meine Kinder. *Unsere* Familie. Das ist alles, was ich jetzt will. Das ist alles, was wichtig ist."

„Tariq, ich will nicht, dass du aufgibst, was dir so viel bedeutet."

„Aber du hast gesagt, dies sei dein Lieblingsort auf der Welt." Er blickte auf ihre geballten Hände und spielte mit ihren Fingern.

„Das mag ich gesagt haben, aber das war nicht das, was ich meinte."

Er hob ihr Kinn an, damit er ihre Augen besser sehen konnte. „Was hast du gemeint, Cara?"

Sie hatte keine andere Wahl, als in seine heißen, fragenden Augen zu schauen. „Ich sagte, dies ist mein Lieblingsort auf der Welt. Aber ich habe nicht gesagt, dass es mein Zuhause ist. *Das* ist etwas anderes. Keine Baumart, kein Hausdesign, keine Landschaft, kein Wetter definiert mein Zuhause."

Er runzelte die Stirn. „Was meinst du damit?"

„Mein Zuhause ist dort, wo die Menschen sind, die ich liebe, die Menschen, die mich lieben. Ich könnte nicht zu dir kommen, wenn du mich nicht genauso sehr wolltest wie ich dich. Das wäre kein Leben. Aber wenn du mich liebst, dann ist alles möglich. Ich kann jetzt überall leben - Regen, Sonne, Berge, Stadt - solange ich bei dem Menschen bin, den ich liebe, der mich liebt. Tariq, wo *du* bist, ist mein Zuhause."

Seine Augen schlossen sich und die Anspannung fiel von ihm ab. Er zog sie an sich und küsste sanft ihren Kopf, bevor er seine Arme um sie schlang.

In seinen Armen eingehüllt spürte sie die Stärke seiner Gefühle und auch die Wahrheit ihrer Worte - sie hatte ihr Zuhause in seinen Armen gefunden.

Drei Monate später...

Wenn Tariq nicht ihre Hand so fest gehalten hätte, wusste Cara nicht, ob sie die Hochzeitszeremonie überstanden hätte. Ihr ganzes Leben lang war sie still durch Ereignisse gegangen, und hier war sie nun, im Mittelpunkt der Aufmerksamkeit, verheiratet mit dem König von Ma'in. Sie war Königin von Ma'in und ihr wurde klar, dass sie nie wieder den Luxus der Anonymität genießen würde.

Nicht, dass sie das wollte, dachte sie bei sich, als Tariq sich von einem seiner Gäste abwandte und ihren Blick auffing. Sie stand immer im Vordergrund seiner Gedanken und seiner Aufmerksamkeit, und es gab nichts auf der Welt, was sie daran ändern wollte.

Es war jetzt spät am Abend. Und die Fackeln, die die große Halle von Qusayr Zarqa erleuchteten, enthüllten das Verlangen in Tariqs Blick. Er wollte sie. Genauso wie er sie jede Nacht und jeden Tag wollte. Sie konnte es kaum erwarten, bis sie allein waren. Aber sie musste warten. Obwohl einige ihrer Gäste sich bereits zur Ruhe begeben hatten, blieben ihre engsten Freunde und Familie noch da und lauschten der Musik, die jetzt leiser war, da alle müde waren und das Tanzen aufgehört hatte.

„Keine Reue?", sagte Anna mit leiser Stimme. „Es ist eine große Sache, nicht nur einen Scheich zu heiraten, sondern auch ein Land und eine Familie dazu."

„Keine so große Sache", erwiderte Cara. „Mit Tariq an meiner Seite."

Tariq unterhielt sich gerade mit Lucy, die zu seiner Linken saß, und hatte den Austausch nicht gehört, aber er zog Cara in einer kurzen Umarmung an sich. Anna bemerkte es und grinste Cara an.

„Sieht so aus, als hätte er auch nicht vor, sie je zu verlassen."

Cara legte ihre Hand beschützend über seine. „Das will ich auch hoffen."

„Was willst du hoffen?", rief Lucy zu ihr herüber.

„Lucy! Du hast Ohren wie eine Fledermaus!", lachte Anna.

„Was? Groß und spitz?"

Tariq ignorierte das Gelächter, das Razeen und Zahir in die Unterhaltung zog und sich bald in eine andere Richtung entwickelte, wodurch Tariq und Cara in ihrer eigenen Welt zurückblieben, was ihnen ganz recht war.

Tariq streifte mit seinen Lippen Caras Ohr. „Und was, meine Liebste, sollst du hoffen?"

Sie erschauderte unter seiner Liebkosung und wandte sich ihm mit zusammengekniffenen Augen zu. „Und wieso gehst du davon aus, dass ich von dir spreche?"

„Von wem sonst würdest du an deiner Hochzeitsnacht sprechen?“

„Vielleicht von deinen Brüdern?“

Tariq folgte ihrem Blick zunächst zu Daidan, der abseits von den anderen saß, dunkel und grübelnd, offensichtlich nur die Zeit absitzend, bis auch er gehen konnte. „Und was würdest du über Daidan sagen?“

„Dass er, wenn seine Gedanken so gefährlich sind, wie sie erscheinen, besser nicht danach handeln sollte.“

Tariq nickte. „Ein guter Rat, angesichts seines Ehestatus.“ Er drehte sich um und nickte in Richtung Sahmir. „Und mein jüngster Bruder? Was sollte er besser nicht tun?“

Cara blickte zu Sahmir hinüber, der untypisch still und nachdenklich dasaß.

„Ach, bei Sahmir würde ich ihm nicht sagen, was er *nicht* tun soll. Ich würde ihm sagen, dass er jetzt handeln muss. Er ist nicht glücklich.“

„Hm, ich glaube, du hast Recht.“

„Hast du je herausgefunden, unter welchen Umständen Sahmir und Rory zusammengekommen sind?“

Tariq schaute grimmig und schüttelte den Kopf. „Nein. Er sagt nichts, was mich beunruhigt. Sahmir hat mir immer alles erzählt. Aber diesmal nicht. Zweifellos werde ich es irgendwann erfahren. Also zurück zu mir. Was, meine Liebste, soll *ich* besser nicht tun?“

Sie führte seine Hand zu ihrem Bauch, der jetzt leicht gerundet war. „Du solltest uns besser nicht verlassen.“

Einen Moment lang dachte sie, Tariq hätte nicht verstanden. Er begann zu antworten und hielt inne, als er es plötzlich begriff.

„Uns..." Er spreizte seine Finger über ihren Bauch und streichelte ihre sich neu abzeichnenden Rundungen. „Du bist..." Er schluckte, als wage er kaum, die Worte laut auszusprechen.

Sie lachte und nickte. „Schwanger. Ja. Also solltest du mich besser nicht verlassen."

Er küsste ihre Wange, ihr Haar und dann ihre Lippen. „Niemals. Du hast mich fürs Leben."

Cara seufzte in purer und völliger Zufriedenheit und gab sich der Wonne seines Kusses hin.

Kaufen Sie jetzt das nächste Buch der Serie!

Mit einer arrangierten, lieblosen Ehe in Aussicht, genießt Prinz Sahmir von Ma'in seine letzte Nacht in Paris, als Aurora vorbeirennt, auf der Flucht um ihr Leben. Alles, was Rory will, ist die Ländereien zurückzugewinnen, die ihr Vater an die russische Mafia verloren hat. Sie hatte weder geplant, den Russen zu heiraten, noch mit einem Scheich zusammenzuleben, und schon gar nicht hatte sie ein Baby geplant.

Hier ist eine Rezension von **Beansprucht vom Scheich**, um einen Eindruck zu vermitteln, was Sie erwarten können.

„Ich liebe diesen Alpha-Scheich! Er weiß, wie man eine Frau verführt, aber auch, wie man sie respektiert. Man erkennt an seinen Taten, dass er ein guter Mensch ist, auch wenn er einige Fehler gemacht hat. Er ist fest entschlossen, alles richtig zu machen!" (Patti A, Amazon.com)

NACHWORT

Vielen Dank, dass Sie *„vom Scheich geweckt"* gelesen haben. Ich hoffe, es hat Ihnen gefallen! Rezensionen sind immer willkommen - sie helfen mir und potenziellen Lesern bei der Entscheidung, ob ihnen das Buch gefallen würde.

Dies ist das vierte Buch der **Wüstenkönige-Reihe.** Die anderen Bücher der Reihe sind:

Gesucht: Eine Ehefrau für den Scheich
Die Schnäppchenbraut des Scheichs
Des Scheichs Verlorene Geliebte
Vom Scheich geweckt
Beansprucht vom Scheich
Gesucht: Ein Baby vom Scheich

Das nächste Buch in der Wüstenkönige-Serie handelt von Sahmir und Rory in *Beansprucht vom Scheich* (Auszug folgt).

Viel Spaß beim Lesen!

Diana
https://dianafraser.com

BEANSPRUCHT VOM SCHEICH

BUCH 5 DER WÜSTENKÖNIGE-SAHMIR UND RORY

Während seiner letzten Nacht in Paris, kurz vor einer arrangierten, lieblosen Ehe, genießt Prinz Sahmir von Ma'in seinen Aufenthalt, als Aurora vorbeirennt, auf der Flucht um ihr Leben. Alles, was Rory will, ist die Güter zurückzugewinnen, die ihr Vater an die russische Mafia verloren hat. Sie hatte weder geplant, den Russen zu heiraten, noch mit einem Sheikh zusammenzuleben, und schon gar nicht hatte sie ein Baby geplant.

Auszug

Es war nach Mitternacht, und das einzige Geräusch auf der Place des Vosges waren die einsamen Klänge von Debussy, die durch die offene Tür zu den Stufen drangen, auf denen Prinz Sahmir ibn Saleh al-Fulan stand, Rotwein trank und dem Schneefall zusah.

Er konnte sich nicht erinnern, wann er das letzte Mal innegehalten hatte, um Schnee fallen zu sehen. In Klosters vielleicht? Definitiv als Teenager. Wie filigrane Stücke gefrorener Korallen schwebten die Schneeflocken vom nächtlichen Himmel herab, vorbei am grauen Schieferdach und der gestreiften Ziegel- und Steinfassade seines Pariser Hauses, bevor sie sich auf dem glänzenden Kopfsteinpflaster niederließen. So unbeständig sie auch waren, sie begannen sich zu sammeln und verwandelten den Platz in eine weiße Welt.

Sahmir kniff die Augen gegen die Helligkeit zusammen. Er hatte zu viel Zeit in schwer verhangenen Hotelzimmern verbracht, nachts beim Glücksspiel und tagsüber in den Armen von Frauen, um seine Vergangenheit vergessen zu können. Zu viel Finsternis, zu wenig Licht.

Er ließ eine Flocke auf seine Hand fallen und erinnerte sich daran, wie fasziniert er als kleiner Junge vom Schnee gewesen war, wenn er mit seiner Mutter aus der Hitze Ma'ins in die Schweiz in die Ferien gefahren war. Einen Hauch dieser Erinnerung spürte er jetzt, als er die weiße Schneeflocke betrachtete, die für einen Moment perfekt auf seiner dunklen Haut lag. Früher hatte er an Zauberei geglaubt, an Märchen. Wo war diese Unschuld geblieben?

Die Flocke schmolz. Er seufzte, trank noch einen

Schluck Rotwein und blickte zum Park hinüber, wo der Schnee in den dunklen Bäumen Formen zu bilden begann. Er würde lange keinen Schnee mehr sehen. Er hatte getan, wofür er nach Paris gekommen war. Jetzt war es Zeit, nach Ma'in zurückzukehren, zurück zu der Verantwortung, die er seiner toten Schwester versprochen hatte.

Plötzlich drang das scharfe, drängende Geräusch von Stöckelschuhen, die unregelmäßig auf das Pflaster schlugen, durch die gedämpfte, stille Luft zu ihm. Er drehte sich um und sah eine Frau die Straße entlang auf sich zukommen. Im Licht einer Straßenlaterne konnte er erkennen, dass sie groß und schlank war, ihr langes dunkles Haar wehte hinter ihr her, und sie trug ein leuchtend rotes Ballkleid mit einem schwarzen Oberteil. Trotz des Wetters trug sie keinen Mantel.

Er konnte an der Art, wie sie immer wieder Blicke hinter sich warf, erkennen, dass sie vor etwas oder jemandem davonlief. Und wer auch immer das war, hatte ihr offensichtlich eine Heidenangst eingejagt.

Misch dich nicht ein, flüsterte die sanfte Stimme seiner Schwester in seinem Kopf.

Er runzelte die Stirn und kämpfte mit der sanften Stimme, die das Einzige war, was zwischen ihm und Ärger stand.

Misch dich nicht ein, wiederholte sie. *Denk daran, was beim letzten Mal passiert ist.*

Als sie auf seiner Höhe war, drehte sie sich erneut um, und in diesem Moment wusste er, dass er sich einfach einmischen musste. Ihre Augen waren weit vor Angst, aber es war die Verletzlichkeit, die er darin sah, die ihn direkt ins Mark traf.

Er spürte kaum, wie sein halbvolles Glas seinen Fingern entglitt, als er sich von der Wand abstieß und die Stufen hinunter auf den Platz ihr hinterhersprang. Wer auch immer sie war, woher auch immer sie kam, sie brauchte Hilfe.

Jetzt kaufen!

Auch von Diana Fraser

Die bequemen Bräute des Scheichs
Gestrandet mit dem Scheich
Vom Scheich verführt

Diamant-Scheichs
Auf Befehl des Scheichs
Auf Geheiß des Scheichs
Zum Vergnügen des Scheichs

Die Geheimnisse der Scheichs
Die Rache des Scheichs durch Verführung
Das geheime Liebeskind des Scheichs
Die Heiratsfalle des Scheichs

Die Scheichs von Havilah
Das geheime Baby des Scheichs
Gekauft vom Scheich
Die verbotene Liebhaberin des Scheichs
Kapitulation vor dem Scheich
Genommen für den Harem des Scheichs

Wüstenkönige
Gesucht: Eine Ehefrau für den Scheich
Die Schnäppchenbraut des Scheichs
Des Scheichs Verlorene Geliebte
Vom Scheich geweckt
Beansprucht vom Scheich
Gesucht: Ein Baby vom Scheich

Britische Milliardäre
Die Vertragsehe des Milliardärs
Der unmögliche CEO des Milliardärs
Das geheime Baby des Milliardärs

Italienische Romanze
Der Perfekte Liebhaber des Italieners
Vom Italiener Verführt
Der Leidenschaftliche Italiener
Ein Zufälliges Weihnachtsfest

Die Mackenzies
Ein Ort Namens Heimat
Die Geheimnisse der Parata Bay
Flucht nach Shelter Springs
Was Sie in den Sternen sehen
Zweite Chance in Whisper Creek
Sommer im Lakehouse Café

Laternenbucht
Deines zu Geben
Deines zu Schätzen
Deines zu Hegen
Deines zu Halten
Deines für Immer
Deines zu Lieben

Norfolk-Ritter - Mittelalterliche Romantik
Beanspruchung Seine Dame
Verführung seiner Dame
Erweckung seiner Dame
Norfolk Ritter (Bücher 1-3)

ÜBER DEN AUTOR

Diana schreibt Liebesromane mit Geschichten, die einen zum Umblättern der Seiten anregen, und mit Figuren, die sich real anfühlen – seien es Scheichs, britische Milliardäre, mittelalterliche Ritter oder ganz normale Menschen, deren Leben normalerweise alles andere als gewöhnlich ist (zumindest in ihren Büchern!).

Sie lebt im wunderschönen Neuseeland, nördlich von Wellington, in einem kleinen Dorf am Meer. Sie ist eine begeisterte Menschenbeobachterin, hoffnungslose Romantikerin und Träumerin, die viel zu viel Zeit damit verbringt, aus dem Fenster zu schauen und sich Szenen vorzustellen, in denen Menschen mit dem Leben und ihren Gefühlen zu kämpfen haben, die aber immer ein Happy End haben. Denn ja, sie ist auch eine ewige Optimistin!

Mehr über sie erfahren Sie auf ihrer Website — dianafraser.com.

www.ingramcontent.com/pod-product-compliance
Lightning Source LLC
Chambersburg PA
CBHW031020160726
47991CB00005B/1798